第1视频®
VODONE

春风幕后：

红星、网星、民星鲜为人知的秘密

孟繁佳 著

九州出版社
JIUZHOUPRESS

图书在版编目（CIP）数据

春网幕后 ： 红星、网星、民星鲜为人知的秘密 / 孟繁佳著. -- 北京 ： 九州出版社，2010.11

ISBN 978-7-5108-0696-4

Ⅰ. ①春… Ⅱ. ①孟… Ⅲ. ①计算机网络—应用—文艺—电视节目—中国—2009 Ⅳ. ①G229.24-39

中国版本图书馆CIP数据核字(2010)第199834号

春网幕后：红星、网星、民星鲜为人知的秘密

作　　者：孟繁佳　著
出版发行：九州出版社
出 版 人：徐尚定
地　　址：北京市西城区阜外大街甲35号(100037)
发行电话：(010)68992190/2/3/5/6
网　　址：www.jiuzhoupress.com
电子信箱：jiuzhou@jiuzhoupress.com
印　　刷：北京市庆全新光印刷有限公司
开　　本：787毫米×1092毫米　16开
印　　张：13.75印张　彩插4.25印张
字　　数：165千字
版　　次：2010年11月第1版
印　　次：2010年11月第1次印刷
书　　号：ISBN 978-7-5108-0696-4
定　　价：20.00元

序

中国互联网首届首场春节大联欢“风景这边独好——春网开元”，在万众期待下果真不负重望。

网络春晚受众是挑剔而充满个性的。他们习惯用GPS导航，喜欢用MP4听歌看片，崇尚混搭，爱用手机上网，搜搜点点，每天趴在网上搜索、观摩、拍砖、指点江山——最重要的，他们受不了重复和没创意。

中国有数亿网民，期待着有一场属于自己的春节联欢会，用他们习惯的方式，以他们喜欢的形式，遵循他们的意志，有他们最喜爱最关心的人，不陈腐滥调、不矫揉造作、不形式主义。

科技时代，人因梦想而伟大！

意识颠覆创新，一切皆有可能！

2010年2月6日，农历腊月二十三，虎年小年儿，一场遵循网民意志的中国互联网首届首场春节大联欢由第一视频拉开了序幕。接下来，新浪、搜狐、百度等其他七家主流网站接力登场，一直到虎年除夕。

《春网幕后》讲的就是在第一视频主办中国首届首场网络春晚过程中，不为人知的精彩幕后故事。

感谢我的团队全体人员的昼夜拼搏工作，在短短28天的时间里为网民奉献了一场精彩的具有网络特质的春节大联欢晚会。“风景这边独好——春网开元”，从2010年2月6日零点开始，由网友用鼠标点击进入第一视频，www.vodone.com，到联欢晚会落幕，共持续24小时。当天20:00开始的4个多小时的晚会，是整个“春网开元”的精华。

这场晚会不是草营结帮，不是粗制滥造的山寨春晚，不是电视春晚网上播。而是在政府相关部门直接领导下，在中国互联网协会支持下，由专业的团队、依靠最精尖的网络技术手段，献给网民的第一场盛大的春节晚会。

红星、网星、民星群星荟萃。这场盛会汇聚了网民最喜爱的明星：中国著名演唱家杨洪基、刘媛媛；著名相声演员李菁和德云社少帮主曹云金；中国一线歌手孙悦、孙楠、许巍、港台红星信等；当红主持人尉迟琳嘉、沈星；爆红的网星后舍男生、西单女孩、芙蓉姐姐、张议天、唐章勇；更有普通人因网络而被大家熟知的民星暴走妈妈、杨光等。

遵循第一视频一贯的创新原则，晚会创造了以下三大技术亮点：

1. 首创了MPL，全景式多机位直播技术（multi-cam panoramic live）：除

了拍摄晚会舞台机位以外，还有11个机位分布在演员休息室、化妆间、上下场通道等不同场景，而这些场景也在同步对外直播。

第一视频首创的MPL技术，获得了国家知识产权局的发明专利证书。这一技术填补了网络直播画面单一的空白，真正发挥了互联网特性，增加了舞台观看的真实性和趣味性，缔造了互联网视频直播和电视直播的本质区别，互联网视频直播和点播的本质区别。

2. 首创了UGD，互联网视频直播同页面多屏幕观众自主导播。（user generated directing）：在线观看的网友，可以随意选择自己最感兴趣的机位讯道，并同时线上给主持人留言提问或展开讨论。

3. 实现了电视、互联网、手机的三网融合。

如我们当初期望的一样，中国首届首场网络春晚取得了空前成功，当天大雪纷飞，直播现场一票难求；观众冒雪前去观看，直到晚会落幕大家还迟迟不肯离场；第一视频网站的网友留言挤爆网页；晚会经典视频被网友争相传播；新媒体春晚经济的话题引起广大学者、网络同仁普遍探讨。

晚会20天后，中国网络演出经济论坛应运而生，中国互联网界、经济界大腕云集一堂，专家称第一视频引领了网络春晚经济潮流，是值得发扬光大的新型经济模式。

随后，各大电视台、纸媒、网站纷纷报道第一视频主办的中国互联网首届首场春节大联欢“风景这边独好——春网开元”，称第一视频引领了“娱乐2.0时代的春网争霸”，“开创了网络春晚滑盖时代”，“实现了电视、互联网、手机的三网融合，是用主流文化占领互联网的经典案例，成为互联网春晚的开山之作”！

在这场风光旖旎的网络春晚盛会的幕后，28天的紧急动员和筹备，包括换导演，多次毙掉、推翻原始创意，请演员的纷繁复杂，是否邀请某些非主流演员的挣扎等，经历令人难忘，我希望和广大读者分享这些精彩的幕后故事。

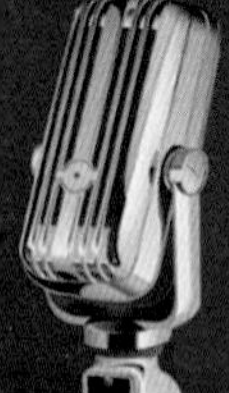

你可以把它当成一本休闲书，因为行文足够轻松有趣；

你也可以把它当成一本励志书，因为它呈现了一群中国网络从业者历尽万难也要上的执著状态；

你自然也可以把它当成一本八卦书，只不过这本书的爆料绝对真实；

至于这件事究竟有何种影响和意义，让历史来鉴证！

第一视频集团董事局主席 张力军

目　录

VODONE

总策划
第一视频集团
董事局主席
张力军

总指挥
第一视频集团
执行总裁
王淳

总策划
孟繁佳

第一视频集团
总编辑
荣松

总导演
陈亮

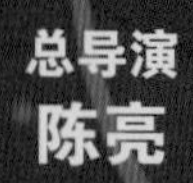

春网经济研讨会

庆功宴

幕后录音

晚会直播彩排

音乐总监 洛兵

第1视频
VODONE
www.v1.cn
第一视频
领导和网络春晚
春网幕后
风景这边独好 春网开元 中国互联网首届首场春节联欢晚会

VODONE
专注……
全体主创的
第一次头脑风暴
幕后
故事

第1视频
VODONE
www.v1.cn
网络春晚
第一张节目单出炉

春网幕后
风景这边独好 春网开元 中国互联网首届首场春节联欢晚会

(*^__^*)
晚会总导演
陈亮
幕后
故事

春网开元
风景这边独好
中国首届首场网络大拜年
新闻发布会
风景这边独好
春网开元
第1视频
VODONE
www.v1.cn

VODONE

第一视频集团
董事局主席
张力军

张力军

春网幕后

风景这边独好 春网开元 中国互联网首届首场春节联欢晚会

UDONONE

第1视频

书画笔会

中国首届首场网络春晚

林莹

李金亭

杨志鹏

张俊

风景这边独好 春网开元 中国互联网首届首场春节联欢晚会

苏佳峰

赵国明

李金亭

田俊江

杜维钧

秦建华

赵国明

苏佳峰

著名书法家、书画家云集一堂

第1视频
集团执行总裁
王淳亲自带队
慰问暴走妈妈
王淳
暴走妈妈
感人一幕…
第1视频
VODONE
www.v1.cn

VOLUNTEER
暴走妈妈
本名陈玉蓉，连续7个多月每天暴走10公里，治愈好了自己的脂肪肝，为儿子做了肝脏移植手术。母爱感天动地，网络爆红。
春网幕后
风景这边独好 春网开元 中国互联网首届首场春节联欢晚会

第1视频
VODONE
www.v1.cn
虎年小年夜
专注
直播前
倒计时……
第一视频集团
CTO王宇飞
紧张的嘴都跟
着工作
春网幕后
风景这边独好 春网开元 中国互联网首届首场春节联欢晚会

VDOONE
直播前一天的全场彩排
幕后
故事

中国互联网
首届首场
春节联欢会
UDONE
北京市网络
宣传管理办公室
常务副主任
佟力强
中国互联网
协会理事长
胡启恒
第一视频集团
董事局主席
张力军
晚会开幕现场启动仪式
舞台
春网幕后
风景这边独好 春网开元 中国互联网首届首场春节联欢晚会

2010 直播当晚

晚会互动平台

各大主流网站版主齐聚一堂

台下

主 持 人：沈星、尉迟琳嘉、曹云金、李菁、杨冰洋、刘硕、后舍男生、傲然

开启仪式：中国互联网协会理事长 胡启恒
北京市网络宣传管理办公室常务副主任 佟力强
第一视频集团董事局主席 张力军

歌 曲：《生活就是网》 侯海华、鹿阳阳、暴林、冷慧

视频短片：《中国互联网时代》

歌 曲：《死了都要爱+离歌》《火烧的寂寞》 信

VCR明星拜年：殷桃、巩汉林、蒋大为 、佟铁鑫、关牧村、闫妮、黄宏、吴娜 、庞龙 、蔡明、戴玉强、吕薇、解晓东

聊天区访谈：谈两岸三地过年风俗 沈星 、尉迟琳嘉 、连晋

视频短片：《互联网改变中国》

小 品：《网话网说》 后舍男生、曹云金

歌 曲：《外婆》 西单女孩

歌 曲：《老鼠爱大米》 杨臣刚

歌 曲：《曾经的你》《蓝莲花》 许巍

明星拜年：陶虹、杨千嬅、张雨绮 、张震 、黄岳泰 、谭咏麟 、阮世生

视频短片：《互联网引领中国》

聊 天 室：通过孙志刚、躲猫猫等事件来说明互联网推进民主法制建设
沈星、尉迟琳嘉、杨冰洋、刘硕、王雷

相 声：《说时尚》 曹云金、李菁

舞 蹈：《渔家姑娘在海边》 芙蓉姐姐

聊天室访谈：谈网络麻豆，新兴职业
尉迟琳嘉、曹云金、李菁、网络美女、杨冰洋

VCR明星拜年：蔡国庆、李伟健、张燕、李谷一、屠洪纲、郁钧剑、殷秀梅

歌　　曲：《求佛》　誓言
聊天室访谈：民俗专家、网络红人代表在线聊天，百大版主首次真人露相，通过视频和网友见面　沈星、尉迟琳嘉、王雷
音　乐　剧：《阿凡达的新烦恼》　李菁、曹云金、刘朵朵、傲然、唐章勇
原生态歌曲：《东方红》　二妮
VCR明星拜年：S.H.E、沙宝亮、郭敬明、江映蓉

歌　　曲：《为你而来》、《故乡山川》　李健
视频短片：《互联网创造中国》
聊天室访谈：畅谈互联网创造中国　沈星、尉迟琳嘉、刘硕
互联网博客第一人　方兴东
打　击　乐：《日月同辉》　红缨束
快闪歌曲：《NOBODY》（LED）　傲然、尉迟琳嘉、杨冰洋、后舍男生
网络歌曲串烧：　暴林、冷慧、谢黎明、张娜
聊天室访谈：　谈中国足球　沈星、尉迟琳嘉、董路
VCR明星拜年：林妙可、郭冬临、李丹阳、吕继红、阎维文

相　　声：《网语》　曹云金、李菁
歌　　曲：《我只是个传说》　张议天
歌　　曲：《我是阳光》　杨光
聊天室访谈：温情回顾地震中"中国红心"的网络力量，第一视频赴汶川员工鲁靖谈感想和对3.8亿网民的祝福。　傲然、尉迟琳嘉、刘书
歌　　曲：《你画的彩虹》　姜洋
聊天室访谈：谈妈妈割肝救子感动中国　沈星、曹云金、李菁、暴走妈妈

歌　　曲：《祝您平安》《爱上你没道理》　孙悦
连线中国第八支赴海地维和警察防暴队冉茂国警官：　沈星、尉迟琳嘉、谢双飞
歌　　曲：《大爱》　杨洪基
歌　　曲：《你快回来》《爱你爱不够》　孙楠
压轴歌曲：《风景这边独好》　刘媛媛

结束语谢幕：全体主持与在场演员

中国互联网
首届首场
春节联欢会
VODONE
春网幕后
风景这边独好 春网开元 中国互联网首届首场春节联欢晚会

2010 直播当晚

第1视频
VODONE
春网幕后
风景这边独好 春网开元 中国互联网首届首场春节联欢晚会

中国互联网首届首场春节大联欢总结会

UDDONE

大联欢总结会

总结会

故事

春网开元 风景这边独好

中国首届首场网络大拜年

晚会首创

新闻 社会 春晚 娱乐 影视 生活 时尚 播客 博客 摄影 论坛 易购 春网开元 搜索 [设为主页] [加入收藏]

2010 风景这边独好 春网开元

第1视频 VODONE 双虎献宝

首页 | 通告令 | 回眸2009 | 新闻发布会 | 晚会 | 手机春晚

晚会主持人：
尉迟琳嘉，刘硕，曹云金，沈星，李菁，杨冰阳

多机位观看晚会现场

机位 1 2 3 4 5 6 7 8 9 机位位置

主视频

LIVE

其他机位自选

独创MPL
（MPL 全景式多机位直播技术 multi-campanoramic live）

首创UGD
（UGD：互联网视频直播同页面多屏幕用户自主导播形式 user generated directing）

00:13:29

有请第一视频董事局主席讲话。

大家好，我们今天在这儿一起回顾了中国互联网发展，我非常感谢，首先感谢我们全体互联网人

用自己的鼠标谱写了中国互联网发展历史。

第二要感谢总策划孟繁佳和总导演陈亮。同时也感谢网友朋友们！谢谢你们！

获得国家知识产权局颁发的发明专利证书

旅游卫视播出时间：2月15日（大年初二）下午15:40-17:00首播
2月21日（大年初八）晚上19:30-21:00重播

查看所有留言

发表于2010-2-6 20:27:29

游客
感谢第一视频！真正的平民娱乐，平民话语权的舞台

发表于2010-2-6 20:28:56

春网幕后

风景这边独好 春网开元 中国互联网首届首场春节联欢晚会

VODONE

由第一视频首创的MPL、UGD直播方式，实现网友在直播过程中自主点播和讯道切换，乃互联网春晚开山之作。同时实现了电视、互联网、手机的三网融合，是用主流文化占领互联网的经典案例，在中国网络文化发展历史上具有划时代的意义！

第1视频
VODONE
www.v1.cn
首场网络春晚开启春网新纪元
媒体报道
纸媒
电视台
网络
30万景区门票春节送出
网络春晚分羹春晚市
人民网 重庆视窗
cq.people.com.cn
聚焦2010重庆"两会"
第一视频网络春晚大幕即开 后舍男生率团网星阵容
发布日期：2010-2-4 16:00:32
中国2010年上海世博会
春网幕后
风云这边独好 春网开元 中国互联网首届首场春节联欢晚会

VODONE
媒体报道
故事
中国网友报
China Netizen News
2010 网络春晚
22版
天天娱乐 雅俗汇
第一视频2月6日春网开元
网络春晚
幽默不恶搞
董路徐滔聊热点话题
沈星曹云金担纲主持
知名版主将首次
北京图书大厦本周活动
87岁严良堃
登台挥棒
风景这边独好
视频网络春晚，一道3.8亿网民的狂欢盛宴

网络春晚
经济第一视频研讨会
第一视频集团
董事局主席
张力军
接受CCTV
记者访问
“风景这边独好—春网
工作讨论
紧张
春网幕后
风景这边独好 春网开元 中国互联网首届首场春节联欢晚会

紧张工作的大家
李德刚
郑
风景这边独好
第一视频研讨会
"第一视频研讨会
第1视频
VODONE
www.v1.cn

第一章

第一视频的三个“一”工程
（晚会的由来和始末）

一、张力军：让风景这边独好

2010年2月6日，是农历腊月二十三，我们中国传统风俗中的小年，就在各家各户一起吃新年的第一顿团圆饭的时候，在北京西山的亚视基地录影棚里，一场媒体各界备受瞩目的互联网风暴正式拉开帷幕。恰逢一场漫天大雪素掩万色世界，而西山的清冷却难掩大门之内的红火与热闹。车流穿梭，人头攒动，亚视基地难得一见的门庭若市，喜庆的音乐映衬着窗外，雪花的飘扬似乎也感染了欢快的节奏，红灯笼、红色帷幔渲染了一派传统民俗的喜气洋洋，耀眼的红毯延伸到舞台，第一视频集团董事局主席张力军先生，第一视频执行总裁王淳女士衣着鲜亮地出现在红毯的那一端，亲切地迎接着每一位贵宾的到来，中国互联网协理事长胡启恒女士，北京网管办副主任佟力强先生，人民日报海外版副主编……各界领导、媒体界大腕儿及名人明星走上红毯，与东道主第一视频的领导们问候、祝贺，他们将与第一视频及数以亿计的网友们一起共度一个史无前例的小年夜！

上面描述的画面正是——中国互联网首届首场网络大拜年晚会当天的直播盛况！一场被网民称做“真正的网络春晚”的晚会，一场互联网史上开天辟地的春节大拜年晚会，一场向全球网友在线直播的超级阵容的晚会，一场行云流水般书写了互联网历史和事件的小年夜晚会！

就是这样一场凝结了万千网友期待和行业瞩目的晚会在第一视频集团董事局主席张力军先生、胡启恒会长、佟力强主任三人手中点击巨型鼠标的刹那，在倒计时中盛大开幕。随后凤凰台美女主播沈星、帅哥主播尉迟琳嘉，著名相声演员李菁、曹云金，旅游卫视美女主播、网络美女杨冰阳，网络红人后舍男生以及主持人傲然这多达九名之众的主持人集体亮相，中国互联网首届首场网络春节大联欢晚会正式开始了。

晚会分为互联网引领中国，互联网改变中国，互联网创造中国，互联网感动中国四大环节，历时4小时。信、刘媛媛、杨洪基、孙悦、孙楠、李健等明星先后登台，芙蓉姐姐、西单女孩等网络红人悉数到场，还有2009年给为儿子捐肝，每天坚持暴走10公里，走掉脂肪肝，感动整个中国的暴走妈妈和中国国际维和部队等，节目精彩感人，既不失传统民俗，又充满现代创新，现场高潮迭起，整个晚会全场饱满座无虚席。而场外，我们的流量也在迅速飙升，全国各地的网友都在通过第一视频的视频直播观看这次晚会的直播，网友留言如雪片般飞来。

“天上星辰，地上草根；浩瀚红尘，气势雄浑；未曾相识，彼此率真；点击天下，e往情深。是谁洗去日月，年年绿了新春；打开一片天空，向着远方延伸；是谁燃起激情，点缀美丽乾坤；风景这边独好，今宵难舍难分……”在刘媛媛清澈悠远的歌声中，由艺术家们集体创作的《风景这边独好》画卷在舞台后方徐徐展开，无数鲜花彩带涌上舞台，一片绚丽，台下掌声雷动，晚会即将落幕，一个多月来的点点滴滴如电影胶片在每个参与者的心中放映，很多人激动得落下了眼泪。

第一视频集团董事局主席张力军，第一视频执行总裁王淳，晚会总策划主持人，晚会总导演陈亮，第一视频总编辑荣松等在众人的簇拥下走到舞台中央，作为这次活动的主办方，他们此刻激动的心情溢于言表，也有很多话想说，最后千言万语凝结成两个字——感谢，在经久不息的热烈掌声中，张力军接过麦克风，用他那富有磁性的声音：在今天这个瑞雪兆丰年的日子里，我们在这儿一起回顾了互联网发展的历程，我应该说心情非常激动，我只想感谢，首先感谢我们全体互联网人用自己的鼠标谱写了互联网的辉煌灿烂；其次，我要感谢我们的总策划主持人，我们的总导演陈亮和我们的全体演职人员用你们的辛勤劳动，让我们在4小时的时间里回顾了中国互联网发展的精彩历程！

张力军率第一视频最后为现场观众和直播屏幕前的网友送上了小年夜的祝福。这个夜晚成为了中国互联网人心中的难忘之夜、难眠之夜！

虽然整个晚会直播只有4小时，但为了呈现这4小时背后付出了太多太多，回顾这一个月的历程，有太多的故事，欢乐的、惆怅的、一筹莫展的、激动人心的……现在，让我们走进这本书，走进真正的“幕后春晚”，看看风景是怎样独好的。

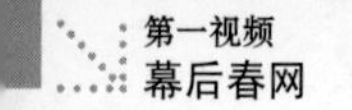

二、牛年尾巴的瑞雪下，酝酿着一场网络娱乐风暴

顺时光穿梭回到2010年的 1 月 4 号，也就是我进入第一视频的前四天。

从时间顺序来看，当北京北四环东南角的一处大楼里酝酿着一场令网民瞩目的娱乐风暴时，我还在策划一本有史以来第一本农历台历。就连接到印刷任务的公司业务员也瞠目结舌，他说印了这么多年台历，这还是第一次印这么新鲜的。我说新鲜的还在后面呢。

说这话时，我还真没有想到，更令人感到新鲜的中国首届首场春节网上联欢，网民亲切地称之为首届网络春晚，已经酝酿着向我扑来，和漫天飞舞的雪一样，把牛年最后的日子素裹成银白的底色，只为了衬出虎年红火喜庆的开门红。

后来听张力军董事长和王淳总裁说起北京网管办筹划这场活动时，颇有些戏剧性的场面，让这场本就属于网民大联欢的活动更添曲折的情节和表现力。

北京市网管办和中国互联网协会打算搞一个网络大联欢的活动之初，只是有个构想，在没有正式确定项目开展之前，几位领导就私下与几家网站进行了沟通。新年将至，虽然网站各自有各自的庆春活动，如果要联起手来，组织一场别开生面的集体行动，是不是更令人震撼，于是征求各大网站意见，各网站初听这个构思，都觉得比较新鲜，几大门户网站联手做春节网络大联欢，而且在官方指导下，这还是互联网有史以来第一次。

嗅觉灵敏的商家当然不可能放弃这么好的表现机会。

第一视频总编荣松和这个项目的新闻发言人赵丹阳在后来给我介绍发展过程时谈到，为做这个活动北京市网管办和中国互联网协会走访了包括第一视频在内的新浪、百度、搜狐、凤凰、千龙等8家有影响力的网站，于2010年1月4日，召集大家开了会议，决定从腊月二十三“传统的小年”，阳历2010年2月6日那天开始直至大年三十，持续7天，每天都有网络联欢，分别由七家各做一天，百度做宣传支持。会议还确定了用抽签的方法决定这7天各家举办的顺序，抽签时间就定为转天在同一地点。

转天下午4点多，张力军、王淳和荣松的手机上都同时收到了丹阳的短消息：我抽到了第一场，腊月二十三的！这消息在高层传得很快，大家都很高兴，第一场，意味着将由第一视频主办首届首场网络联欢呀。在紧接着的内部会议中，丹阳传达了会议情况，要求在一周后网管办领导们听各家策划案。

当天第一视频就组建了工作小组：由集团执行总裁王淳亲自任组长，再加上荣松、赵丹阳、公关负责人武桓、直播负责人王丹。

在王淳的主持下，第一视频马上召开了一次会议，讨论如何去落实实施。当时公关部、营销部和市场部等部门很多人都参加了，不过那个时候这件事还没成型，会议任务就是分头找人，完善队伍。会议结束后，与会人员就开始分别去联系一些相关的人，比如策划、导演、民俗专家等，希望各方出谋划策。所以这第一拨得到消息的几个人，组成了第一视频网络春晚最初的核心团队，然后由这个团队又引进各方人员加入，才形成后来的阵容。

听了这些介绍，看来在我加盟第一视频主创团队之前，第一视频已经迅速出击着手准备了，他们高效的执行力使得第一视频在这次晚会的筹备方面远远领先了其他合作单位。虽然第一视频领导层对这次活动给予了高度重视，工作组也群策群力，但在活动初期还是遇到了层层困难和曲折。

原来在1月6日各家网站前往网管办抽签现场，第一视频抽签很幸运地抽到了第一场。赵丹阳第一时间把喜讯告诉了张力军和王淳，荣松笑言早有"预感"，大家也说这就是"天意"。第一视频，第一届和第一场，占据三个一。可是第二天大家得知消息，抽签的顺序由于某些原因发生了变动，因为其中另一家网站正巧也准备在春节期间做一台晚会，加之有电视媒体资源作为依托，于是有意安排他们和第一视频做替换。第一视频从腊月二十三换到了腊月二十六。虽然这是互联网的首届"网络大拜年晚会"，对于谁都是一次没有经验的尝试和挑战，首场更是面对压力，但是第一视频还是决定迎难而上，力争"首场举办权"，于是王淳安排工作小组又再次找到领导和兄弟网站进行协商，还专门找网管办领导做了汇报，提交了“春网开元”的策划方案，以及线上线下活动的相关方案，因为之前第一视频已经做了相应的准备，这些想法都得到了网管办的一致认可，就这样第一视频打动了他们，让他们充分看到了第一视频筹办首届首场网络春晚的实力和决心，再次获得了腊月二十三首场的举办权。

关于《风景这边独好》的名称由来，后来我才知道，2009年在全球金融危机大环境的影响下，中国在年末，经各界努力开始出现扭转之势，尤其是互联网行业有着特殊的贡献。中央政治局常委李长春同志在一次讲话中对互联网的评价说“中国互联网行业风景这边独好”。于是“风景这边独好”就成了这次虎年辞旧迎新的“中国首届春节网上联欢”的主题。

我说，从“风景”的角度来看，“春”色一定是最美的，“这边”的网络区别于那边传统媒体，“网”字刚好代表其意。从“独好”的程度上来说，“开”辟新的纪“元”又是最佳的。所以，我在“风景这边独好”之前策划出“春网开元”一词，这也是一种天意。第一视频占尽天时地利人和，一切都会大顺的。

三、下里巴人心中的阳春白雪计划

至于我是怎么加盟第一视频这次的“首届首场网络大拜年”的？说来也巧，关于策划这件事，我一直就认为是梦里有个神仙在我耳旁煽风点火般地鼓动我，不然从左耳朵灌进脑袋里的就都是水了。右耳朵是用来接荣松电话的，元月刚过一周，老婆才订完回台湾的机票，荣松就一个电话打进我右耳朵说，老孟，有个活儿你接不接。

接活又不是接客，有什么敢不敢的，我想都没想就应了下来。荣松说，是策划一台网络春晚的事儿。

2003年策划了一台网络论坛春节联欢，那时网上从来没有听说过还能在论坛里玩儿春晚。2007年又给一家实名博客网站策划了第一届网络春晚联欢，这次估计也跑不出这一亩三分地吧。

谁知道，这一亩三分地，最后愣是盖了一座迪拜塔。

第二天，1月8日上午到哥们儿开的咖啡屋去暖屋，重张大喜还没来得及祝贺，正好就用来找个清静写策划案。满世界大雪封住诸般颜色，脑袋里也一片空白，正好可以在充满着油漆和咖啡香的味道中，把左耳朵支起来。烟斗冒的烟，很像招神儿用的香。

一个时辰的人神对话，基本上可以让我记录完最初的策划过程，键盘上敲完最后的句号时，准备晚上店里庆生活动的哥们儿踩着点儿进了门。我说我要走了你才来，给你暖屋，花了银子，要去村里办点事儿。他说，完事儿你过来，晚上央视音乐台的一个姐们儿生日，竟有很多年没见了。我答应着，哪知道，完了事儿是在一个月以后了。

踏进第一视频大楼十九层玻璃门的一个月后，我才知道十八层是地狱。

我叼着我的中南海，回想首次策划会那天张总拍着我的肩膀首肯了我最初的创意，随即吐出一个烟圈，抖了抖精神。

地坛公园北面的一处风景绝佳四合院大宅子，居然是第一视频第二次策划会的会址。原班人马都到了，作为这次活动的总指挥第一视频执行总裁王淳亲自到场，总编辑荣松、公关部副总监武桓，直播部经理王丹，还有最初请来的CCTV音乐的某创意导演组的人员一个不落地坐成了一个圈。

游赏老北京的宅子风景最佳时节，就是白雪皑皑半遮半掩下的灰墙红檐碧瓦以及隐没其间的曲廊，而我们却无暇附庸。从下午2点直到晚上10点，10小时连轴转，大家好的点子一个一个涌出来，这次会也间歇地表现出了导演组的人有点儿跟不上。

等到第三次会议在周日第一视频的体验厅进行时，我知道导演组的成员无法完成这样一台大型的综合晚会。会后，我给陈亮一通电话，把他从广州叫来，下飞机时已经是满街夜色，好在这小子精神头在广州练就得极为适应。三五句话后，我说你明天等我消息，我要赶下一场约会。

回家路上，洛兵早已催促我说，我早到了咖啡馆，你怎么还不来？到底什么事？

好事多磨，有时越磨越把好事磨成了不好不坏的鸡肋。我最怕人在我耳旁说这四个字。第一感觉不对，立刻改弦易辙。在周一清晨给王淳的电子邮件中，我把陈亮和洛兵举荐给她，那一刻，我只想到晚会的成败，毕竟时间的紧迫让我在人选上不得不考虑陈亮的江湖经验，而洛兵的音乐江山早已为中国只要是听歌的人所熟悉。

在荣松办公室里，我对他说，荣兄，咱俩这么多年，你可算给我找了一件着实让我伤脑筋的事，事大小不说，单就这份急茬儿，就够我华发早生了，可惜我连小乔都还没见着呢。

荣松哈哈大笑起来说，你不知道老孟，1 月 7 日在网络春晚的第一次筹备会议上，王总就提到这样一个问题，这么大的一个活动，策划文案这一块肯定要有一个人来领导。一开始本来想用公司自己的人，或者请一个网络写手，虽然我也过滤了身边圈子里的人，脑海中也有一些人选。但后来我考虑到这个人必须至少要满足两点，第一，肯定要懂网络；第二，还要懂民俗，懂中国传统文化。因为这次网络大拜年是以各地民俗体现中国文化这么一个层面为基础的，这样的话在人选上就要有一个文化底蕴，一个普通的网络写手是难当此任的。

我说那你怎么就想到了我呢？

荣松给我倒了杯水接着说，你老孟我还不了解吗，中国第一代网民，是个老牌版主，经历了互联网的发展变迁；而且懂民俗，在电台还连着两年讲民俗。有文学功底，咱们平时也讨论过无数次国学的意涵。所以以我对你的了解，你有这个中国传统文化的底蕴，孟子的第七十四代玄孙。而且从专业角度来说，又一直从事各类策划活动，你应该算是我的朋友里，最有资格接这个活儿的了。这就是我第一时间想到你的原因。

我呵呵笑着说，荣兄你也太抬举我了，其实我答应你接这个活儿时，心里也没有底。但只要你老兄一声召唤，敢不奋力向前，策划好，找对人，实施完。既应下来了，就不能给你丢脸，还要玩得高雅，玩得出彩儿，玩得令人叫绝才好。这就是我这个下里巴人心中的阳春白雪计划，哈哈哈。

这时，窗外一地银白逐渐褪消去，满眼中的景致恢复正常，我站在荣松的办公室向远处颐和园的佛香阁望去，一只觅食的喜鹊从楼底下飞到我头顶的玻璃檐缝上，我清楚地看见它嘴里叼着食儿。

几天之后当张力军等领导听了我的口若悬河的说讲，气氛变得轻松了，接着你言我语热闹非凡，我的策划基本得到首肯，我知道这回比之前两次的首届要更上层楼了。说心里话，这楼上的，要是早知道有迪拜塔那么高，我绝对恐高。最后张力军对着在场的人说：你们周末把更细的策划做出来。

那时，陈亮这小子还在天上飞。

四、有人说升华是凤凰涅槃，我说跟烤鸡差不多

策划案上既然已经把这次活动策划成从零点到零点的24小时活动，就不可避免地要全盘考虑晚会前将近二十个小时的时间做什么。虽然想想都有点可怕，毕竟不是几个小时的时段，要有足够的精彩的内容充满网页，费思量的不是堆砌，而是内容的完整与晚会的衔接，甚至还要考虑到与下一家网站的衔接。

小策划会上，武桓提议的把一天的单元设计成“门”的概念。很新颖，也很有意思。打开一年新的大门，开启新纪元的大门，武桓还真做出一道紫禁城大门的样子放在文档里，颇有一种庄严大气的感觉。随后根据各个时段的内容不同，开启一扇又一扇大门，每次开启都会让网民有耳目一新的感觉，也让网民有在门开启之前猜测议论的想象空间。经她这么一解释，大家还真有些觉得这个创意很新颖，值得往下去探讨和完善。

于是，最先策划的网络春晚整场活动以当时互联网最流行的“门”串起来，从小年的零点由网友共同启动活动大门之后，就以“XX门”等若干个门事件串场，但“门”还没等讲完，就让王淳给叫停了，原因很简单，王淳认为”门“有它的作用，但从另一个方面看，“门”是隔断了人与人的交往，而互联网就是为人们提供无障碍的沟通平台，所以门不符合互联网的特质。再加上各类与“门”为伍的事件多是负面，和喜庆活动不符。还没有启动的“门”还在图纸上就被关闭了。思维刚有了

加速度准备直线冲去，却来了个急刹车。这跟脑筋急转弯却没多大关联。大家面面相觑，再想吧。

女人的直觉在这时决定了整个网络春晚的总动向要发生偏移。夜里，我只好又神游请大仙儿在左耳朵聊聊了。神仙不睡觉，我偷吃俩佛龛上的供果充饥，一夜无眠，一个崭新的方案诞生了。

晚上，我回家翻看着一天的会议记录，脑子里开始转悠这么个问题，网络春晚到底是个什么东西？从2005年到现在年年有人高喊要举办，年年是风声大雨点小。年年央视春晚都被老百姓损成干瘪的豆腐干，不加春晚后的热评简直就没有一点味道。可老百姓还不是年年骂着看春晚，这央视春晚跟自己的孩子一样，从1983年至今都长成快30的大老爷们了，还是跟弱智儿童一样年年傻玩傻乐的。可谁家的孩子谁心疼，尽管如此遭恨挨骂的，打骂是自己的心肝，谁要真给他安乐死，估计满中国老百姓没几个不找他拼命去的。这就是央视春晚在老百姓心中的地位，这个品牌已经是中国传统年禧中新的年俗文化的一部分了，估计再在这上面打主意，这跟围着锅沿找嘴吃的小屁孩心态没啥两样。

想到这儿，我决定抛弃前面所有的策划，重新启动思维。不过，这可是险中求胜，先置自己死地而是否后生还是未知数，可是我知道，不这样，肯定还是个平庸之作。第一视频张力军、王淳两位老总请我来弄，若只是做个平庸的作品，那还不如早点跟老婆回台湾过年来得实在。

虽然胡思乱想着，但我翻看着前些年一些文件，希望能从中找出一些灵感。2003年给论坛做的网络春晚，虽然还只是存在文字时代，但那时的确给玩文字的网友们带来很大的新奇。2007年给博客网站策划的网络春晚实际上已经把网络庆春活动加入了大量的图片元素，中国互联网进入图片时代的网络春晚大概也从那时开始进入新的阶段。而这次给第一视频做的网络春晚策划，是互联网进入视频时代开始以来一个里程碑式的网络庆春活动，没有一个新起点是对不起所有网民的期待的。纵观2005年开始每年年末就开始沸沸扬扬热炒的网络春晚，哪一个不是草台班子组合，哪一个不是想借助央视春晚来分羹利益，又有哪一个不是最终沦落为画饼。难道我还要步人后尘，再给第一视频策划一场视频网络春晚？让第一视频的网络庆春联欢淹没在众多各类挂着网络春晚的活动当中？

非其所愿，非我所意。

短时间内创造出一个新概念绝非易事，但若有刺激点，就不愁灵感泉涌。王淳给的刺激点就是要摆脱一场晚会。那所有电视晚会有什么弊端呢？打开，不喜欢换台；喜欢，最长也超不过几个小时；跟着电视导播傻看傻乐；无法参与互动。网络有自己的模式，看帖回帖最少还能发个“顶”字；直接PK掉不喜欢的帖子；想看多久就看多久，沉下去的顶上来；看多长时间是随着眼球点击率走；信息量足够撑死大象；反馈信息瞬间甚至可以达到全球。集合这些元素，为什么不创造出一台庆春联欢的网络新模式。

“春网”是最好的关键词，这是开启一个新的纪元。

兴奋点来了，睡不着，躺了三小时起来写新策划案。

早上，到第一视频公司给张力军和王淳两位老总做汇报。春网开元，我说，我们一定能把这个新概念传播出去。张力军说，老孟，你这个策划案很有高度，很新颖，也很实际，完全符合网络特点，既包括了网络全天候全时段，网民参与，网民互动的特点，又有传统民俗文化，传统落地晚会做支撑，突出了我们的优势，这个架子搭得好。接下来就要看你们往里添血肉了，希望后面的更精彩。

我说，您满意就是对我们最大的支持。张力军说，不是我满意，是要让网民们满意，有他们支持才是成功的。

我扭过头对张力军说，要不是王总昨天一下子把“门”的概念给毙掉，也没有这个全新的策划案诞生，是她逼我改弦易辙的。这一夜因为王总的一句话，让我快白了头，凤凰涅槃也不过如此吧，可我觉得，这跟烤鸡差不多。

张力军诧异道，什么“门”？

我说，您还是不知道的为好，这保密。我和王淳哈哈大笑起来。

谁知道，接下来等待我的，却是一场更加令人紧张的会议。

五、领什么证都要费口舌，这次却是一次慷慨激昂的演讲

周一的下午由王淳带队荣松、赵丹阳、武桓和我一行5人来到了北京网络管理办公室汇报策划的初步结果，我们戏言这是第一次见“公婆”。

当第一视频的豪华奔驰商务车从车库里钻到地面上来的时候，我还一直在心里嘀咕，去网管办做汇报？有没有搞错，让我这个闲云野鹤去面对官员，这第一视频的两位老总也真敢干。旁边王淳这时还一个劲儿地在我耳边打气儿说，老孟，你就放开胆子去说，把咱们主要意思讲清楚，把给张总讲的那股气势说出来云云。

我歪着头看着王淳说，这当官儿的见过多了，一个个都是眼珠子朝上的人物，该不会刁难咱吧？

王淳笑着说，看你说哪儿去了。网管办的诸位领导是非常关注咱们这台晚会的，尤其这次活动八家门户网站联合主办，咱们又是打头一炮的，绝不能一炮打不响。毕竟这是网络头一次啊。你就认真说你的吧，我看这次咱们策划的方案很不错，我有信心。

得嘞，您有信心，我就顺杆爬了，借您吉言。这时我肚子咕咕叫了两声。

王淳关心地问我，不舒服？

我换了个姿势说，不是不舒服，是我没吃饭。

王淳诧异，怎么没吃午饭啊？早说，让人给你买来呀。

我呵呵笑了，不是没时间，是我不想吃，吃了饭，头脑发昏，眼睛没神儿，话音儿没力，饱吹饿唱嘛。

王淳说，那等你汇报完，我请你！

拐弯抹角到了网管办的所在大楼，这条街再熟悉不过了，今年一年几乎每天都要路过两次，根本就没想到这栋大楼里的人会有这么大的能量，管理着全北京多如牛毛的网站建设。和普通的办公楼办公区没什么区别的楼层，一出电梯门，就赫然挂着一块响当当的金字招牌……

会议室里，椭圆形的会议桌两侧，摆满了椅子，从桌面上摆放的矿

泉水瓶来看，今天的规模不算小。不过，对于这个场面，我还真是比较陌生。

寒暄过后，我才知道对面的诸位领导，从外表看上去，普通得很有亲和力，没有高高在上的压力，自然我就可以口若悬河地搬出我的观点了。

很显然，当我提出春网的概念时，对面的领导们频频点头，这是个信号，新的概念对于这次活动的确有推波助澜的作用。

中国人过年过的不只是除夕夜的那一刻，而是从过年的筹备阶段就开始有过年的氛围了。从进入腊月开始，送信的腊八就把年禧的信息渲染到整个筹备期间。进入腊月二十三，基本上就是春节喜庆的倒计时。所以说整个庆春活动是一个延续性的阶段。而我们策划的“春网开元”就是要把整个庆春联欢贯穿始终，把欢乐祥和的气氛融进中华民族这个最大的民俗节日每一天当中。这个“春网”的概念可以厘清网民心中对山寨春晚的负面印象，让网民在整个活动中参与进来，互动起来。把几千年的中国传统民俗还原到互联网上，用网络独特的方式来演绎民俗历史，当然这里离不开网络一大特点轻松搞笑，但我们不去恶搞，不去媚俗。

去年胡总书记在视察珠海一家企业时说过这样的一句话，中国企业要从中国制造向中国创造转变。因此，我们在这个庆春联欢中，要抛弃以往网络春晚的概念，创造一个属于我们互联网庆春大联欢的新概念，不去跟央视春晚PK，央视春晚作为一个知名品牌，早已成为中国人庆春的新民俗。

越说声越大，似乎这不是在汇报，是在发表一次激昂的演说。

大基调汇报完，我有意停了一下，想听听领导们的反应。

网管办的佟力强主任说，咱们这次联欢活动的大原则就是民俗，草根性是网络的特点，具有民族性。而新媒体又有自身的优点，把中华民族几千年的民俗文化融合再生，这就是一次成功的盛会。

我点点头说，有您这句话我们就放心了，其实我们这次准备邀请的网络名人，或一些传统明星，都是有这样的挑选，网络名人不希望找一些负面影响极差的，而明星却必须在网络上也是明星的，比如徐静蕾，比如姜昆，而且我们还准备邀请第一代网络名人洛兵来做我们的音乐总监，他又是流行乐坛最早红遍中国的代表人物。

互联网协会的秘书长魏莞一直仔细认真地听着我的汇报，这时才插话问我，你们也要办一台落地晚会吗？

我笑着对她说，是的，我们会准备一台大型的晚会作为春网开元活动的高潮部分呈献给网民。

我看到大家的兴致被我挑起来了，就索性多说一些细节。我们不只是这台晚会有很多亮点，白天的时候也有。比如，我们会请一些民俗专家到公司直播间做专访，给网民们不只是讲这一天的民俗，还要录播随后几天的民俗，每天都在网页上更新。我们的互动留言板会征集一些网民喜欢的节目、帖子、游戏等。而且要准备丰厚的礼物给积极参与的网民以鼓励。

这时，我身边的王淳接过话茬说，这次我们请来老孟做我们的总策划，他本身就是第一代网民，又是在电台做过几年嘉宾的北京民俗专家。加上我们第一视频的倾情投入，我们对完成任务是有信心的。

佟主任频频点头说道，听到"春网"的汇报很提神，这跟我们之前的想法不谋而合，而且拔高了很多，抛弃了所有关于晚会的概念，这是很对的。互联网就是要拿出互联网的优势来，做一台令人耳目一新的创新概念的大联欢活动来。谢谢你们，你们准备得很充分，很不错，期待你们的节目，也提前预祝你们的成功举办。

王淳微笑着说，还是要谢谢领导们的大力支持！

陈华处长接着说，整个活动的框架独立成章，很不错，我提出这样的意见供你们参考，这个活动要有三个优先，三个靠后。三个"先"：民俗优先、网站优先、网民优先。三个"后"：政府部门靠后，网站是主办；领导靠后；总体品牌定盘靠后，网管办需要一定的时间来消化。

最后佟主任说道，你们的方案很好，我们相信你们有能力做好，你们这第一炮可是要打响啊，打响了，我们明年还做，以后可以年年做。这个活动结束后还要继续做下去，将中国各个节日的民俗聚合在一起，不只是春节，还有端午，还有中秋嘛。只要是老百姓们的节日，就可以做下去。

从网管办出来时，回公司的路上已经大堵特堵起来。可一车人的心情却格外的清爽，王淳一直在笑，从第一天见到这个性格开朗的女强人，还没有见过她如此灿烂的笑容。

荣松这时给我转来网管办佟力强主任的短信：你们的策划很好，一要以民俗内容为主线，二要与网民充分地互动起来，让全体网民参与进来，就达到目的了。我们的活动不等于晚会或等于一台节目！谢谢你们！

策划案的通过与领导们的关注与切实的指导分不开。

身后第一视频给我派来当助手的小助理鲁靖递过来一袋临时下车买的麦当劳快餐和一块巧克力，孟老师，祝贺您讲得这么成功，您快吃吧，一定饿坏了。

我笑着说，谢谢啦，还真是有些饿了。王总，这可不算您请客啊！

王淳哈哈笑着说，回去好好请你。

六、火线换将也只有第一视频敢这么玩

最早见那几个玩晚会的导演团队，第一感觉就有些不对。直到张力军拍着我的肩膀论英雄时，我也没听见那个制片人的半句有关晚会策划的意见，我想是不是小女人的矜持，或者话都让我抢了风头。反正，我只记住了那个小制片人说的一句话，总导演还在云南跟陈凯歌做什么节目，估计要到下周才能回来。

没辙，只能催促在几次策划会都尚未谋面的总导演能尽快到来。

刚开始没有摸清小女人身后人马的来路时，我和第一视频的两位老总都抱有信任的态度。直到从地坛晴雪大宅门出来，我心里的疑团才跟满世界白雪一样，让未来这场晚会变得隐约起来。不过大宅门里的隐约让景色看起来更美，小女人的隐约让我看到的却变得模糊起来。好在小女人的团队在周日的汇报中请来一位和我PK的高手，才让我觉察到原来这个团队的根底有些“虚”。

谁让你出手了呢？

有时感觉就是这样奇怪，可以瞬间找到捷径，犹豫了，稍纵即逝。

铸成了一座遗憾的雕像，打碎了舍不得，不打碎，实在难看。我想看到小女人带着和我PK的高手离开的背影，我知道这台晚会绝不能做成一台MV的大聚会。

给陈亮打电话约他到北京时，早已不知道这小子这些年练就什么神功了，但是中国晚会江湖上他还算是高手，至少可以给他颁个勤劳奖。同一首歌的知名度虽然有些让人想起央视春晚的哈欠，但至少有一点我决定想搬来这家伙充当晚会的指挥官，多少要比这个小女人的团队更让我放心。毕竟第一视频的两位老总交给我的不是一台晚会，而是信任，我又怎么能把这第一次的信任，放在一个陌生的团队里。可这话怎么跟两位老总说，才能让他们明白这不是任人唯亲之举，脱不了干系就是嫌疑，刚开始就要得罪人吗？更何况小女人什么来路，我可是毫无知情，万一是两位老总钦点御用，那我可就有点太岁脑袋上动土了。胡思乱想中，我忽然觉得自己实在有些可笑，一件很简单的事居然可以想到皇上他老人家身上。务实点，直截了当跟两位老总推荐吧，其实，真正的该头疼的不是我，是在如此之短的时间，还要两位老总火线换将，那才是他们所要面临的第一大风险。这一点原本我就应该想到，换将的可能性估计不大。

晚上跟陈亮见面时，我留了一句活话儿，你心里琢磨着这事儿，要是不成你也就当听我讲个故事吧。

陈亮却明确表态，要是成了，我就是你的高级技工。

这小子从来就是这么令人讨厌，却也令人放心。

从咖啡馆里出来，我给洛兵打了一个电话，这小子第一句话居然说，我还以为你潜伏台湾了呢，好久没你音信了，怎么突然冒出来了？

我说，我这就过去，找你有事儿谈。咖啡馆见，跟台湾扯不上关系。

见面三句过场儿，我直入主题，晚会音乐总监，主题歌以外再来一两首创作歌曲怎么样？

这么短时间？成吗？

你问我，我问谁啊，接不接？

总导演和音乐总监最大的不同是，一个答应起来相当痛快，一个持怀疑态度犹豫着。相同的是，两个人在我还没有到家之前，就已经把个人简历发到了我的邮箱。

三思之后天就亮了。

发去两人简历邮件之后，随着一个手机短信给王淳，相声扔靴里说的那种等待的感觉，一直到我到公司见到王淳，她的短信回复也跟到：好。惜墨如金的让我好一顿猜。

当陈亮和洛兵出现在第一视频体验厅里那一刻，我感觉终于可以迈出第一步。张力军随后在开工酒席上举杯说道，壮行酒，咱们要开始迈出互联网历史性的一步。

陈亮吓了一跳：张总，壮士一去不复返啊？

大家哄堂大笑，其实谁心里都明白，壮士肯定都要当一回了，办得好是载誉而归，干不好，演砸了，直接改烈士了。

张力军大笑着说，老孟的菜单写出来了，下面就看你们二位大厨的手艺了。

事后，我私下里问王淳，这临场换将可是兵家大忌，我给您举荐这两位也没指望您就立刻答应。您还挺痛快。

向来快人快语，性格豪爽不让儿郎的王淳，此刻仍是一丈青扈三娘的口气，老孟，我信任你，所以信任你推荐的他们。你一个总策划质疑的导演组，我不敢用，但是你信任的导演，这台晚会就成功一半了，去干吧。班子给你组建好了，下面就看你们的了。

回到导演组，正好赶上陈亮、洛兵在叙旧，一个假惺惺说十几年前您就是中国音乐界响当当的大腕了，一个嬉皮笑脸说这么多年没见，你可越来越风光了。我说你们俩就别在这里瞎吹捧了，叙完旧赶紧练活吧，张总那里已经给公司下了指令，一切以晚会为主，要人给人，要银子给银子，一路绿灯，下面就看咱们哥儿几个耍了。千万别演砸了，老陈，你可是火线上阵，呵呵，晚会上的事你来安排，我不干涉，但是，演出单可要一起琢磨，赶紧给两位老总递上去讨论。

陈亮发出了春网开元第一份任务——洛老师，晚会音乐就拜托您了。这时，节目单还没有一份完整的初稿。

七、给总导演下马威的不是所剩无几的时间，而是枪毙了第一版的节目单

主创团队成立后的第一件事，就是陈亮的导演组占据了一个居高临下俯瞰中关村的大办公室。按他的说法是，这有利于策划节目时可以有保密的环境。这大概是所有晚会最初策划时必须考虑的第一件事。

王淳指派公司后勤安装电脑设备时，陈亮坐在大班台后，看着第一视频的股票说，当年我可是在第一视频股价最高点买进的，谁能想到有朝一日我可以坐在第一视频的办公室里给他们办晚会啊，这回再买进赚的该是钞票了吧。我说，是不是钞票谁知道，不过你要不玩命做好这台晚会，那肯定是没钞票赚头了。陈亮看了看我说，不是我担心啊，孟老师，时间紧任务急啊！这不是假的吧。

我说，要是给你充裕的时间，那还叫临危受命吗，那能显得出你陈亮的本事？呵呵，你就别谦虚了，赶紧抓紧时间迈出第一步，节目单是首当其冲的。

陈亮说，那你给晚会定一个大框框，至少要确定几个部分的关键词。我说，咱们还是按策划案的主线来策划。陈亮说，你考虑考虑吧，至少先给我几个部分的关键词出来。

在极短的时间内，给晚会能制定出一个节目单很大程度上取决于演员的签约。节目单是万事开头难的第一步，其实在节目单还没有出炉的前夜，第一视频楼下一个咖啡馆里，主创团队在闲聊策划时，居然促成了晚会上最令人high的节目。似乎这一切预兆了一个绝好的开端。

不过，这个开端很快就被彻底粉碎了。

两间办公室相隔咫尺，不知道谁定的一条纪律是，项目组外人不得随意进出，否则要家法从事，导演组更是军事重地，连项目组的人都很少去那里探班。我让导演的小助理闫京和我的小助理鲁靖分别在两间工作室的白板上清晰地用朱笔写上距离晚会当天倒计时牌，而导演组的那块倒计时牌必须要提前一天。当天已经演出了，是不能计算在内的。陈亮陆续招来各部人马，从光头导演王志国到开宝马的制片杜明，戴着眼镜框的撰稿美女马焱和漂亮的小主持傲然。第一视频十九层的办公区几

乎变成了演出公司。

此刻，张力军、王淳用不同的方式催促着陈亮赶紧把节目单制定出来，时间已经是箭在弦上般的紧迫了。

主创团队正式成立的第三天，陈亮做完了第一版节目单。此时，夜幕早已掩盖了北四环主辅路的双向拥堵的车流。等不到张力军的召见，他离开了第一视频大楼准备回家，就在这时电话追来，要立刻研究节目单初步方案。陈亮返回公司，在张力军的会客厅里，我和荣松也第一次见到这份存在word文档中的节目单。

陈亮的汇报结果并没有出乎我的意料，张力军虽然首先肯定了导演在极短的时间内制定了这份节目单的辛苦，以及部分节目。但是话锋一转，用了一个大家都不愿意听到的词汇：灰色，来形容这台晚会的基调。显然在某些亮点上，张力军不满意晚会的布局上过于草根化、平庸化。他说：互联网是有喜怒哀乐的，比如喜，奥运时中国网民激情迸发，欢欣鼓舞；又比如在反华势力想要嚣张的时候，又是中国网民摇起振国的大旗；在四川地震时，互联网一夜之间没有了娱乐节目，所有网站首页都变成了黑白色，以为死难者铭哀思；在世博盛会期间，中国的网友在网上讨论世博奇景，表达作为中国人的喜悦之情。

随后的讨论就变得热烈起来，主创团队的激情再次被这个身材壮硕的老总燃烧起来。

当晚，所有人员都没有离开项目组，王淳原本要请大家去吃晚饭的好意，被主创人员改为熟悉的盒饭，不赶紧加班研究出一份满意的节目单，下面的工作便无法进行。灯火通明的办公室，所有节目开始重新洗牌。

我说，张总在总体上还是肯定了部分节目内容，只是咱们节目的条理尚不清楚，需要重新调整。但是喜怒哀乐似乎又太具象了，张总指示我们再拔高一下，这是很有必要的，那我们何不在此基础上就把晚会分为四个章节，连同白天网站页面也按照这样来布局，会有很不错的整体效果。

荣松也说，网站上从策划案上，咱们已经按照点击到转帖四个环节布局，看来晚会也应该从四个方面入手。互联网上有很多故事可以挖掘，咱们找出一些有代表性的放在一起，归类后再做总结。

吃盒饭时，大家暂时停下讨论，但我看得出每个人脑袋里可没停下搜索引擎。

在网上玩了十多年，算是第一代网虫了，但这时我才开始琢磨互联网发展至今，到底经历了怎样的一个文化发展历程。边吃饭边琢磨，边琢磨边有一搭无一搭地跟荣松这个老网虫闲聊。事情往往就是在闲聊中擦出火花。我问荣松，咱们为什么不能从互联网对于中国的发展阶段来进行切割分段呢？你看，咱俩都是互联网最早的网民了，互联网最早那么多改变我们生活的事件我们都经历过，那时的拨号上网至今还记忆犹新。后来互联网越来越普及了，你看年轻人上网玩的，咱们可都快成老古董了，年轻时尚永远是互联网最令人心动的活力。而上午我让项目组的丫头们搜索的互联网历史事件中，那些鲜活的感人的事迹不也依然每一年都发生着，继续感动着网民，感动着中国吗。

我和荣松相视一笑，呵呵，这不就是板块概括了吗？互联网改变中国、引领中国、感动中国。再加上咱们策划案中创造的元素，创造中国，四大篇章不就有了。

交给陈亮时，已经是子夜交替时分了。

顺理成章以后，节目单的洗牌就变得越发简单起来。直到凌晨3点，节目单制定完毕。一行人这才走出第一视频大楼，中关村大街的路面上只剩下路灯依旧伫立着。

第二天午后的汇报会上，张力军再次竖起了大拇指，这样的节目单才是大手笔。三个熬夜的家伙这才觉得，您张总才是大手笔，不光是敢临阵换将，还敢把作战方案给枪毙了，要知道这可是比黄金都宝贵的时间啊。

后来按陈亮的说法是，黄金时间越来越被掠夺得所剩无几，而新闻发布会就参加了两次，虽然很值得，但也浪费了不少时间。晚会给他剩下的时间已经超出常规了。

八、露脸时风光，心里却没底儿

干什么吆喝什么，做一场这么大规模的演出和有史以来全程24小时的网络直播大活动，能不大力宣传出去吗。谁知道，整个大活动涉及八家门户网站，百度总推广，还必须有网管办的统一协调部署，这就让本来抽到上上签的首届首场活动的第一视频有些暗自着急。越晚发布，越不利于宣传范围的扩大，时间早，可以有持续性，时间晚，就要增加力度。而最终上面领导协调完最终的统一发布时间是1月22日，农历腊月初八这天。

腊八腊八，送信儿的腊八，民间自古就有这样的年俗讲儿，到了腊八这天，离年禧越来越近了，喝着腊八粥，心里头可就开始盘算这个年禧怎么过了。这腊八于是就成了过年的倒计时日，躲债的要合计出走路线，讨债的要一天紧似一天地催债了。倒霉的不说，大部分安分的人家可就忙开了，算计筹备过年的年货，预定年禧的走访，更重要的是熬一锅腊八粥，泡一坛子腊八蒜，全家人围炉夜话，供了佛，拜了庙，最乐的就算是让人看着都喜兴的孩子。

选这一天给所有网民报信儿送乐儿，连开八场新闻发布会，这在中国互联网算是开天辟地头一遭了。在网上开直播形式的发布会，我是第一次听说，而且竟变成第一次就参与了发布会活动，给我的感觉，怎么都有些发毛。

心里发毛不是发虚，是心里没底儿，这也不是拍胸脯逞英雄的事儿。头一遭办网络春晚，到底办成个什么样，别说我心里没底儿了，凡是参与这个大型活动的人，从第一视频集团领导到跟这个活动沾一点边的第一视频的员工，谁也想象不出这个活动最后应该是个什么样。更不用说这还是首届首场的史无前例的活动。

没底儿也不是说真的像掉进个无底洞，唐僧掉无底洞时，还无限风光地差点当了美女洞主的驸马，谁能说无底洞就是黑糊糊的毫无风月美景。晚会和网页的策划早已成竹在胸，这起码算是我们的本钱，可本钱也不能都翻兜亮相，来个底儿朝天吧。发布会前一天下午，王淳召集大家开会，基本上把该说的，不该说的，该半遮半掩说的，该放烟幕弹的都布置了下去。再加上新任命的春网开元大联欢的新闻发言人赵丹阳，我和陈亮打着哈哈对这个小老弟说，丹阳，一本正经的话我们哥俩儿玩不转，你把该说的正经八百的话都捋顺了，我们俩负责给你打岔敲边锣，放烟幕弹这事我和陈亮来做，这是技术活儿，比较累，光辉高大的形象给你，你代表的是第一视频啊。

赵丹阳拉着我，装出一副央求样说，孟老师，您可别把我一个人甩了啊，有些话还要您来接场啊。

我哈哈笑着说，老弟跟我打岔吧，你是逗哏，我和陈亮是捧哏。放心，你把该说的都说了，剩下的，就看我和陈亮的临场发挥吧。谁知道网友们到时候问什么，估计最关心的还是晚会上都有哪些演员或是网上哪些红人名人会来参加这类问题，见机行事吧。

回到项目组，陈亮冲我耍起了小性子，都什么时候了，还让我参加新闻发布会，我都没时间干活了。不行，老孟，这活儿你去应付吧，我还是赶紧把节目的事搞定才是真的，时间紧啊，我再在这上面耗费时间耗费精力，到时候真拿不出真东西来，砸自己招牌事小，给人家第一视频演砸了那就事大了。

我说，你小子要是敢不去，现在就让这活动演砸了，好家伙，新闻发布会总导演不露面，你是玩深沉还是装大个儿啊。甭废话，不光是要去，你还得唱好这台戏，多少网友守着电脑正看呢。

陈亮笑着说，得得得，你还给我上课来了，我还真不去啊。说实话，这台晚会怎么样，到现在我是真没谱，毕竟咱们这回不只是玩晚会，更重要是一种全新的直播技术含量在里面，谁敢打包票就一定成功啊。能请来什么大牌的演员这是其次，技术这块现在咱们不还是停留在理论上吗。我是担心这个。

说着这话时，荣松走进了项目组，他接过话茬说，你现在别瞎操心这个了，其实第一视频的视频技术已经相当成熟了，只是和传统晚会结合起来的模式还是第一次。你没有底儿是因为没在一起磨合，我也一样不清楚和晚会导播怎么结合好，但是咱们在会上碰的那个导播技术，我们还是有信心的。

第二天一早，当我和陈亮坐在第一视频直播间里调试耳麦时，赵丹阳早已和美女主持人面对面地端坐在那里对“台词”。我看到赵丹阳面前的笔记本上密密麻麻的文档写了一大堆，他看一眼文档，微闭双目，嘴里念念有词地像崂山道士穿墙前唠叨的咒语，我说，丹阳，别紧张，有我们帮你敲边锣呢。

他看也没看我一眼，只说了一句：别打岔！

我和陈亮哈哈笑了起来，看来这小子心里也没底儿。

九、附录一：春网开元网络直播新闻发布会

我后来翻看了一下新闻发布会的笔录，发现两次新闻发布会几乎完全可以互补，虽然此次没有张力军董事长和荣松的参与，两次发布会的风格和内容配合得巧夺天工。为了忠实记录这段历史，我只好把其中精彩问答部分保留下来，原汁原味地还原当时的情景：

线上直播的发布会是在第一视频自己的直播间里进行的，年轻漂亮的女主持采访我和陈亮、赵丹阳三人。

赵丹阳首先做了开场：这个活动是从2010年2月6日，小年那天开始，一直持续八天。每天由一家网站主办，包括第一视频、新浪、搜狐、网易、猫扑、千龙网、TOM、凤凰网。主要展示中国2009年经济社会发展的成就。2月6日这天首届首场网络大拜年是由我们第一视频主办的，充分发挥了多平台、多媒体的形式，综合运用了图文、视频全方位呈现这次大拜年活动，活动内容既有精彩幽默的表演，又有网民的互动，我们上线的时间是2月6日的零点。

主持人：我们知道有八家的网络媒体，第一视频、新浪、搜狐等，我们第一视频是第一家。陈导演您也是导演了很多次晚会，您觉得互联网跟传统的晚会有什么区别呢？

陈亮：最大的区别就是参与，因为我们是互动的。要符合我们网民观看的标准，所以在晚会上设计了很多方式体现互联网的特色。

主持人：孟老师您怎么看待互联网的网络春晚？

主持人：这个区别可能是网民所想象的区别，其实我个人认为没什么区别。严格意义上讲没法比，不在一个平台上。所以区别只能说我们

跟其他七家有什么区别。

主持人：说到了主旋律，大家都会关注每一年的主题，作为互联网的第一届我们的主题是什么？

主持人：因为本身这次网络大联欢就是史无前例的，我们最大的主题就是网络， 我们紧紧围绕一个网络、庆春的活动展开。

主持人：互联网有一个最大的特点就是互动性很强，作为网民我们怎么参与呢？

赵丹阳：我们这次活动从2月6号凌晨开始，网友参与的机会很多，包括专题页上会陆续发出一些征集活动等，大家可以随时关注我们第一视频的网站。网友参与我们的互动可以有机会成为晚会的主角，另外我们也会设计很多奖项。

主持人：我们刚才说到了八家网站，这八家都是中国很牛的，我们第一视频作为第一家，怎么能打好头阵，做出自己的特色，区别于其他七家网站呢？

陈亮：我那天开玩笑说，有三个“第一”，第一届、第一场、第一视频。第一场对于我们来说是有压力的，但是对后面来说更有压力。可能大家都在封闭地做各自的东西，我觉得他们也都有高招，但我们有我们的高招，有我们的特色，现在透露还有点早。

主持人：我们知道每年春晚大家都会有特别大的盼头，作为网络春晚，也很多人关注第一视频会请哪些明星呢？

陈亮：大家都很关心，我也很想披露，等到适当的时机我们会把节目单给大家看，大家可以灌水可以拍砖。其实我想网民更关心的是第一届网络春晚，我觉得应该在形式上有所突破。我觉得大家应该期待的是我们在形式上的突破。

主持人：今天是腊月初八，我们只有半个月的时间，所以我想问一下新闻发言人，第一视频准备好了吗？

赵丹阳：我可以很肯定地告诉大家，我们准备好了。我们第一视频在2008年成为了第29届奥运会2008北京国际新闻中心唯一的新媒体合作伙伴。在奥运会期间成功考验了我们的团队，作为香港主板上市的集团，我们将斥资打造这次盛会。第一视频已经成功进行了近千场直播，这次我们将会以全新的形式与网友共度新春佳节。

主持人：我想问一下陈导，我们整个晚会的演员有多少？

陈亮：已经有100多人了。时间紧，我跟我们所有的工作人员说，要实行两抢，一个是抢时间，一个是抢人。因为年底是我们大型活动的高峰期，我可以向大家透露一下，从2月6日开始八家晚会接力举行。我们这里也有超大的明星，也有网民非常想见的明星。我虽然不能透露，但是今天发布会之后，我们有关节目的消息会陆陆续续在网上披露、公布。主要是让网民对我们监督，让网民知道我们是怎么做这个晚会的，因为网民的智慧是不可估量的，可以给我们提很多建议。

主持人：我们看到很多网友给我们留言，比如说小品、语言类的、歌舞、魔术等传统形式的节目会不会都涉及？

陈亮：都会有，而且更多的是适合网民的，当然现在正在酝酿当中。传统晚会的东西我们有，传统晚会没有的我们更多。

主持人：我们刚才聊了一下大概的内容，接下来这个问题非常重要，就是怎么收看？

赵丹阳：本次活动正式上线的时间是2月6日的凌晨开始，晚会会在6号的晚上8点准时直播，网友们可以登录第一视频的网站www.vodone.com收看晚会直播和白天全天的节目。

主持人：刚才说到了这个主题叫“春网开元”，孟老师是总策划，给我们介绍一下这次的活动主题吧。

主持人：刚才我讲了一些了，它一定是不同于历年所提到的山寨春晚、草根春晚，也不同于传统电视春晚。我曾经说过，电视春晚应该算得上中国新年的新民俗文化。每年的大年三十晚上，全国老百姓都要看春晚。你现在要跟电视春晚作一些比较，我觉得没有什么太大意义。

我们想提出，既然是网络，我们用网络的特色和晚会的模式嫁接，嫁接成一个新的概念。也就是说我们这个活动在电视上你不可能百分之百地展现，电视的晚会在网络上可以百分之百展现，这只是其中一个部分。但是我们这台晚会要在电视上看，不是不能看，但是很多互动环节你参与不了。网友参加我们的活动首先就是可以跟屏幕上的演出互动，所以这个是模式的改变。

第二个就是时空上的意义。央视春晚是在大年三十的晚上四小时的节目就结束了，第二天、第三天重播。网络不可能是几个小时就断掉了，我们“春网”的概念是24小时的。网民从零点就开始参与我们的活动，全天24小时的直播，有这么多不同的东西，所以我们取名叫“春网”。而且我们这八台晚会，从第一视频开始，可以说是“点炮”了。为什么叫“开元”呢，就是开启了互联网上一个盛世活动，开启了一个新纪元。

主持人：刚才我们说到技术保障，网友是通过视频直播收看我们的节目，如果视频卡的话会非常影响情绪，我们问一下发言人，这方面我们准备好了吗？

赵丹阳：这方面我们也准备好了，因为要考虑到全国各地网友同时收看的效果，在技术这块我们是花了充分的财力和物力的。所以这次从技术的角度上讲，我们第一视频也做好了充分的准备，请各位网友放心。

主持人：这次“春网开元”融合了特别多的元素，可以看到传统媒体的，也可以看到民俗方面的，同时还有网友互动。今天我们的直播快要结束了，节目的最后请问各位对整个晚会有一个什么样的预期？

陈亮：腊月二十三是我们第一视频第一场，届时一定非常的火爆和精彩，如果腊月二十三没看到直播的话，没有关系，网友还可以看到点播的精彩内容。

主持人：我最后给大家卖一个关子，我们整个活动中，第一视频首场的开启形式会设计得非常特别，有很多的惊喜，大家要不参与的话肯定会遗憾的！

十、附录二：盛大的媒体新闻发布会

时隔四天，第一视频在亚运村的五洲大酒店宴会厅举办了一场盛大的媒体新闻发布会。这次线下的落地发布会，第一视频集团董事局主席张力军和总编辑荣松以及一位神秘明星均到场参加，网络发布会前埋藏的几个亮点在现场逐一透露给了嘉宾和记者们。

我还是忠实地记录下这些精彩问答，以做史料。

主持人：尊敬的各位领导、嘉宾以及媒体的朋友们大家下午好，我们今天发布会的内容就是中国首届首场网络大拜年，这个活动是由国务院新闻办审批，网官办主管，由第一视频主办，百度来进行统一推介，之后还有七家门户网站进行接力。我们第一视频将作为第一站揭开整个活动的序幕。春节对我们中国来说是非常重要的节日，而网络最近几年作为新媒体也是具有非常重大的影响力，把春节和网络联系在一起，味道就更浓一些了。我们在座的每一位都是中国3.8亿网民之一，所以相信大家一定会对我们中国首届首场网络大拜年产生非常浓厚的兴趣，而且这个活动也是中国互联网历史上具有里程碑意义的重大事件。

接下来由我正式宣布：风景这边独好——“春网开元”中国首届首场网络大拜年第一视频发布会正式开始。

首先有请今天到场的领导和嘉宾到主席台入座，他们是

第一视频集团董事局主席张力军先生；

第一视频总编荣松先生；

新闻发言人赵丹阳先生；

著名的文化学者，总策划孟繁佳先生；

“春网开元”中国首届首场晚会的总导演陈亮先生；

德云社著名的相声演员曹云金先生，以及姜洋先生，有请入座。

接下来有请第一视频董事局主席张力军先生来给我们作一个比较详细的介绍，有请。

张力军：各位媒体界的朋友们，各位来宾，大家好，今天很高兴有机会在这里和大家交流“风景这边独好——中国首届首场网络大拜年”活动的信息，大家知道我们中国的网民人数达到3.8亿，手机的用户也将近6亿，而我们以3G为主要特色的新媒体业务，用户还在快速地发展、增加。每到过年和重大事件的时候，我们的互联网都有非常令人激动的表现。

到了重大节日，由于我们的网民人数越来越多，在互联网上过年，用我们网民自己独有的形式来庆祝中国的传统节日，这样的诉求就越来越强烈了，大家都有体会。我们每年这个时候，都有一些类似举办春晚

的期望，所谓山寨春晚也好，各种各样的网络庆祝活动也好，都层出不穷，只因为网民有这样的需要。

今年我们互联网界的八家门户网站在北京网络媒体协会的指导下，发起了中国首届网络迎春大拜年活动。这个活动一方面是要满足我们3.8亿网民，在网上过大年的需要，另外一个方面也要在春节这个特殊时间点向我们全体网民展现中国发展了十余年的互联网的精神面貌，展现我们互联网作为一个有血有肉的实体的风貌，应该说是一件非常有意义的事情。

“风景这边独好”这是我们这次网络视频大拜年的主题，这也是我们这次晚会追求的主要目的，我们就是要通过大家的努力，通过晚会的手段和新媒体技术的结合，切实让我们广大网民感到在网上过大年，我们的风景也这边独好，所以这次的晚会应该说是具有非常重大的意义。

刚才我们主持人也介绍了有很多“第一”。第一次在网络媒体协会的指导下，比较规范地做一场以网民为主体的迎春晚会。那么第一届第一场由第一视频承办，这也是非常有特色的事情，当然这次八家网站联合推广，这在互联网历史上也是首次。应该说我们参与的八家门户网站都感受到了这次举办首届网络迎春大拜年的责任，也感受到应该抓住这次机遇，在广大网民面前展现我们互联网的精神面貌。所以首次大家联合起来，推广一件事，在互联网的发展历史上这是第一次。那么另外一个第一次就是我们首次以互联网为主体，为主要的播放平台，播放一台联欢晚会。

按照第一视频的规划，庆祝活动是从2月6日零点，腊月二十三小年开始，到次日零点，二十四小时连续不断举办活动，其中晚上有一个四小时的视频直播联欢晚会。当然这台联欢晚会就像之前有记者问我，是不是有很多的特点？我想这台晚会完全不同于传统的电视晚会，一台在新媒体平台上，展现新的形式，新的特点的晚会，是非常有特色的。我们的筹备组也是下了很大的工夫，第一视频集团在资金上、设备上、人力物力上都进行了准备，把这台晚会做好。一方面让我们广大的网民能够在互联网高速发展的今天，有一个新的民俗，以后腊月二十三，过小年的时候到互联网上来过年，我们网民们大家一起来过年，一直持续到大年三十。这个新民俗能够让大家喜欢，是毫无疑问的，这将会是我们开拓的一个全新的，要求雄厚实力去大力开拓的新兴市场。对网络视频市场的发展，对我们所谓网络媒体晚会的产业发展有非常大的促进作用。

刚才有很多朋友问我，你的目的是什么？我说我们追求的是让大众娱乐，让网民娱乐，同时也要让我们取得经济效益，让这个产业能够以一个健康的模式发展下去，所以今天我在这儿把整个的基本情况向大家作一个概述，也就是说今天大家参加的新闻发布会是一件非常新的事情。我希望我们能够全力以赴把这件事情做成功，真正达到我们“春网开元”这个主题的目的，让我们的网民能够从中得到欢乐，让我们今后互联网的发展有新的亮点，谢谢大家。

主持人：感谢张总的精彩发言，也让大家对网络大拜年有一个直观的了解，当然媒体朋友也会有疑问，我们稍后会有答疑的环节，今天是2010年1月26日，是我们第一视频在此召开新闻发布会的日子，同时也是在场一位嘉宾的生日，今天是曹云金先生的生日，今天也有他的粉丝团带来了生日礼物，大家在这里一起祝曹云金生日快乐。

曹云金：感谢大伙，一个年轻的相声演员受到这么多人喜爱，心情非常的激动，台底下上百家媒体，包括第一视频的领导，感谢大伙，谢谢，请各位老总一块把蜡烛吹了。网络春晚是第一届，希望网络春晚大火，收视长红。

主持人：相信大家肯定会有一些问题，当我听说公司要举办首届网络大拜年的时候也很好奇，这到底是一个什么样的形式？这跟传统晚会又有什么样的区别呢？所以接下来的环节请现场的媒体朋友们可以自由提问。

记者：您好，我想问一下孟策划，这次网络大拜年的主基调和主旋律是什么？

主持人：我一直在更正大家的这个提法，我们这场网络大联欢活动严格意义上来讲，不能说是网络春晚，因为我们这个概念和普通的晚会概念是不同的。网络有网络的特色，我们的特色是阶段性，晚会就是一个时段，不管是央视春晚还是什么春晚。我们从腊月二十三零点到晚上

24点这样一个期间，而且到第二天第三天一直是延续的。所以我们的概念为什么叫“春网开元”，它就是迎春网络大拜年这样一个活动，这个活动开启了互联网迎春的一种新的模式。这个模式实际上是晚会模式和网络特色相互嫁接形成全新的概念，这个概念可以这么讲，史无前例，但是空前不绝后，后面肯定有超越我们的。“春网开元”，开辟了一个新的纪元。

记者：在座的嘉宾随便哪位回答都可以，一提到春晚大家首先反应到的就是央视春晚，所以我想问一下，这次的春晚有没有和央视PK的意思？第二个问题就是我们知道北京电视台也举办了一个春晚，我们和北京台的又有什么区别？或者说自己的特色在哪里？

陈亮：我先回答第一个问题，跟央视春晚PK的问题，我们从一开始就不跟它PK，因为在某种意义上没有可比性。央视春晚是传统意义上的联欢晚会。因为央视春晚已经深入民心了，所以不应该跟它进行对比，所以我们从一开始设计的时候就没想过跟它PK。北京台那个春晚，它也是一个晚会，不过它可能多了一个网络传播的手段。我再说一下我们的春网。我们是一个嫁接，更多的是以网络的手法来做晚会，我刚刚跟张总聊的时候，我们首先是在形式上做很大的突破。因为大家看晚会都是在电视上看，这次在网络上看，我们要符合网络人群观看的习惯，这是我们形式上的突破。我想这一两天我们就会陆陆续续在网上公布我们的一些具体内容。

记者：我这个问题想问一下第一视频张主席，举办这次活动对今后的发展有怎样的预期？

张力军：大家都知道网络视频的发展应该说在技术上是日新月异的，但是在盈利模式的发展上是困难重重，所以到目前为止，网络视频这个产业究竟怎么发展，如何让大家都看得见，是所有网络视频从业者探讨的话题。

第一视频之所以发力，是在我们政府有关部门的指导下，率先举办首场网络大拜年活动和网络春晚活动，也是对网络视频产业今后发展的一个重要的探索。大家知道晚会的经济是非常大的一个份额，那么传统的晚会经济大家都了解了，市场也有多家在开发，应该说效果很好，网络上的晚会经济能不能成立？能不能站起来？能不能为企业带来很好的效益？能不能成为网络视频发展的重要方向？这也是值得探讨的重要问题。

所以刚才我讲了，办这次晚会的目的有两个：第一个叫娱乐网民，大家过年了，在网上过年，创造新的民俗。第二个就是我们对网络视频产业今后发展的探索。大家知道内容为王，什么样的内容为王是非常重要的问题，细节上要做很多的推敲。网络晚会毫无疑问是一个全新的形式，陈导也介绍了，这次我们做的晚会不是简单的电视晚会在网上播，是一场真正的为网民打造的、体现网络生活的、用网络所有的技术来支持的全新网络晚会，会有很多亮点，当然也会有很多新的盈利模式，这是我们第一视频追求的目的。

所以刚才开会之前我曾经跟几位记者介绍，我们中国的所谓视频市场每年有三千亿，网络视频能不能以一种特别的手段来把这个市场卸一部分过来，哪怕仅仅只有5%，应该说对我们网络视频的发展也是很大的份额。所以我对这次网络春晚或者叫“春网”取得经济效益、社会效益双丰收还是有信心的。

记者：我想请问一下，我们这次网络春晚都有哪些名人？传统的红人能不能到场？普通的网友怎么样参加网络春晚的直播？网友互动的环节是怎么设计的？

主持人：首先我们回答一下第一个问题，就是这个“春网开元”能看到哪些明星？

陈亮：我们现在已经有两位了，一个是曹老师（曹云金），这是一个亮点，包括我们的姜洋，还有类似像小沈阳、赵本山这些传统大腕儿我们会以不同的形式让他来我们的晚会。

主持人：刚才记者朋友还问了第二个问题，就是网友怎么参与？

陈亮：今天得不断把我们之前的准备工作慢慢浮出水面了。我们现在已经发了网上的通吉令，通过网络征集网友参与话题、和晚会内容的互动，包括征集网友节目等。在晚会观看方面我们会让大家一边看一边来参与，要符合大家网上的观看习惯。只要你粘上了，你就掉不了了。除了我们现在传统晚会的手段之外，我们高密度的互动也是非常有特色的。因为第一视频网站功能的强大，所以我们是可以实现高参与度的。

主持人：我可以给大家透露一个细节，第一视频为这个活动，技术人员采用了一些技术，就是怕大家在网上待时间长了，眼睛受不了，所以在屏幕的表现上作了处理。刚才陈导说的，大家关注了，那么我们还要考虑大家眼球的承受能力。

荣松：我们陈导已经准备在晚会还没开始之前把节目单晒出去，你有本事改变节目单你就提建议。这些都是网友可以参与的。

记者：网络刚出现的时候，大家都说马上要取代纸媒了，现在网络春晚出来了，您作一下预测，什么时候把中央电视台的春晚取代了？

张力军：谢谢你这个问题，其实我们大家可以用一个比较平和的心态看这个问题，你刚才提到了，由于网络的兴起，曾经有一段时间对传统媒体造成了很大的冲击，我们会判断纸媒都可能会消失掉。但是互联网发展到今天大家看到的事实和我们当时想象的并不一样，其实在某种程度上是相反的，我们作为互联网公司，我们同样花了大笔的广告费在电视上做广告、在纸媒上做广告、在地铁上做广告，也就是说互联网经济发展起来以后，并没有成为其他传统经济的杀手，其实在某种程度上大家找到了一个相互融合共生的平衡。

当然互联网它基于一个快速发展的信息技术，它发展的后劲是非常强的，当然也启发了传统媒体向新媒体靠拢。所谓的传统媒体在不断地开发新媒体的市场，我们这些新媒体应该说对传统媒体也是非常青睐的。

过年期间春节之前我们也会通过卫视向我们广大的电视观众呈现我们网络的风采，所以我相信网络媒体的发展对传统媒体来讲应该不是一个相克的关系，所以我们这次网络春晚，我想不是所谓央视春晚的克星，其实不是这样的，从时间的选择上，我们是小年，他们是大年。刚才总导演也介绍了，我们在体现网络精神面貌的时候，不是以电视明星为主，而是以“民星为主”，所以它有它的特色。晚会的名字叫“风景这边独好”，那边“风景”也好。所以大家要理解这个意义，如果这次成功了，大家在网上赞扬了，举措是好的，那以后互联网的风景每年都这边独好，我相信央视那边也会很好。

记者：每一台晚会都会准备好几个月的时间，我想问一下张总，咱们这台晚会准备了多长时间？动用了多少资源？因为第一视频毕竟不是专业的电视台，还有一个问题就是咱们这台晚会推出以后，第一视频希望能达到什么效果？比如说有多少人参加？能达到多少收入？谢谢。

张力军：简单给大家介绍一下，因为我刚才说了，这台晚会其中有一个特点就是有网络媒体协会的指导，政府指导在协调组织的时候是需要一定时间的。当然我们并不是得知得很晚，我们动手准备应该说还是合适的，没有几个月的时间，但是也酝酿了有一两个月，所以说准备上还是充裕的。就像刚才总导演提的，毕竟它是一个网络上的春晚，以网络技术为特点，大家看了以后一定会感觉很有新意。比如说我们在演员的组织上，网络的力量很强，坦率地讲很多艺人对我们还是支持的，但是我们的宗旨还是以网民关心的重要事件、了解网络事件中的主人公为主。准备应该说是相对充裕的，但是并不是准备了很长时间。

说到资源投入多少，网络上做晚会主要还是在流量的保障上，让大家到时候能够看到这场晚会的直播，在流量上是有一定的成本。应该说要保证我们当时预期的流量成本，几百万上千万的流量费是要有的。就是这样我也担心到那天在座的各位有点看不了的现象，我们的技术总监在下面坐着呢。他们有一个想法就是排座次，后来的实在看不了了，对不起进不来了。在这样做的时候，我们也做了相关的市场营销，我想点击量在直播的时候，应该说突破千万这个是毫无疑问的。至于能不能过亿，这个一方面取决于我们网民的期待，第二方面取决于我们七家合作网站的推广力度，第三个方面取决于我出多少钱。

从我们的角度来讲，既然组织了我们就让大家有一个好的体验。因为我们不是一个做节目为主的公司，所以才请了专业的团队，与陈导和孟策划合作了一下。陈导也是央视的工作人员，同一首歌导了好几百场，我们的总策划老孟也是对互联网有研究的，在互联网界有一定的影响力。所以做晚会的人和懂网络的人结合起来，打造一场适合互联网的晚会应该说大家寄希望于他们俩是值得的。

广告营销上我们构筑了很多的悬念，这个推给广告商大家的响应还是很热烈的。我希望这个晚会收视率能够达到我们预期的，至少突破千万，中等水平突破五千万，最好达到一个亿。这对我们今后晚会经济的发展也是非常有意义的，对我们的广告商也是非常有意义的。他们非常需要知道这个东西，下次还参加不参加，这次的效果是非常重要的。这对第一视频来说它的营销起步是有很好的意义的，我们也期望这台晚会能够达到经济效益和社会效益双丰收。谢谢！

记者：网络拜年会不会成为以后的趋势？

张力军：办这台晚会我们有一个愿望，就是想培养出大家一个新的习惯，所谓网民自己的新民俗。互联网在所有重大事件上都有非常突出的表现，但是以往我们没有把它作为一个主流媒体诉求来表现。那么这次我们应对广大网民的需要，先从过年开始，让大家形成一个习惯，以后过年从小年开始网上就有咱们的活动，然后网民还要在网络春晚上选出自己的明星，推出我们自己的几首歌曲，这就是我们的习惯，这个习惯形成以后，我们会在各个节日推出相应的活动。所以这次的成功与否非常关键，如果这次成功了，可能大家觉得好，那今后形成一个习惯，习惯次数多了成自然，习惯成自然就形成民俗了。以后大家就可以一起做，继续过这个节日。

记者：这次活动的设计有哪些亮点可以提前透露一下？

陈亮：我举个具体的例子，曹云金老师在这里面担当了四个节目。我们之前把所有的节目单会放到网上去。我觉得网络的魅力就是这样，我们把所有预先做的事情公布，我们这个节目是什么？下个节目是什么？让网友去参与意见，去做决策，这种模式延续下去，就真正成为网民自己的春晚，成为一个品牌。网友参与的东西有很多，可以上第一视频的网站去关注，还有一个很重要的就是我们把节目单晒出去之后，我们希望网民跟台上的嘉宾一起做。比如说网络很著名的歌曲《死了都要爱》，我们会让观众跟嘉宾一起互动，所谓的全民参与你有胆量就来吧，因为我们的通道绝对是畅通的，包括在网络发布会的时候，我们也征集了很多网友志愿者，就是你可以全方面地参与晚会。

张力军：其实陈导说了半天还是晚会的，我给大家说点晚会以外的事，网络晚会时间在晚上，但是我们网络活动的开启时间是腊月二十三的零点，我们这个开启仪式非常特别，完全有网络自己的特点。网民如果要打开一个网站，有一个必然的动作就是点击，我们这个活动的亮点就是点击。你怎么样把活动开启，不在于网站，不在于第一视频，也不在于在这里有没有倒计时，而是网友用自己的鼠标来开启这个活动，到底怎么能开启，我就卖一个关子。

主持人：其实很多朋友会关心我们怎么收看？怎么互动？包括导演也说了我们会晒出节目单。大家可以看我们的屏幕网址www.vodone.com。“风景这边独好——春网开元”首届首场网络大拜年的发布会到此结束，谢谢来宾和媒体朋友到场，欢迎大家观看我们的网站关注我们更多的内容，再次感谢各位到场，谢谢！

十一、提枪上马的总编辑

文人若是能提枪上马，这可就是无往而不胜的战役了。对于指挥这场战役中最重要的一环网站建设部分，第一视频集团总编辑荣松，从组建主创团队之初，就被赋予三大重任：网站春网的内容建设、网站春网的技术实现及春网整体网页策划。

网站作为整个春网开元的龙头启动，决定了晚会表现形式。这才是网络春晚的真正意义所在。

而三大块的工作，荣松不仅要谨慎考虑各个步骤，且不容任何失败，还是那句话，没有时间来纠正错误。

很多传统晚会是在集中时间集中人力，从策划到筹备直至彩排甚至需要近半年的时间，而这只是一台晚会的几个小时的演播而已。而这次“春网开元”网络大拜年活动，除了直播晚会，更加上了网站的网页内容作为活动的主战场，更是给这次春网活动增加了近二十小时的内容，而且从晚会本身来讲，也是与白天的网站网页活动要有丝丝相扣的连接，网页内容的搭建几乎与晚会的节目策划相互间起到承上启下的作用。荣松作为集团总编辑在网页呈现的环节上绞尽脑汁，更是将一种前所未有的网站技术新颖地与晚会直播技术嫁接成功。

回顾从接下任务，到开始网页设计，内容充实，技术调整，竟然在短短不到半个月的时间就完成了如此庞大的工程，这不能不说荣松的能量是很可怕的。事后在一次记者采访会上，我偷听到记者在采访荣松时的几段对话。

记者：这次“春网开元”网络大拜年活动，除了直播晚会，网页也是重中之重，你作为总编辑在网页呈现的环节上做了那些设计？

荣松：这次“春网开元”我们做了24小时直播的一个整体策划方案，网页呈现也是非常丰富。首先是“开门”环节的设计，因为是首届网络大拜年，我们又是首场第一家，如何开启这次活动序幕？我们最初设计了一个“门”的概念，在腊月二十三零点有一个开启仪式，由网友点击开启页面大门，同时也是开启首届首场的序幕。

我们做了24小时直播页面，包括白天和晚会那四小时的内容，当时设计使用视频切换的技术，就是在一个直播页面上，进行几个视频口的切换，当时导演听了也很兴奋，说那我们把各个机位的信号都提供给你们。这样的话网友不但可以在页面上看到晚会直播的主机位，还可以自行切换收看其他机位的内容，把导播权交给网友，有的人爱看晚会，有的人想看看后台发生了什么，多机位视频切换这个设计领导非常满意，网友也特别感兴趣，这个可以说是史无前例的一个创新。

再一个就是专题页面和晚会直播页面分开，因为考虑到专题页的内容涉及民俗文化等内容非常多，考虑到同一页面的切换问题我们采取分开的设计，一个专题页，一个晚会直播页，还包括在线发布会等。在网页中体现网友参与互动我们也做了很多设计，比如专题页的留言入口，网友可以直接留言，给喜欢的鲜花，不喜欢的可以拍砖，设计了很多flash，包括看节目看晚会都可以直接时时回复留言，互动性非常强。在内容上我们也设计了网友参与的环节，我们先后发布了10个通吉令，包括征集春节的故事、春联，还征集网友节目来上“春网”，其实网友互动参与这块是最后讨论的，页面却是最早出来的，为的就是网友很早就能参与到活动中来。

记者：您觉得“春网开元”这个专题页面区别于其他七家网站的最大的特色是什么？

荣松：一个是体现互动性，网友在专题页看我们白天的直播和晚会直播的同时就可以留言，可以交流，还有鲜花、鸡蛋、飞吻这样的体现互动乐趣的设计。二是当天的直播都是即时更新的，网友可以看到最新的内容，比如晚会前的筹备阶段等，网友都能第一时间看到。三就是视频内容多，因为我们是8家网站中唯一一家视频门户，那其他的可能更多的是以图文的形式呈现网络大拜年的年味儿，我们基本上以视频内容为主，网友腊月二十三这一天都有直播节目可看。四就是网页设计上也有所不同，因为要体现八家网站联合，在专题页的设计上网管办给出了统一的色调和页头页尾，他们的页头是剪纸风格，色调以黄为主，我们还是想表现一种中国红，这样最终就用渐变色来调和，在页面上也体现了自己的风格个性。

记者：这次活动网站部分工作最大的困难是什么？

荣松：困难很多，最大的困难就是时间。一个月左右的时间筹备这样一个大型活动，因为不同于图文，视频的制作成本很高，我们要在这么短的时间，征集网友的节目，网友也需要制作过程，还要建设页面，组织专题页面的内容，内容量非常大。另外技术呈现上也需要开发，在保证网站正常运营的情况下，要加入一些创意设计，比如一些flash的实现，很多技术问题，包括直播和网友导播的切换技术。再一个还要考虑当天的流量压力，那么多人同时在线观看，我们要承受的流量的压力，那么要找运营商协商解决。我们从页面开门到直播到晚会，设备信号来回切换了至少5次，那么在直播室、晚会这样来回切换的过程中就容易出现故障，那我们的运维也要做好准备。所有这一切问题，其实都可以解决，但归结于一个问题，就是时间。

记者：既然是“网络大拜年”，页面上哪些设计体现了网友参与的精神？

荣松：在网友互动版块的设计上，我们还请来了知名的天涯版主小刀断雨，小刀加入以后丰富了我们网友参与这一块的内容，我们专门做了一个通吉令的页面，先后向网友发布了10个通吉令，向网友征集春节话题、网络故事，以及和汶川小朋友交换礼物，给小老虎征集名字，网友想在晚会上看见哪些明星，也可以上网投票，网友还可以上传自己的节目通过评选参与到网络晚会当中，可以说网友参与度非常高，参与形式也非常丰富。

记者：网络专题页和现场整台晚会是一个整体，这两者在哪些方面是互相体现的？

荣松：其实晚会是我们整个活动的一个部分，是二十四小时直播中的一个环节，现场晚会和网页上有一个互动的关系，网友可以在专题页上收看晚会，时时留言互动参与讨论，网上的一些内容也会通过直播晚会现场有一个反馈，比如网友收看回复的情况等。我们整个二十四小时的网络大拜年内容上有一个四个环节的贯穿，晚会也是四个环节，互联网创造中国、引领中国、改变中国、感动中国，是一个白天的浓缩。晚会直播后我们也会剪辑精彩的片段，再上传到专题页上，一些可能没有看到的内容，再次以视频的形式展现给大家。

记者：因为页面上有哪些当初设计的部分由于种种原因最后没能呈现的？

荣松：一个是直播时的大小屏幕切换这个由于考虑到网友终端的限制，最后采取了多机位切换；还有页面上我们最初设计开门之后呈现一个八卦阵，因为这次整体都是以传统文化为背景，那么八家网站我们就想采用这八宫，每个网站占一宫，最后八卦聚焦成一个舞台，这样一个flash的形式，既有中国传统文化的元素，又体现了八家网站的这么一个特色，但是由于时间等原因这个开门后的flash没有实现，最终是以视频代替的。还有就是网友的互动版块，我们也设计了非常多有意思的内容，比如网友全国盖大楼，设想的是每个省做一个网友回帖盖大楼的这样一个版面，那就要三十多个，这是一个巨大的工作量，但是非常有意思，由于时间太紧张最后也只好放弃了；包括灌水的互动，想设计成一个真的河流式的flash去让网友灌水，最后这个河流随着网友灌水内容越来越多达到一个汇入某一主题的一个效果。其实好的设计很多，但由于种种现实的原因，有些还是无缘实现，这个也比较可惜。

记者：网友对我们网页内容和形式的评价如何？

荣松：总体上评价还是非常高的。尤其是反映最多的就是网友对这个多机位直播很感兴趣，因为以前看晚会大家只能看到一个主舞台，导播切什么你就看什么，而这次我们这个创新，让网友看到多机位的一个切换，他们看到了难得一见的后台、化妆间演员们的一个状态，这样网友的自由度很大，很多网友到现在，晚会结束这么久了，还在看滚播。

再一个就是互动这一块，网友的参与度很高，大家对这种开放式的征集上传节目，直接参与，包括直播环节留言互动，都觉得非常有意思，他们这次真的感觉到网络上的“春晚”是网民自己的盛会，他们互动参与的主人翁意识得到了发挥和满足。网友的留言多达几百万条，大家觉得这次网络大拜年形式很新颖，也提出了不少建议。

记者：技术方面要满足那么多网友同时观看在线直播晚会是很难的，您和您的团队是如何解决这个问题的？

荣松：其实这样一个活动，包括请演员、筹备等，你们想不到的是，其实技术上的成本投入才是最大的。我们要有足够的带宽，我的服务器运维要保证节点分布，保证全国网民都能够流畅地收看到这24小时的直播，中国网民有多少？3.8亿，哪怕十分之一的人在看这场活动，那么我们服务器带宽的压力是多大？还有晚会现场的直播确保不出问题，我们用直播车做后备保证万无一失，晚会现场的两次连线，一次国内，一次海地，我们的技术保障等，都是经过了测试再测试，多方协调，开会提解决方案，确实投入了很多的人力物力。

记者：是否方便透露一下，这次活动我们的网站创下多少的PV神话？

荣松：网站和电视媒体有很大不同，视媒是爆发性的，而网络是有一个持续性，截止到正月十五，我们创下了超过5000万的PV。这其中有两次峰值，一次当然是腊月二十三当天，是一个网友关注的高峰值；再一个就是节后，因为毕竟2月6号大家还在上班，那么春节放假期间，旅游卫视转播了我们的晚会，大家也看了央视的回来再看网络上的，那时候再次达到一个高峰。这个数字可以说是在我们意料之中的，但又有些惊喜，因为网友看直播的毕竟还是少，那么长时间你要把他拴在电脑前看直播，这个很难，因为网络的特点就是自由选择性更大，所以能达到这样的效果确实很不错。刚才说到网络有一个延续性，我们后续的点播，包括活动中剪辑的精彩视频花絮陆续更新到网上，这个关注度也一直保持着一个延续。

记者：今年这个首届首场网络大拜年虽然结束了，但是它对今后或者说对第一视频有什么意义？今后还有没有继续做的一个想法？

荣松：其实这个活动结束了，但是带给我们的思考很多。首届它开辟了一个创新的模式，那么晚会是演出行业的一部分，而它和网络的结合，是不是会衍生出一个网络演出的概念，这个价值如何被挖掘出来，那么这种模式是不是对演出行业的一个补充，它是不是能带来一种全新的文化，或者说能不能推动整个演出行业的一个新媒体化的一个进程，其实才是背后的意义和价值，我们第一视频一向是非常重视创新，我们会继续探索和挖掘首届首场网络大拜年背后的意义和价值。

我很少听见王淳在公开场合赞扬一个人，向来严格与精益求精的女强人口中，终于在晚会之后的不同场合，几次谈到第一视频网站建设的兴奋都是溢于言表。而对于荣松，她也曾对我这样说过。

通过这次晚会，我才看到荣松的激情，他平时的工作作风总是四平八稳的，公司交给他的事结果可以不用问，一定会很圆满完成。但是对于创造的激情我始终没有看见，而这次他真的是让我看到他另一面的激情与霸气。

十二、和洛兵一起打造的主题歌
让刘媛媛叫好

找洛兵做晚会的音乐总监是我接到晚会的总策划时第一个蹦出来的念头。和这小子认识这么多年以来，几乎是看着他将自己的音乐人生拉到最辉煌的年代。后来他转投文化行业，不管是在网上，还是现实里左一本右一本的小说横空问世，直到那本《绝色》已经启用汤唯做主角准备拍电影。随后他个人的回顾性总结《我的音乐江山》问世出版，他才最终成为文化界一颗闪耀的外来入侵者。我一直没有怀疑洛兵的音乐天分是作为国家级演员的爹娘传给他的基因，也一直没有怀疑他的音乐元素中或多或少掺杂了他藏族血统中康巴汉子的执著。

至少我有这样的一种感觉，听他的音乐有时恍如天籁。

洛兵在最一开始满口答应我出任晚会音乐总监时就甩给我一句话，歌我来写，你小子作词吧，文字那么牛X，你能作出特有激情的词来。

我挠了挠脑袋，这事你看成？

他说，有什么成不成的，这么短的时间，你让我又作词又作曲，整个晚会的音乐啊，那不是听几首歌就完了的，四个多小时呢。你就辛苦点儿吧。

我只好应承下来，心得慌，你小子总得给我找点我很乐意干的事，是哥们儿！

答应时可以不过脑子，上嘴皮儿一碰下嘴皮儿话就吐露出来。可要真是做起来就满不是那么回事了。洛兵说了，你把词写得牛X了，我就来了灵感，这首主题歌一定能让它流传下去。

其实我也知道，能流传下去的主题歌并不多，这不只是歌词歌曲创作的好，更重要的是演唱的演员也要很有功底。加上前后期的宣传，一首歌的流传是很多因素构成的。不过考虑那么多也还是要从第一句歌词做起，这就让我犯了难，什么样的歌最能代表网民的心声呢？

创作最佳时间一定是文人跟夜猫子对眼互看的午夜，不过我跟夜猫子对视了三小时最后还是顶不住了，睡，爱谁谁。脑袋一躺在枕头上，并没有往常那样立刻呼呼大睡，反而越来越清醒。窗台上的花草如剪影一般支棱在夜空前，透过花草的缝隙，似乎能看见几颗冻得发抖的星星闪烁着。天上的星星亮晶晶，地上的小草苦伶仃……突然有这么两句词晃进我的脑海，越来越强烈，也越来越清晰。我有些躺不住了，这是一种习惯性的征兆，灵感已经来了。我翻身坐起来，看着星空，也看着花草，天上星辰，地上草根……

是啊，天空中浩瀚的是星辰，地上无垠的是草根，都说网民是草根，是上不了台面的草根，星星再多，也终不抵日月的光芒。我要表达的不就是这个意思吗？

我赶紧拿出手机记录下来：天上星辰，地上草根。第二天早上醒来，发给洛兵一个短信，他立刻回复：牛，太他妈牛了，就照这路数写。

我说，这是不是说晚上让我接着梦周公？周老爷子作古可不作曲。

洛兵说，你梦谁我不管，这两句太牛X了，你就别写太文了，很不错。

我把所有歌词给洛兵时，他二话没说，你等着看好吧哥们儿，这首歌绝对能红，歌词写得太好了，我一定把曲子作成更朗朗上口的，而且我跟刘媛媛合作过，她完全有能力把控好这首歌的韵味。不过，你还要给杨洪基老师再写一首，这首歌就一定要大气了，要很适合杨洪基老师的大家风范，可以写得很雄浑很有气势。

我就猜他会一点点给我上套。

随着晚会的一天天临近，我和荣松还是决定抽出时间亲自到录音棚看望两位艺术家的录音准备工作。

刘媛媛老师最后录音已经是夜里9点了，她刚从一台晚会下来，看到她时，连妆还没有来得及卸。荣松接完刚下课的女儿，小丫头见到平日里电视上的明星有些兴奋，不过让我好奇的是，她居然在刘媛媛老师录完音后，也能哼唱了。我说，洛兵，这首歌弄得不错，你看，小丫头刚听了几遍啊就会哼唱了，曲子很上口。他看了我一眼说，那是，你也不看看我下了多大的工夫。

事后我才知道，在创作和后期制作期间，他在录音棚连熬了两个通宵。

最让我恼怒的是，我总算完成了两首歌的歌词创作后，他说老孟，再辛苦一下，咱们晚会开场曲《生活就是网》已经有曲子了，你先听听，然后把歌词给我。中间有一段北京琴书，那个可是要写出老北京味儿。

听完开场曲，我说，你能不能饶了我。这可是一首RUAPO歌曲，中间再加上很北京民俗的琴书？你是要练我的文字功底还是要把我雷翻算完啊。他说，你就快点吧，没时间了再贫了。这小子什么时候一本正经起来，我估计压力不小，得，本大爷不跟你计较，谁让这时我已经是个“大闲人”了呢。

随后的一段时间一直不敢打扰洛兵，他每天除了继续给夜猫子当三陪以外，几乎得不到他一点消息。终于快临近晚会了，他露面了。看起来有些憔悴，可精神上还算不错。他把所有歌曲的小样和完整版拿过来，虽然在笔记本上先听为快，歌曲的悠扬和震撼力也让所有项目组的小丫头们为之叫好。

晚会上再次见到刘媛媛老师时，我忽然有这样的一种感觉，是什么打动了这位红旗歌手，能在这样的一台晚会上，给网民唱这样的一首歌。是谁洗去日月的光芒，是谁年年绿了新春，也许真的是星辰与草根的力量才构成了这首歌的原动力。

附：

风景这边独好

作词：孟繁佳　作曲：洛兵
演唱：刘媛媛

天上星辰　地上草根
浩瀚红尘　气势雄浑
未曾相识　彼此率真
点击天下　一网情深

是谁洗去日月　年年绿了新春
打开一片天空　向着远方延伸
是谁燃起激情　点缀美丽乾坤
风景这边独好　今宵难舍难分

大爱

作词：孟繁佳　作曲：洛兵
演唱：杨洪基

红日在废墟上升起
使命呼唤着整装的你
追赶着地龙的脚印

从汶川到海地
历史重新翻开日记
和平的使者再次结集
臂膀下撑起的希望
我们永不放弃

创造奇迹
为了你　我们的兄弟
跨越天地
大爱无边无际
创造奇迹
为了你　我的好兄弟

跨越天地
大爱无边无际
红日在废墟上升起
使命呼唤着整装的你
追赶着地龙的脚印
从汶川到海地

历史重新翻开日记
和平的使者再次结集
臂膀下撑起的希望
我们永不放弃

创造奇迹
为了你　我们的兄弟
跨越天地
大爱无边无际

创造奇迹
为了你　我的好兄弟
跨越天地
大爱无边无际
大爱 奇迹

生活就是网

作词：孟繁佳　　作曲：洛兵

城市生活总是让你匆忙去面对
汗水泪水流成河水没有了滋味
网上查不到油盐柴米哪一家更贵
年年岁岁忙到春节还是觉得累

东西南北　春夏秋冬
前后左右上上下下都想要去飞
哥们儿姐们儿削尖了脑袋谁都不吃亏
谁不想找个旮旯偷着乐玩一把沉醉——

谁是好的谁是坏的谁错谁又对
谁先谁后谁强谁弱谁比谁更黑
谁会爱上你　谁为你流泪
谁的光荣与梦想让你展翅去高飞

一天一天又一天日子过得像梦幻
一年一年又一年生活哪儿能比蜜甜
是谁织出这张网网住你我和世界
是谁给你一个梦梦见激情和超越

北京琴书

过年啦　家里外头得有个喜相劲儿
牛去虎来　一年又一春儿
今儿个是小年儿　咱说件新鲜事儿
您没瞅倍儿火的主儿　网上扎了堆儿

您还别说平民草根儿不靠谱儿
现如今玩的是潇洒　侃的都是正根儿
网上遇上个恐龙　癞蛤蟆逮不住老子儿
也保不齐出个芙蓉　您可得多留神儿

生活就是网　早也上　晚也上
生活就是网　灌水都在网中央
生活就是网　你也上　我也上
生活就是网　你不上　也得上

十三、我成了义务主持人

春网开元中又一个很重要的环节就是白天的网络直播，我总将它和晚上的晚会比喻成并驾齐驱的两驾马车。晚上的晚会部分有陈亮和洛兵基本上我就不用担心他俩的制作能力，白天的网站页面我倒是替荣松有些担心，整个网站需要单独给春网开元建一个大特区，这个大特区所容载的内容分量足够撑起一个中型网站来，我怕的是在短时间内把他累趴下。

既然是荣松把我叫来，自然我不能袖手旁观，于是就琢磨着能帮他们做点什么。

坏就坏在我这瞎琢磨上，我想既然是视频公司，那视频内容的容载量就应该足够大，好在我对上节目并不陌生，镜头前的感觉一直把自己当明星看待，很有些没羞没臊的精神。

老本行，年年在电台电视台当民俗专家去讲民俗，虽然觉得有些贫了，但是这次不一样，这次是自己策划的大型网络庆春的民俗活动，没有一点民俗节目岂不是有点卖狗肉的挂了羊头幡。可是我担心的是要是真把那些个老民俗专家请来上节目，万一年轻的主持人们问不出个所以然来，那岂不是无趣。要是给他们准备好台本去问，老爷子们要是侃上瘾了，不按章法出牌，主持人们接不上下茬，那不也是很无聊吗。所以，干脆，揽个差事，自己客串一把主持人。和老总们一商量，就这么上套了。

说上套，还真就有上套的感觉，紧接着的节目嘉宾拟列的名单上一看，老天，简直就是天南海北，三山五岳，各行各业，从百姓到校官，从耄耋到小童，从美女到帅哥，书法家戏剧家摄影家作家诗人商人，这一揽子嘉宾足够组成一个强大的文化团队。没办法，既然上了套，不当拉磨的，也不是丈夫所为。约专家，抢直播间，简直和上了发条一样。

和网民们熟知的中华易学会副主席张树旗先生很早就是朋友关系，所以约张天师时，他很爽快地就答应了下来，张树旗张天师是中国时空风水大师，对城市风水很有研究。网上很多网友曾找上门求天师起卦看风水，生性豪爽的天师又不愿意推挡出去，留下不少美名。和天师电话里讲明这次活动的性质后，天师正装来到了第一视频直播间……

吕厚龙先生是中国人文研究院的院长，中国知名的文化学者，大戏剧家，也是第一代网民心中最具亲和力的慈善活动家。除了每日研究戏剧诗歌方面的专业以外，最大的慈善义举就是几年间组织义工给中国不少贫困山区的中小学校捐赠图书馆。

说到汶川地震，就更要提及一个重量级嘉宾中国摄影家协会副主席张桐胜先生。当一身戎装的张副主席出现在我的面前时，那股英气与凛然正气扑面而来。虽已近花甲，但爽朗的笑声就没有在耳畔断过。张副主席随行而来的三个孩子更令我吃惊，当年电视上曾看到过这三个被张副主席一直救助的灾后孤儿，第一次出现在直播间时，从他们的脸上谈吐上丝毫没有感受到悲伤与痛苦的痕迹，对于第一时间就踏进废墟中，忠实记录共和国遭受重大灾难的张桐胜先生来说，这更是一次心灵救助的最大善举。

山水有情，人更有情。从张副主席手中举起来的张张图片上，我没有看到当年过多的悲惨，反而看到了他作为军旅摄影家记录下来灾区重建后的令人惊叹的景象。这样的采访对我来说也是一笔不小的财富。

说到山水，网上有个著名的网友达人，也是游山玩水的自驾车高手。可这次还是让我揭开了这位神秘的第一代超级网友的面纱，他就是中国信息分析权威专家陈功先生。说起游山玩水，陈功不只在国内游历了大江南北，更是在国际上享有盛誉，我看到他办公室里挂着一件美国国家地理学会颁发给他的证书，这是他最值得骄傲的一件事。而对于现在网上驴友来说，陈功先生的经历无疑是给了大家最好的例证。中国有句古话叫读万卷书行万里路，陈功先生的博学也许并不靠他办公桌身后一排书柜里的书籍能完全佐证的。搞信息研究，又能自由地在国际间行走所得来的，独特的视觉角度，独到的信息分析，往往为国内很多同行业者和学者所羡慕。

和陈功一样，视觉角度的独特也许能反映出一个学者的知识领域宽广程度。而当普通百姓视觉无法达到的地方，更成为摄影师青睐的对象。在中国有一处高墙内，更是令许多众多摄影大师都无法触及的神秘地带，而在第一视频的直播间里，手持一本《回望20年》著作的刘卫兵先生，作为新华社资深摄影主任记者向我展示的正是许多来自中南海内部的鲜为人知的全新视野。从总理到平民，从连战先生到第一个试管婴儿，其作品涉猎之广，涉及事件之深，看完每一篇的介绍都令我和网友为止动容。刘卫兵先生在百忙中来到第一视频直播间做完专访已经是夜里9点了，他只是坦言，能给第一视频的网友们留下一段见证互联网发展历程和改革开放同步回望的许多故事，是他在虎年到来之际，给网友们最好的礼物。

虎年到来之际，互联网和第一视频留给网友的还有更多美好的记忆，我却在这些记忆中挑选了一段令我感到心痛的故事在这里回放。

在视频采访的日子里，有两个嘉宾不是在直播间里做的节目，陈功先生工作繁忙，只好登门采访。而另一位却是因为身体不适无法前来，必须要我亲自登门拜访。他就是北京民俗研究的泰斗常人春老先生，老先生身居斗室，与央视新大楼咫尺相望。可就算是这间不足十平方米的小屋，还只是北京民俗学会的秘书长高巍先生暂借常老先生蜗居的几十年老楼房。室内书籍占去了老先生绝大多数空间，没有任何值得留意的家具电器，倒是各类证书聘书和常老先生所著书籍被放在醒目的位置。严重重听的老人家高龄79岁，虽行动不便，但记忆力口齿非常清晰地娓娓道来老北京年禧往事。有些即便是我从书中也很难查找到的民俗，让我感叹的北京物质遗产的消失，更是非物质遗产的国宝级大师，竟也落得斗室残生的地步。

出门时，我和摄像的同事说道，常老先生的文字，打我识字起就看过他写的关于老北京的各种典故，现如今老先生因为拆迁后，落得这样的田地，实在是与他身份不相匹配啊。若假以时日，我会在恰当的时候，把这段采访写下来，让我们的网友看到，也留给大家一段深思。

老北京的记忆如同视觉暂留影像一般缓缓消失在记忆里，也正因为一本本记载着历史，演绎着人生的文艺作品而重新让人回味。著名作家周新京老师的一本《相府胡同十九号的折叠方法》是我近几年读过的小说中最为出色的文学作品。而周老师作为作家诗人，更是在网络拥有大批的粉丝读者。在邀请周老师到第一视频做节目时，周老师的其中一个小粉丝居然就是第一视频的员工绳珺，而且还就在我们的项目组里做文案编辑。也许这就是文学的幽默，无巧不成书。绳珺算是80后新生代在文学诗歌方面较为突出的小女生了，这就促成原本我和周老师两人对话的节目一下子变成三人访谈。可原本准备好的三人访谈，却被直播导演王丹临时改为由美女主持人对我们三人的访谈，主持变嘉宾，我倒乐得和他们俩一起侃侃文学诗歌，真正过了一把嘴瘾。

过嘴瘾最痛快的一次莫过于我对三个女嘉宾的采访，都说三个女人一台戏，这三个女人凑到一起，非但没有让我的头炸开，反而让我的眼球得到了充分的视觉享受。漂亮时尚的凤凰生活杂志副主编邢艺与儒雅气度绰然的著名文化学者朱俐安教授都是梨花派教母赵丽华老师的拥趸，不管是长期泡网的网虫还是初涉网络的老少，没有不知道网上最轰动的女诗人赵丽华的名字。作为国家一级作家的赵丽华本人，虽曾在网上遭受到无数口水厚非，但向来坦荡为人，清然持家的贤妻良母的依旧笑颜如花地和两位好友大谈时尚话题。整个谈话内容我几乎无法跟得上她们的思路，到最后我只好高悬观战牌，信马由缰地随着她们的话茬去说。说心里话，我早已知道结果如此，和总编辑荣松私底下早已盘算好话题，就谈网络时尚与诗歌，话题面放得无比宽广，还怕女人能跑出了圈。

而后来的一次采访，还真有个女人跑出了圈。网名梦曦的霄虹和网名速度的王国梁两位老师，作为网络摄影的先锋人物代表，从互联网第一代起始，就开始引领着数代网友，给网络天地里奉献着无数个日夜的色彩与黑白的精彩世界。也正因为有他们这一代摄影大师的引领，才使得互联网从文字时代开始，逐步走向图片时代的辉煌。不管是在798中十人影展，还是在后海霄虹藏地图片个人影展，上到中国摄影家协会副主席王文澜、朱宪民，下到摄影家协会各部主任，以及鲍昆这样的名嘴策展，这些网络摄影的先锋人物，用手中的相机忠实地记录着互联网和中国社会发展的每一个角落，每一个步伐。在他们眼里，这个五彩斑斓的世界正是因互联网的飞速发展才带来的美好灿烂。

我无法再一一介绍春网开元盛况的那些日日夜夜，都有哪些嘉宾跟我们分享着互联网发展历程中的事件。但是第一视频在这些日子里为网友们搜集的这些名人访谈，着实在新春到来之际，给无数网友提供了晚会中无法展现的视觉冲击。这些不只是给第一视频员工能留下公司的高雅文化作品，更是给首届首场互联网网络大联欢留下的网络视频影像，这势必会成为互联网上一段佳话。

十四、天台下的山水

和书法之缘似乎源于上辈子，有幸这辈子能结识德艺双馨的书法绘画老艺术家实在是一件可以炫耀的事。平时笔会上可以给老艺术家们放几段古琴曲，沏一壶好茶，饭桌上若兴致高了，忘了老婆的嘱托，再陪老先生们喝上一口小酒，那真是神仙一样的日子。

中国传统文化艺术的巅峰体现，大概也就是能将诗书画放在一起展示的过程了。

策划春网开元之初，我就将一台迎春笔会设计到大联欢活动中。再征求完老先生们的意见后，我上报给第一视频两位老总。原本只是想找一间办公室，铺上一两张桌子，画几幅小画，写几副春联这样的简单，没想到老总张力军却把我的话拦下来。老孟，这可不行，笔会要搞，而且要搞得隆重些，这才是对老艺术家们的尊重。你知道吗，我父亲现在虽然年事已高，但还坚持每天练书法，我曾陪老爷子到荣宝斋买笔墨纸砚这些文房四宝，和那里的经理有过交流，很受启发。第一视频今后要保留的一个长期项目就是办笔会，这次是第一次，也是非常重要的一次，春节嘛，全体网民普天欢庆的日子，书法绘画艺术在这时有一个非常大的集中的展现，就是一次很好很高雅的民俗活动。老孟，你要把这次笔会组织好，策划好，这是非常重要的。

听完这席话，我真是对张力军的艺术价值观的认识提高了不少，原本以为张力军就是一个商人，唯商是尊，对于书法笔会这样的充其量也就是充充门面而已，没想到他居然有这么大的理想和投入准备。这可是在我的意料之外。

既然张总有指示，那就把笔会做好，公司员工上上下下为了笔会开始忙碌起来。在笔会之前，王淳召集荣松、武桓、李霞、张鑫开了会，安排筹备笔会的事，并说要推荐给笔会一个人，此人可是2008年参加第29届北京奥运火炬传递代表中中国书画界的唯一一名书法家，有“奥运书法家”之称的姚景林先生。

那还有什么问题，这是一次节日喜庆的笔会，当然越多书法家来参与越好了。看来王总也是对书法绘画艺术有着情有独钟的喜好。

安排好工作后王淳说，有一个重要的开业仪式和笔会那天冲突了，离晚会开始的时间太紧张，没有办法和笔会兼顾了，我们领导层要去广州参加这个重要的开业仪式，笔会活动就由荣松总责任，各部门领导各自负责好自己的职责，尤其要代表公司照顾好艺术家们。

随后的日子，我一边忙着与项目组各个环节的监督工作，一边开始筹备笔会的工作安排。项目组的工作人员基本上没有时间再额外地参与这个活动的筹备了，我只好要求小丫头们到笔会当天，充当小观众和志愿者。第一视频行政部门的领导接管了整个筹备工作，从李霞总监到于主任，热情度之高实属少见。看他们的热情，我知道这并非只是为了工作。

最要命的是筹备工作中一些细节我无法一一过问，结果造成一些不必要的浪费，比如买调墨调色的盘子，我要求去买普通的菜盘子即可，结果还是买来了小学生美术课用的多格小塑料盘，用于书写金字的书法金粉涂料买成了建筑上刷金粉漆用的金粉。没辙我只好去亲自购买，要怪只能怪我太大意了，这些哪能让丝毫没有接触过书画笔会的IT精英们去购买，这的确有些强人所难了。

笔会地点终于定在第一视频大楼十六层的室内露台上。宽大的场地很有空间感，头一天晚上，公关部也是项目组七仙女之一的张鑫组织租赁办公桌椅的工人们搭起一张巨型桌台，忙活到夜里，第二天一大早就赶到现场扯起两层楼高的巨幅笔会喷绘背景墙，好不气派。等我赶到现场，茶水桌、沙发群、瓜果梨桃一应俱全，行政部主管招待工作的小姑娘们也都正装待命，单等老艺术家们的到来。

张力军、王淳两位老总虽未出现在会场，却几次打来电话询问笔会进展的情况。

时间刚过9点，中国人文研究院书画院院长杜维钧先生，书画院的导师李金亭、张骏、田俊江三位老画家，副院长赵国明、秦建华先生，秘书长林莹女士，书画院理事苏佳峰、杨志鹏先生以及中国人文研究院院长吕厚龙先生便陆续来到笔会现场。寒暄过后，老艺术家们便对我说，时间够紧的，这么一幅大的作品，要在今晚之前完成，必须现在就开始构图策划了。

我看到沙发前几位老先生在地上铺开早已准备好的各自构图的草案聚在一起商量，显然老先生们已经早有准备，对于合作创作巨幅作品的经验，从以往的画院几次创作磨合中已日臻成熟。这一点作为画院从建院至今一直跟随老艺术家们活动的我来说，早已谙熟。可环视各层楼道围观观摩的公司职员们，我从他们指指点点窃窃私语的样子来看，多少还是有些惊奇的。果不其然，画作进行到一半儿时，我随几位画家来到上一层楼道想下观看整体效果时，身旁围观的几位显然对此发生浓厚兴趣的职员问我，这么一大幅画，画家们是怎么才能在近距离平面上掌握比例的？

我呵呵笑着对他们说，画家们作画这样一幅巨作时，眼中只是笔墨纸而已，他们心中才有山水。笔墨纸只不过是还原出山水的工具和载体罢了。

一直忙到中午1点左右，老画家们才放下手中画笔，荣松代表第一视频在著名的富有中国风格的高档餐厅宴请了辛苦一个上午的诸位大师。边吃边聊中，老画家们对能与第一视频网站有这样的合作，深有感触，能让中国的传统文化艺术深入真正的IT公司，这无疑是一次很好的尝试，而且借助网络视频的传播方式，将传统文化推广到更广泛的网民中去，这是一种双赢的模式。

荣松代表第一视频集团感谢老艺术家们在春节到来之际能参与到这次春网开元的大联欢活动中来。他告诉诸位大师，这虽然是第一次与中国人文研究院书画院合作，但这种尝试会给第一视频留下宝贵的经验，而第一视频今后会用一种常态的模式来对中国传统文化进行系统的推广，用互联网的传播力量为传统文化作更多的贡献。

夜幕初降，忙碌了一天的老画家们已略显疲惫，一幅巨幅的《风景这边独好》丈二画作终于完成，笔会圆满结束。

而这一天距离晚会演出只有最后一周的时间。

十五、双管齐下的威力是让主创团队在公司里走马灯似的串门

组建春网开元的项目组之初，荣松就建议王淳，要给咱们的总策划老孟同志安排个助理。还没等我反应过来，王淳还是老样子，爽快地答应下来，这是当然，咱们就把小鲁靖派给老孟做助手吧。王淳转过头对我说，老孟，鲁靖可是我们公司有名的勤劳的小蜜蜂，还是个小美女呢。

没有道理不张口接受这天上掉进我嘴巴里的馅饼，连声道谢后开始期待小美女的上岗。

从网管办回来后的第二天，公司高层会就决定正式组建项目组，项目组直接由王淳挂帅领导，公司的大会议室便临时改成了项目组总部。

鲁靖向我报到时，我才发现，这小蜜蜂也太超小型了吧。

紧接着几天的会议，我才发现，这只小蜜蜂的能量实在令我惊愕。她在公司各个部门之间的运行速度基本靠跑。我知道以这样的方式工作的只有日本和台湾省的公司职员。有个职业叫速记员，而速记员的工作就是把讲话内容一字不落地完整记录下来，稍事语句整理就算完成。而鲁靖的工作在最初也是这样一种方式，可每天我不管多晚回家，必做的一件工作就是打开邮箱收鲁靖一天的会议记录邮件，我这才感觉到实际上她已经将会议等全天的工作细分并做以各类明显标记。有时枯燥的文件整理过程中还夹杂一些小女生俏皮的表情符号，让我能了解到会议记录者当时的心态。

这是我很重要的工作方式之一，了解项目组所有成员的心态，对于工作的安排是至关重要的。

估计王淳已经考虑到项目组的工作量会逐渐加强，在项目组成立没多久，她又调来两个小编辑加入团队，长腿美女绳珺和小巧玲珑的郎任姗娜，两个电视编导出身的小美女很快进入工作状态。加上最先组建项目组负责公关的武桓，和随后而来的张鑫与徐彩虹、王莉，项目组七仙女全部到岗。我和王淳开玩笑说，您派这么多美女来项目组，这还让不让我工作了，眼睛不够使的了。王淳也哈哈笑着回应道，咱们做的就是娱乐联欢晚会，不开心怎么成，别看这些小丫头们长得漂亮，工作起来可都是咱们公司精英分子啊。

王淳这话在随后的工作中得到印证，工作效率之高，个人素质之高，是我后来在给张力军、王淳两位老总写内部总结报告中特意提及的部分。

我形容项目组的工作像八爪鱼，触角深入公司各个环节，除了几个编辑工作以外，张鑫的文案，王莉的流程，以及主管最密切的视频采访录播的王丹，和主管外联宣传的武桓，如果用摄像机在每个项目组成员身后跟拍一天的运动轨迹快速回放，你就会发现在越临近晚会的日子，项目组成员在公司里运动穿梭的轨迹几乎遍布公司各个角落，而且频率之快如同丢转的走马灯疯狂地运转。

直到有一天鲁靖发烧上岗被我发现。

和当中医师的老婆说了鲁靖的状况，老婆电话里问诊，下午就带小女儿前来探班送药。除了小鲁靖感动得一塌糊涂，其余人的视线都被小女儿的可爱吸引过去。甚至有人竟提议让小女儿上台出镜。呜呼，短短数日，项目组培养了一批准星探，这实在是让我始料未及的。

没有人了解项目组工作效率之高的法门在哪里。

其实说起来感觉神秘，做起来只有两个字：快乐。我在项目组组建之初就给所有到岗人员唯一一个要求，取消周末休假和下班时间，直到晚会结束，项目组解散。我简直怀疑自己这个工作狂除了自虐是否还有他虐倾向。给满负荷运转的项目组成员，不管是工作还是身心带来多大压力，这一点，王淳有时见到我还时常提醒我，要注意劳逸结合。我知道她这是心疼她的兵。

项目组里我定了一个很有破坏性的规矩，不知道是七仙女们故意不去吃饭，还是有意练减肥，最初我看到这帮丫头们买一些零食吃。后来才知道，有时忙起来，确实经常错过吃饭的时间。零食的诱惑实在太大了，尤其对于家有神医的我来说。俗话说吃人家最短，怎么好意思面对面地“偷”吃呢，干脆为了合理合法地“偷”吃，隔几天我会买一大袋子零食放到项目组中心地带。

我研究过这样的现象，人在过分的压力情况下，咀嚼是缓解紧张最好的方式，但是这理由我可没有跟七仙女们说，毕竟这已经是在第一视频开了一个特殊的先例。我姑且给自己一个理由，这也是最特殊的一次了。

美食与美女组成的项目组，越来越吸引注意的目光，而后来随着负责宣传的天涯版主小刀断雨、钟思潜老师、孟苗等外援加盟，项目组也越来越热闹壮观起来。但随着晚会时间的临近，分手在即的一丝落寞也越来越浓重起来，大家开始慢慢道别，相约在晚会庆功宴上再见，也相约新年等我从台湾回来再聚。

晚会当天，我在离开项目组去现场之前，默默地环视了几乎空荡的屋子，在墙上白板上写下：倒计时0.5天。

这也是项目组解散前的最后一笔文字记忆了。

十六、天上的星星掉下来

导演组撤离第一视频大楼时，几乎是顷刻间就不见了所有人马。原本热闹的公司南部地带，清静了不少。不再有来访者出出进进项目组，不再有演员和经纪人来来往往地穿梭公司，不再有记者前来探班拍摄照相。一时间竟有一种感觉，少了一条腿，走路都会瘸起来。

我和荣松商量，咱们要去探班，要去探营，看看装台彩排的情形。

陈亮最后敲定的晚会现场在石景山的亚洲电视城，原来北京射击场的旧址上兴建起一座豪华的奥运射击场。与之一墙之隔的亚视基地，就显得破旧不堪了。第一次来这里时，陈亮拉着我一起看的场地，比较有说头的是，这里另一部分是凤凰台《鲁豫有约》拍摄场地。

我有些佩服鲁豫居然可以在这里拍出那么豪华的场景来，因为时值隆冬的亚视基地，除了室内室外一样的寒冷以外，什么都没有了。

影棚的空间足够高大，台下没有拆除的布景还依旧保留着，听亚视管理的经理说，这是一个老北京四合院的栏目外景，已经弃之不用了。灰墙红柱的外观甚是好看，却不能近观。走到近处细看，原来是纸糊的外墙，泡沫的柱，符合豆腐渣工程的一切特征。水泥地上厚厚的尘土，满地盘根错节的电缆，影棚外的候影区，只有20世纪80年代初期的铁质火车座以及四处透风的窗户门洞……

让我形容得太惨了，可当时给我留下的就是这般印象。我替陈亮捏把汗，这能成吗？

一定是不放心，听完我的描述，荣松说一定要赶紧去看看现场。我放心不下是装台，他惦记着第一视频首席技术官王宇飞，因为他正在现场指挥技术人员做网络直播机位的技术测试。

一路上，他只将担心一遍遍地叨唠出来，我看得出他有些紧张，毕竟这是他的晚会，我也曾私下里说过，这是我的晚会。

王宇飞早就到了二层的导播间，第一视频和导演组的技术聚在一起探讨着，从他们紧张的神态中，我看出问题并不是很容易解决的。我这人最看不得事不关己的紧张场面，赶紧下楼到影棚去“参观”。

前些天空旷的场地上，几乎被各种灯架摆满了，巨大发射着各种颜色的射灯，扭动着肥硕黑壮的身影，鬼魅般地投下蓝色、绿色、白色的光影。我忽然觉得这场面极像垂直起降的飞碟。场外的搬运工仍在不停地从搬家公司的车上拽出各样的铁质箱子，再从里面抱出新的射灯往灯架上安装着。绕过路障一样的巨箱，乒乒乓乓捶打着舞台木板和电锯吱吱啦啦截断木方的声音掺和着，舞台上的台阶上，一边铺上地垫，一边用力跺脚试验稳固的人影晃动着，整个现场充满了叫喊声工具声机器碰撞声和门外传来的一辆辆汽车拉货卸货声。

我逃离舞台前的工地，怕影响工人们的施工，站在二楼灯光音控台前，俯视着近千平方米的偌大工地，满地灯光，依旧胡乱或有规律地摇头摆尾测试着扭动角度和亮度，恍然间，我感觉自己站在云端，看漫天星斗落在地上，什么美感，什么神秘，什么高雅，在这一刻都淹没在浮华光影中，而我，只是一名看客。

晚会的前一天夜里，满地星斗重登天空宝座，影棚三面围挡缀满了LED星光灯。小牌的演员早已到位，宽敞的舞台下，只有正中央的位置摆了不到十把椅子，陈亮和志国、马淼在指挥着各个部门紧张地串台彩排。看见我和荣松进来，陈亮嘻嘻哈哈笑着问候着，我问他，怎么样，节目彩排得还顺利吗？

他满不在乎地说，没问题，您大领导来视察，我能说不行吗！

我骂道，你小子嘴里说没问题，要是开场不出问题，那才是算你真牛，我是担心这么紧的时间，演员走台磨合得怎么样啊？

他也收敛了一些嬉笑说，虽然紧了点，但从效果看，应该还行。我最担心的不是演员问题，其实最担心的是楼上技术那块儿。那是我一块儿心病。公司的技术从来没干过晚会导播，我的人马又从来没和网站的合作过，而且在这么短的时间内大家磨合，本来只能容纳一组人马的导播间，现在不光挤进去两班人马还多了网络直播的设备，这才是最要命的。

荣松这时也皱起眉头说，这也是我最担心的，咱们这可是直播啊。而且不光是这里，我还有一个更担心的就是公司网站，你明天晚上才开始直播，我一会儿就要和老孟回公司，再有几个小时就是凌晨了，零点咱们总活动就要开启了。网络开启仪式开大门是否在开启一瞬间不出什么问题，我才能安心。今晚估计不能回家了，要在公司凑合一夜了。

我说，你们俩都别紧张，我们准备的也算是充分，毕竟这是第一次，谁也没有预见性，咱就最后努把力，老天会保佑咱们的。其实，这话我是一直说给自己听的。

十七、哥彩排的不是节目，而是最后的失败

四环路上早已车如流星般的稀少了，我刚和荣松道别，我说，兄弟我不能陪老哥了，明天早晨9点就要开始我采访嘉宾的视频直播，而且连播三场到午后，我不回去眯一会儿，洗个澡，换一下衣服，我怕明天没精神了。

回到家时，夜风忽起，空气中带着一股浓浓的湿意。

匆匆睡去三五个小时，感觉梦只是一个序幕，就听见耳旁铃声大作。从被窝爬出来没等穿衣就一连打了三个喷嚏。一想二骂三惦记，估计不是远在台湾的老婆惦记我，就是晚会现场和网站那边有人念叨我了。沐浴更衣出门，嚯，冷冷的空气中湿气愈加浓重起来。坐在车上看手机报，今天居然有雪。

从直播间出来短暂休息时，荣松告诉我，他昨天翻了一卦，今晚的晚会肯定成功。我说，那还用说，要是不成功我们这一个月不就是白忙活了。我肯定放心，就冲昨夜开门一切顺利，我就知道万事开头难的开头已经打响了第一炮。而且依我看，今天天公作美，说不定还会有更多喜事呢。你也别多说了，赶紧直播间做咱俩的节目。

中午过后，饥肠辘辘地和荣松一起从直播间出来，他说，我可对不住你了，我要先去现场了，你下午直播完节目赶紧赶过来。我在现场等你了，那边我还是放心不下。

带着项目组的三个唧唧喳喳的丫头赶往现场的路上，我看了看天空，灰蒙蒙的有些像我的心情。

现场还是依旧凌乱，不过桌椅和后排的坐椅都已经就位。最后一遍彩排马上就要开始了。我刚在导演边上找了个位子坐好，带妆彩排的口令就已经传到了台上。节目进行到一半时，手机里荣松叫我去楼上导

播间，路上碰上芙蓉的经纪人很热情地迎了上来。陈亮这小子估计该头疼了。不过我转念一想，也活该，经纪人这小子一直耗到最后都不阴不阳地没句痛快话，只说芙蓉想来，只说价钱能不能再高些，彩排都到最后一刻才赶到现场，真是没见过抢钱还这么摆谱的。这时热情洋溢起来了。

对不起，当初我让你考虑还能让你上节目，现在，您只好找总导演吧，我没辙，这里他是大爷，他说了算。心里这么想着，也就这么说了出来。看着他一脸无奈，我还没时间有耐性呢。皮球踢给陈亮了事。

从荣松那里接到迎贵宾的“活”以后，我下楼来到门口，门外大团大团的雪花早已将原本破旧的楼体和凌乱堆砌杂物的院子遮掩成银白的世界。迎宾的红地毯也没了颜色，聚光灯的光影中，雪花跳跃着闪着晶亮的色泽。

天公作美，瑞雪吉祥。

晚会终于在磕磕绊绊的最后一次彩排中准备拉开大幕。至少我的担心被陈亮嘲笑为太多余，在导播间外的沙发上，我们俩并排坐着，荣松给我们俩照了一张合影，这是作为工作照最后一张合影了，疲惫已经达到极限。

荣松看了看我们俩说，走，抖擞精神，马上开始练活了，是骡子是马，就看这最后四小时了。

十八、又见瑞雪

此刻的小年夜，各家各户早已在一起吃新年的第一顿团圆饭了，漫天大雪素掩万色世界。大门口迎宾处，一阵喧闹，张力军，王淳两位老总盛情洋溢。直播现场，九大支持惊艳亮相。

非常独特的开场仪式，在第一视频集团董事局主席张力军、互联网协会胡启恒理事长、北京市网管办佟力强主任三人手中巨型鼠标的点击下揭开序幕。

欢快的鼓点伴奏下，舞蹈演员簇拥着歌手以热闹的歌舞形式开始了第一个节目——《生活就是网》。

很难想象原本在最后一次彩排还磕磕绊绊的节目此刻却异常的流畅起来。在美女主持沈星的带领下，加上两个德云社的调侃高手曹云金和李菁的无障碍发挥，很快节目的效果就体现了出来。我还是有些担心演员休息室是否会出什么乱子，毕竟那里有个芙蓉还没有解决，在主桌和后场之间来回游走着。台湾的信在台上演唱时，我来到导播间，陈亮早已脱成了半袖装。荣松皱着眉头紧盯着每个跳动的屏幕，我碰了碰聚精会神的王宇飞，他几乎是挤出的笑容，又立刻恢复紧张的状态。我问是不是出了什么问题。他只说，是因为还没有出问题所以我才紧张。我环视了一下整个导播间里面近乎20个人的表情，王宇飞这话应该代表大多数人的心态。即使曹云金和李菁为晚会专门创作的相声，也没能让的导播间传出笑声，而现场观众席早已笑成一片。

所有监视屏上的画面，演员是怎么演的基本上已经不是导播间里所有人关心的了。即使是很多节目就连职员组的一些人都没有看完整过，但此时大家关注的只是节目进行的技术细节，精彩程度只好交给现场观众去欣赏了。

要说到现场观众看到的精彩节目，洛兵那边正在偷闲到微博上海聊，节目进行到哪里，出现什么高潮，又有哪些明星到门口了，一篇篇微博小刀削面一样被片进网络大锅里，粉丝们立刻把信息复制拷贝散发到网上各个角落。越来越多的网民通过网络发来各种问候，现场十大版主也收到越来越多的信息，从监视器上看版主们的神情也越来越紧张起来。

陈亮把我拉到一旁问，芙蓉的事你怎么看。我说，到这里就不是我说了算。陈亮瞪了我一眼说，你这不是把我扔冰山上了吗，不地道。我哈哈笑着说，您老不是说了嘛，在这场合遇神杀神，遇佛砍佛吗，这芙蓉是哪路神仙，你就从了吧，我看她彩排时挺卖力的，表现还算不错。你再问问他们吧。

洛兵这时也插话，老陈，还是让她上吧，她挺有人缘的，彩排时就能感觉到。

荣松这时也走过来，陈亮问他意见，荣松说，你心里怎么想？

陈亮说，我心里还真想拿下她，她对这场演出太不当回事了，彩排不来。到最后一刻才露面，彩排完了专门给她挤出时间走台，上来就想上节目，她以为她是谁啊，要耍大牌就别上我的节目，更何况她连牌都不是，要不是这是一台网络给网民的大联欢节目，这种连最起码的职业道德都不讲，只想在这里挣钱的，我是不敢伺候。

我说，你也别太生气了，估计是芙蓉的经纪人那里的问题，还是本着大局来吧。

话说，芙蓉上场不上场这件事，其实纠结了很久。第一视频张力军、王淳两位老总，也早就叮嘱陈亮安排个B角，一旦芙蓉上场出现问题，B角就马上顶上。

陈亮颠颠地跑到晚会现场去请示王淳。王淳一贯包容乃大的作风为芙蓉的上场起到了不可磨灭的关键作用。

我算松了一口气。而没过多久，正在导播间里指挥调度全场的陈亮突然疯了一样冲出导播间，向音响控制台过道跑去。

我也跟着跑过去，一问他，原来他突然发现监控器画面里，其中一个主持人话筒好像没了声音。好在他在赶过去之前事故排除，在场的观众几乎没有察觉。而我却在跟过去之后发现，从观众席到上导播间的铁质旋转楼梯，以及整个音响控制区站满了非观众的一大群人。有工作人员也有演出完的小演员，还有一些演员随从，其中芙蓉的经纪人泰然自若地也站在那里，看来芙蓉的事解决了。

我有些气急败坏地下到场地里和安保经理交涉，一定要把这个通道清理出来，防止导播间再到舞台和控制台被堵得水泄不通。满地的线路就踩在围观者的脚下，要不赶紧清理杂人，那后果不堪想象。观众越来越多，连演出完的演员们都不愿离开，谁不想看看互联网首届首场的演出是个什么结局呢？

我继续往返在贵宾席与导播间、演员后台之间。

好容易坐下来喘口气，趴在张力军耳根后给他讲解一下节目，张力军突然发现问题，百密一疏竟然没有给贵宾席准备好一份精美的节目单。我苦笑道，这么短的时间别说节目单，有些节目都不知道上还不上呢。说着，“渔家姑娘在海边……”的乐曲声起，我低声道，张总，芙蓉该上场了。

张力军半信半疑地小声问我，这是芙蓉吗？

直到芙蓉扔了手中枪，跳到我们眼前，我也半肯定地又像自言自语说，应该是她。

张力军扭头看了我一眼，笑了笑说，不是说不让她上了吗？陈亮捣的什么鬼？这不是山寨版的吧。

说句心里话，从排练到演出，芙蓉作为演员算是尽心尽责了，够卖力的了。这也是她经久不衰的网络魅力所在。但愿她今后别再那么雷人地出语不凡，毕竟想要往演艺界正路上走，就应该多想想全面地改变，而不是只是招牌舞蹈动作。

芙蓉一波三折地来，却在表演完默默地下场离开，原本让她和一群美女还在演出完有曹云金、李菁的现场采访，也因为她不来排练而最终被拿掉了。我还是觉得被拿掉有些可惜，可对于这样一场不亚于任何一场春晚的大型晚会，遗憾又何尝不是一种值得回味的亮点呢。

晚会的重头戏部分几乎全放在了后面，就在姜阳准备上场开始演唱时，出现了意外，暴走妈妈找不见了。询问下才知道她坐的时间太长了，去洗手间了。这一下炸了窝了，等暴走妈妈回来时，歌曲已经唱了起来，还好只是虚惊一场。

等到鲁靖和MSN中国地区总编上场时，按照节目单上的排序该和“5.12”震区连线了，第一次和四川视频连线就要接受检验，虽然在彩排时和之前公司的连线还算顺利，但毕竟这是真刀真枪的。

台下，中国摄影家协会副主席张桐胜和三个北川中学的孩子动容地看着眼前这一切。

结果令我大失所望，视频效果极差，画面很卡，且声音几乎没有传递过来。张力军安慰我说，估计网络线路拥堵，不应该是技术上的事。

张总这话提醒我了，我赶紧又转回导播间。荣松说这是四川那边的问题，和我们这边没什么关系，主要还是学校位于的地区有些偏僻，网络线路的传输问题。

我问荣松，下面跟海地连线会不会也这样啊？

荣松说，这个应该不会，海地和四川不是一回事。

当我坐在贵宾席看到来自海地的连线传来的声音，也跟随着全场一起欢呼起来。因为担心连线出问题，紧张得嘴歪到一边的王宇飞这时也终于松了一口气。荣松当时跟我讲，那一刻，导播间里所有人都在欢呼，连线的成功，标志着晚会最高潮已经到来。虽然在这之前有了孙悦的两首新歌，虽然心情尚未平息又有了杨洪基的《大爱》高歌。

孙楠最后一首劲歌唱完，时间早已过了午夜12点。全场观众居然没有一个提前退席，这时刘媛媛出场，引出最后全场晚会的主题歌《风景这边独好》。歌曲毕，我看见武桓眼中有些泪光。她当时跟我说，孟老师，我觉得我们这一个月的努力，终于在现在看来，值得！

第一视频集团董事局主席张力军和工作组领导王淳携第一视频管理层拉着陈亮和我上台答谢全体观众，张力军在最后时刻向全体网民宣布我们晚会的圆满成功，台上台下掌声不息。大团大团金箔彩条喷射到舞台上空，把整个活动的结束装点成万彩绚烂。

十九、小年夜的狂欢后，我踏上了飞往台湾的航班

天下没有不散的筵席，这句话被无数次使用，也无数次被抛在脑后。旧的筵席吃完了，新的筵席又开场了，似乎这只是一个关于吃喝的轮回定律。

晚会最后在一阵花花绿绿的金箔彩条的降落中逐渐趋于平静。一边是工作人员紧张地忙碌收拾舞台器具，一边是所有公司与演职人员在合影。而繁华将逝，喜悦与失落如影随形挂在每个人的心头。

王淳早就吩咐好员工到城里的餐厅摆好了庆功宴，合影完，所有人开始陆陆续续赶往宴会场地。

荣松在路上小心翼翼地开着车，车速很慢，车轮下的积雪几乎漫过了半个车轱辘。远离城里的八大处午夜时分几乎罕见车踪，而一路同行或擦肩而过的却都是晚会车辆。雪越下越大，车风挡前的雨刷也越来越艰难地挥动着无力的臂膀。荣松说了句，老孟，累死了，我真想睡觉。

我扭过头看了看他，嘴里说着，却丝毫没有看出他的疲倦。我说，荣兄，您老还是别累死了，想睡觉也要等我下车以后，咱不带这样威胁

人的啊。

荣松笑了笑说，一眨眼，晚会结束了，咱们终于完成了一件大事。

正说着，荣松的手机响了，他掏出手机瞟了一眼说，你帮我看看怎么说的。我从他手里接过手机，看到原来是网管办的佟力强主任发来贺电：特别好！祝贺演出成功！感谢你们了，提前给第一视频和全体员工拜年啦！

荣松问我，老孟，你觉得怎么样？咱们这台晚会成功吗？

当然，能在这么短时间内办成这样一台从凌晨到午夜24小时的大活动，我都怀疑我们是怎么过来的。我看着窗外的雪花说，荣兄，记得吗，我第一次接到你的电话，赶去第一视频，也是这样白雪覆盖的日子。不过那时我们俩心里谁都没有料到能有今天这样的一场晚会。要说我心里感觉有什么不足，我只是觉得在巨大的成功背后有一种隐隐说不出来的感觉，也许是一种欠缺吧。

荣松稍稍加重了一些语气说，是的，你跟我感觉一样，不好好总结一下这场晚会上的得失不行的。别人能看到成功，我们就必须看到不足。

窗外白雪掩盖了一切斑斓的繁华锦瑟，舞台灯光的眩晕慢慢消失在记忆中……

而就在春晚项目组的其他人员都去参加庆功宴的同时，已经熬了两宿的第一视频宽频和后期人员已经回公司继续做切段点播了，7号要做给旅游卫视的宣传片，60分钟和80分钟的播出片，他们丝毫没有松懈，又开始了夜以继日的后续工作。本来是周日休息，王淳还专门来公司陪大家一起做，就像2008年在备战奥运会时一样。通过这次合作我深深地感到，第一视频每每经历重大事件的时候，他们团结紧张的工作精神就弥坚，这也是他们成功经受得住考验的法宝，他们专业、敬业的态度让第一视频在行业中的每一次表现总是带给人惊喜、鼓舞和感动。我也很高兴这次能和这么一群可爱的第一视频人一起经历了中国互联网首届首场网络大拜年。

飞机在跑道上起飞前，雪仍在顽强地试图阻止一切冲向天空的铁鸟。我还没有从昨日的睡眠中完全醒来，胃里的酒和醒酒的茶搅和在一起，我只想在起飞后接着睡去。

终于在云层上享受到阳光的温暖，等我被空姐叫醒放直椅背时，舷窗外台湾的中央山脉早已绵亘在大朵的云团里。虽然离开老婆才十来天，可还是有些想她。昨夜她电话里说，她在台湾通过网络直播看到的晚会，但是依旧很兴奋。她告诉我有很多台湾的朋友同学都被她告知网址，很多人都说，大陆这台晚会的形式很新颖，居然可以自己当导播。我说，等见了面好好聊，我困死了。

从台北到台中的巴士车上，手机短信就没有停过，荣松说，赶紧做晚会的后续宣传计划，赶紧做ＳＨＥ的策划，赶紧……

我回短信，一条短信六毛九，回去你赶紧给我报销短信费！

他说，我用飞信，不差钱。

这一天，距离我接到荣松电话做春网开元策划整整30天。

第二章

三星高照
（红星、网星、民星的幕后趣事）

曹云金生日遭惊喜
VODONE
吹蜡烛……许愿
荣松
陈亮
张力军
在风景这边独好 春网开元
中国首届首场网络大拜年新闻发布会上

第1视频
VODONE
www.v1.cn
风景这边
春网幕后
风景这边独好 春网开元 中国互联网首届首场春节联欢晚会

老孟生日遇“意外”……

VDONE

好开心
(*^__^*)

激动惊喜
的老孟
(*^__^*)

春网幕后

风景这边独好 春网开元 中国互联网首届首场春节联欢晚会

爱吃蛋糕
的鲁西西
……

孙悦
红发抢镜，台下犯困
台上抖精神
VIDEO ONE
孙楠
中国大陆一线实力派歌手，现场演绎经典曲目《你快回来》及新歌《爱你爱不够》。
春网幕后
风景这边独好 春网开元 中国互联网首届首场春节联欢晚会

孙悦
中国内地歌坛的中流砥
柱和当红一姐，堪称
"内地百变天后"。
哦……
孙楠欲与孙悦拼造型，雷人裙装盖过红发
孙楠
第1视频
VODONE
www.v1.cn

许巍
后台低调
尴尬被当工作人员
VODONE
许巍
文艺青年偶像许巍，内地流
行音乐界教父。现场演唱
《蓝莲花》、《曾经的你》
陶醉(*^__^*)
春网幕后
风景这边独好 春网开元 中国互联网首届首场春节联欢晚会

歌迷献花
第1视频
VODONE
www.v1.cn

第1视频
VODONE
www.v1.cn
红日在废墟上升起
使命呼唤着整装的你
追赶着地龙的脚印
从汶川到海地
历史重新翻开日记
和平的使者再次结集
臂膀下撑起的希望
我们永不放弃
创造奇迹
为了你 我们的兄弟
跨越天地
大爱无边无际
创造奇迹
为了你 我的好兄弟
跨越天地
大爱无边无际
红日在废墟上升起
使命呼唤着整装的你
追赶着地龙的脚印
从汶川到海地
历史重新翻开日记
和平的使者再次结集
臂膀下撑起的希望
我们永不放弃
创造奇迹
为了你 我们的兄弟
跨越天地
大爱无边无际
创造奇迹
为了你 我的好兄弟
跨越天地
大爱无边无际
创造奇迹
为了你 我的好兄弟
跨越天地
大爱无边无际
创造奇迹
为了你 我的好兄弟
跨越天地
大爱无边无际
大爱 奇迹

春网幕后
风景这边独好 春网开元 中国互联网首届首场春节联欢晚会

杨洪基老先生在录制新歌《大爱》当天，一身戎装，十分庄严地来到录音棚。杨老先生一开唱，金属般的嗓音，极富磁性的质地，顿时吸引住了录音棚里所有的人。整首歌，大气恢弘，一气呵成，唱完后，在场的每一个人都觉得很不过瘾，想要再多听一听。但是杨老先生说，马上要去参加一个很重要的晚会，所以只好让他先走了。

著名音乐人洛兵在接受第一视频采访时说："杨老先生离开录音棚后给我打了个电话，说很抱歉没有唱出这首歌的最佳感觉，要是换成流行和摇滚的唱法，更能体现那种气势。我当时听着十分意外，也十分感动。杨老先生如此高的知名度，却如此谦逊而平易，让我感觉很温暖，这样的艺术家，才是真正令大众信服的艺术家。"

杨洪基

男中音歌唱家，电视连续剧《三国演义》的主题歌广为传唱，现场演唱为春网开元量身打造的歌曲《大爱》。

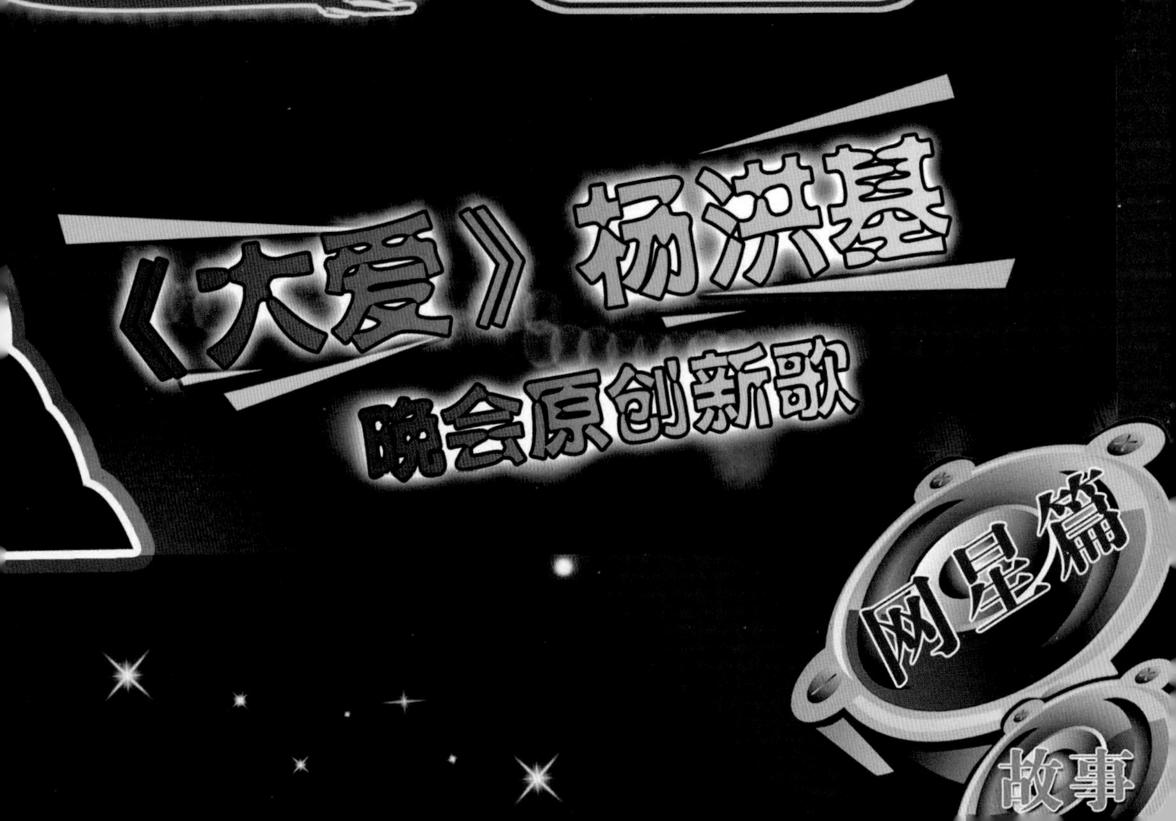

刘媛媛压轴出场
"春网"主题曲成
2010第一网络红歌
UDOONE
刘媛媛
著名女高音青年歌唱家刘媛媛，代表歌曲有《五星红旗》、《国家》等。刘媛媛现场演唱晚会主题曲《风景这边独好》，歌声悠扬，脍炙人口……
春网幕后
风景这边独好 春网开元 中国互联网首届首场春节联欢晚会

美轮美奂
第1视频
VODONE
www.v1.cn

第1视频
VODONE
www.v1.cn
囧
囧 囧
芙蓉
雷人祖母“芙蓉姐姐”
一出场就天崩地裂
飒爽
英姿
春网幕后
风景这边独好 春网开元 中国互联网首届首场春节联欢晚会

1971年的
老画报
英姿
飒爽
UODONE
芙蓉姐姐
一张1971年的民兵老画报
网星篇
故事

第1视频
VODONE
www.v1.cn
后舍男生
翻唱后街男孩的歌曲而成名的“后舍男生”，对嘴表演功力非凡，令人爆笑。现已经在演艺圈占有一席之地。
呆呆
表情
春网幕后
风景这边独好 春网开元 中国互联网首届首场春节联欢晚会

后舍男生彩排现场难舍难分
UDONE
韦炜
黄艺馨
后舍男生
网星篇
故事

第1视频
VODONE
www.v1.cn
晚会主持之一
凤凰卫视美女主播
沈星
西单女孩
真名任月丽，曾在西单地下通道卖唱。其翻唱的《天使的翅膀》DV被网友传到网上而走红，被称为“西单女孩”。
春网幕后
风景这边独好 春网开元 中国互联网首届首场春节联欢晚会

她的眼神

UODONE

西单女孩

私下讲述她的友情岁月

PK

唐章勇

唐章勇

2008年唐章勇因模仿32位明星唱了一曲《星光依旧灿烂》而走红网络，2009年自弹自唱完成了15位明星翻唱版的曾轶可的《狮子座》，而在网络更加大红大紫。

风景这边独好 春网开元 中国互联网首届首场春节联欢晚会

经典网络原创歌曲掀怀旧风（杨臣刚《誓言》）
表情
UDOONE
张议天
2010年浙江跨年晚会表演模仿秀《我只是个传说》，此视频在网上火暴流传。
张议天
张议天、唐章勇
谁是民间模仿第一人？
网星篇
故事

第1视频
VODONE
www.v1.cn
AUPRES
杨光
原名杨晓光，年幼视力彻底丧失。因为参加星光大道一举夺冠，成为普通人自强不息实现梦想的楷模。
春网幕后
风景这边独好 春网开元 中国互联网首届首场春节联欢晚会

杨光 现场秀才华
模仿郭德纲师徒
民星篇
故事

VDONE

中国互联网首届首场春节联欢会

2010小年夜 直播当晚

春网幕后

风景这边独好 春网开元 中国互联网首届首场春节联欢晚会

主持人
李菁

鲁靖

李晓

王翠萍

郎任姗娜

陈陆

赵彦

第1视频
VODONE
www.v1.cn
落泪的暴走妈妈
姜洋
姜洋演唱献给“暴走妈妈”的
原创歌曲《你画的彩虹》
春网幕后
风景这边独好 春网开元 中国互联网首届首场春节联欢晚会

VODONE
姜洋 写歌颂母爱
暴走妈妈坚持彩排感动落泪
民星篇
故事

第1视频
VODONE
www.v1.cn
刘朵朵
EV450

春网幕后

风景这边独好 春网开元 中国互联网首届首场春节联欢晚会

VODONE
长腿TWINS
第1视频 VODONE
刘朵朵与长腿twins比美走秀
山寨"范冰冰"刘朵朵
山寨范冰冰
80后美女刘朵朵，因
酷似范冰冰走红网络
民星篇
故事

春网开元——首届首场网络大拜年春节联欢晚会可谓是星光熠熠，三星高照，为什么说是“三星”呢？除了有那些当红的演艺明星到场助阵，孙楠、孙悦、许巍、信、曹云金、沈星……“网络春晚”当然少不了网络红人，后舍男生、西单女孩、杨臣刚、芙蓉姐姐……更少不了来自民间、走红网络的“民星”，比如暴走妈妈、刘朵朵、杨光……大腕红人齐登场，成为网友观众乃至媒体最为关注的焦点，他们在台前幕后留下了哪些津津乐道的故事呢？让本书来为你们一一揭晓……

红星篇

一、工作组都有顺风耳，曹云金、老孟接连遭惊喜

1. 新闻发布会上的窗户纸差点让张力军杵了个大窟窿

“大金子”曹云金此次在春网可谓是金光无限，不仅直播晚会上受第一视频重托担当主持人、相声和小品演员三项角色，在晚会前还应邀参加了春网开元的新闻发布会，成为春网第一个曝光的明星，自然是受到媒体极大的关注。

在1月26日的新闻发布会上，曹云金作为嘉宾出席，没想到还遭遇了春网组委会给他的神秘特别安排，这还得得益于工作组“七仙女”的八卦精神。原来在发布会的前一天，工作组就有人从曹云金的资料中发现，26日的发布会当天正是曹云金的生日！工作组当机立断改变发布会流程，与曹云金粉丝团联系，特别设计神秘环节，一切就在紧锣密鼓、悄无声息的进行中……

发布会当天，曹云金如约前往，一件暗红色T恤，显得格外的精神。在贵宾室休息室，张力军董事长与曹云金打了个照面，张力军亲切

地拍了拍曹云金的肩膀感谢他对晚会的支持，也鼓励他好好表现，然后突然问道："哎？听说今天好像是你生日？"众人一惊，眼看"密谋"差点暴露，赶快打岔，说起了别的，这层发布会上的窗户纸险些被不知情的张总杵了个大窟窿！

现场有记者问，今年第一视频举办的网络春晚会不会采用央视的方法，对节目进行评选，曹云金随后插话："不用评选了，大奖肯定是我的。"引得现场来宾哄堂大笑。一次不露声色的"现挂"，显露了深厚的功底。发布会现场高潮不断，主持人突然的一个宣布，曹云金一愣！现场多位粉丝为曹云金献上了巨型花束、蛋糕，更有粉丝获悉曹云金将担任晚会的主持人，特意带来了两只金话筒，一方面曹云金在第一视频网络春晚上的主持"金光璀璨"，另一方面，金话筒代表了主持界的最高荣誉，想必曹云金也成了尚未涉足主持圈就获金话筒的"第一人"。"大金子"见状相当感动，方才明白个中缘由，还在现场开玩笑说他把自己的"第一次"（第一次发布会现场过生日以及第一次主持）献给了第一视频。

相关链接：

曹云金：2002年开蒙，随郭德纲学习相声表演。擅长曲目：相声《兵器谱》、《天津话》、《拴娃娃》；太平歌词《五龙捧圣》、《白蛇传》等。曹云金从小爱听相声，自称"高级相声爱好者"。在老气横秋的相声圈中，他毕竟还是80后的年轻人，有着自己的爱好。他喜欢上网，喜欢一切新兴的事物。

李菁：德云社创办人之一，擅长京东大鼓和双簧，师胜杰第十三位弟子。中国曲艺家协会会员，中国快板艺术委员会委员，15岁师从快板书名家梁厚民先生，曾获全国第二届快板艺术大赛一等奖。后拜金文声先生为师，进修评书艺术。经常上演的曲目有《雌雄剑》、《武松打店》、《学四相》、《汾河湾》等。

花絮：

曹云金"春网"换新搭档，拿师叔开涮

要说相声演员莫大的荣幸就是能站在舞台上将快乐带给观众，只要能把下面的人逗乐，那就是他们最大的成功。要说平日观众最熟知的组

合，其实应该是曹云金和刘云天，李菁和何云伟，可这一次第一视频请来了80后少帅曹云金，和他搭档的却是师叔辈儿的李菁，这一主一帅、一师一徒可谓在网络春晚上出尽风头，不知给网友们带去了多少笑料。而一向负责捧哏的李菁，这次也是格外的低调，不仅尽职尽责力捧大师兄的爱徒，对外向媒体也是对曹云金夸不绝口。倒是咱们的少帅有点得了便宜还卖乖的感觉，一面在台上拿师叔开涮，一面逗得台下的观众前仰马翻。

2. 鬼灵精怪的小丫头们都长着顺风耳，又一个密谋生日会

说组委会工作组里的这帮小丫头长着顺风耳八卦嘴一点也没错！就拿策划助理鲁西西（鲁靖外号）说，没有点儿类似网络上的“迅雷极影”之本事，那是担不起组委会CPU信息中枢输送站这个重要职位的。这一次的潜伏密谋，也是这群姑娘做了主谋。

这事的起因是孟老师走廊里一个电话引起的，鲁助理平日里在领导层间来回穿梭，早就炼就了一双火眼金睛，正巧碰见孟老打电话时一副半掩半笑的表情，心中不免揣测莫非是“春网”的什么新点子？ 想到这里，鲁助理立马觉得耳朵听力放大了一百倍。

“哎，我也说不准儿呢，工作忙呢！什么，我生日？哎哟！你看我都忘了！”

听到这里似乎真相大白，鲁助理眼珠一转，立马折返召集姐妹。整个下午，一如往常般平静有序，大家各自忙碌着，似乎什么也没有发生……

下午5点左右，张鑫凑过来，报出一个“杯具”：“孟老师被看丢了，行踪不明，消失了！”

大家一惊，顿时开始分头寻找，设计部、老大办公室正要急得去蹲守男厕所，王莉从门缝里探出个头来：“别吵了，孟老师已经被我定位，我刚才从导演组过来，发现他在那边手舞足蹈说大戏呢！”

有人在门口把风，姗娜负责灯光，张鑫彩虹负责蜡烛。“武桓姐姐你一会就敲门进去，就说有事找孟老师，你进去他们不会怀疑的！”鲁助理得意地计划着。武桓关键时刻演技一流，把孟老、陈导请进屋后，居然还和他们侃侃而谈聊起工作来了，正当孟老和陈导听得聚精会神之

时，突然一片漆黑。

“啊！停电了！”孟老师说。

“生日快乐！生日快乐孟老师！”所有人都在异口同声地祝福着，这拿孟老后来的话说，当他看到小妮子们一个个微笑着把生日蛋糕捧出来的时候，他觉得这比他在家里陪着老婆孩子还感动，感动中还有一丝惊诧“她们是怎么知道我生日的？”

连导演组也在旁禁不住地感叹，羡慕。暖暖的烛光中，孟老师在丫头们的要求下许愿：

“这让我想起来多年前，我和我的同学们一起给我的恩师过生日的时光！真的很谢谢你们！陈导，要我说，你看我们有这么年轻可爱的队伍，难道这场春网还能不成功吗？我就许我们的这次春网能开元大吉，红红火火吧！”

那个下午大家都秘密地做了什么？

13:00鲁西西窃听到电话；

13:30丫头们开会确定分工；

14:00鲁西西和珊娜订蛋糕，在蛋糕上题字“春网开元”；

14:00～16:30大家分头工作，秘而不宣；

16:30彩虹、王莉、两之寻找孟老师，众人布置生日会场；

17:00武桓前往导演组办公室邀请孟老师，灯光准备；

17:10关灯，生日歌起；

17:30许愿，分生日蛋糕，遭到哄抢，多人脸部受到奶油攻击

二、一波三折难请信，惊鸿一瞥掀高潮

提到信，无人不知无人不晓那首《死了都要爱》，晚会开场不到10分钟，信就被请出来放歌高唱，震撼全场，着实掀起了网络春晚的第一个高潮。然而把信请来制造欢乐的过程却不是那么一番风顺的，此番邀请，导演组几经波折不说，到最后关头差点要让导演改换节目另寻出路了，这番折腾，让信不得不获得了”最难请的明星”称号。

在第一视频春网开元专题页发起的艺人投票中，信的支持率一直居

高不下，看来邀信加盟是众望所归。但当组委会锁定信决定邀请参加春网的时候，却发现时间已经迫在眉睫了。这对于大陆艺人来说还算宽裕的时间，对于台湾人信来说却是行程紧凑，手续复杂。

本来到了年末，艺人们几乎早就提前将春节假期的计划安排好，不是排满档期四处去挣“过节费”，就是彻底休假和家人朋友团聚。在最近广电总局对港台艺人加大加严审查制度的背景下，凡是要来内地演出的港台艺人基本上要提前一个月就向上级报批。可当组委会联系上信的经纪人的时候，却已经距离2月6号的晚会只有20天了。

在导演组向信发出了诚挚的邀请之后，先是顺利地得到了答复，不过前提是组委会要帮信先过审。可是审查程序复杂、时间紧迫，这似乎是一个无法完成的承诺，那也要克服，导演组向第一视频发出了程序申请，希望各部门能够配合群策群力，工作组里很多女孩都非常喜欢信，听说这一消息，更是欣喜地期待着答案。

一个平常日子的下午，导演组的陈导踱着步子来到春网项目组的大办公室，因为工作需要，春网工作组和导演组是分开办公的，一是为了不互相干扰，二是避免泄密。而平日里陈导来串门儿，要么就是找孟策划聊聊天，头脑风暴一番；要么就是来“搜刮”工作组这帮丫头们的零食。可这一天看陈导的神情似乎颇为得意，似乎有什么话要宣布，果不其然，踱了两圈之后，他对孟老说：“信搞定了！”顿时办公室被一种如释重负的喜悦充满了，好像一个大问题被解决了。陈导迅速收敛笑容说：“先告诉你们，让你们高兴一下，不许外泄啊！”

如今就盼着信的公司和第一视频签合同了，然而天有不测风云，眼看尘埃落定，却又一阵腊月寒风袭来把事情吹得变了天！就在晚会进入倒计时的关键时刻，导演组再次传来消息——信来不了了！这几天陈导的脸上也是难见笑容，如果实在不行，只有临时修改节目单，可这实在是大家都不愿意使用的下下策，导演组的电话一直忙音，他们也在处于紧张的联络中，工作组的丫头们再次发挥八卦精神，很想探听点什么，只知道是程序中的一个环节出了什么延误，而非信本人不愿来内地参加“网络春晚”的演出。

山重水复疑无路，柳暗花明又一村，春网开元晚会的前两天，就在我们得到消息眼看时间紧迫准备放弃信的时候，陈导再次出现在面前，这次他不是踱着步子，而是兴冲冲地跑进来，难掩兴奋之情，还是那四个字："信搞定了！"春网工作组办公室里传来一阵欢呼，这欢呼声似乎一直延续到晚会当天的亚视舞台上。

在开场歌舞之后20分钟左右，升降台缓缓升起，清瘦帅气的天王网友歌迷心中万千期待的信，在熟悉的旋律中用他独特的高音将全场带入第一个高潮，此时场外网友留言和互动短信像雪片儿一样飞来，在带来了《死了都要爱》和新歌《火烧的寂寞》两首歌之后，信匆匆离去，从他下飞机踏出首都机场，到开场前冒着小雪神秘而至，再到欢呼声中悄然离场，可能也就几个小时的时间，但为了给全国网友呈现这几个小时的精彩，筹备组在幕后却付出了几十个小时的不眠之夜。

相关链接：

信，原名苏见信，金牛座，台湾流行男歌手，前信乐团主唱。演唱时独特的高音，颇具感染力，成名前，曾经转战台南、高雄、台北三地酒吧，小有名气。一首《死了都要爱》更是让苏见信红遍大街小巷，2007年从信乐团单飞。

花絮：

网友互动留言

"有信迷吗，我是信迷，晚会那天就蹲守在电脑前死守老大了！"——网友小朵

"给老大无限的鲜花和掌声，还有亲亲……"——网友阿信

"老大加油哦！很多家人在看呢！"——网友plus

"我超爱你的新歌！太帅了！永远支持你！晚会上你的表现太精彩了，让人难忘。"——网友吾小可

"居然能在网上看到偶像的现场直播，太牛了！我吃饭都忘了拿筷子！好羡慕在现场的人！"

网友索索

"支持信，新歌好听，网络春晚加油！！"——手机用户

三、孙悦红发抢镜，台下犯困台上抖精神

孙悦的节目是晚会倒数第4个，在唱完第一首老歌新编的《祝您平安》之后，她睁着困顿的双眼与现场的观众互动起来："平时这点我早睡了，都做梦了我，我在后台困得我呀，到10点多就开始困了，一直忍着。因为我觉得今天特别有意义，因为今天是第一视频，也是互联网的第一届网络春晚，所以非常非常有意义，我坚持，再坚持也得把它演好！"

孙悦说话一向快言快语，直来直去，其豪爽的性格台上台下都是如出一辙。这次孙悦一头红发亮相，造型十分抢眼，一口气唱了两首歌，既有大家耳熟能详的老歌，也有年轻网友喜欢的新曲，非常精彩。不过其实一开始这次晚会险些就与孙悦失之交臂呢！

档期有变韩团长踊跃推荐

说来第一视频打算邀请内地歌坛一哥一姐，最早定下来的人选不是孙悦，而是韩红韩团长。韩红2009年可谓是风光无限，升为空政歌舞团副团长不说，临近年末的时候又开演唱会，当听到是应邀参加春网开元的网络大拜年晚会，并且老朋友孙楠也要上阵捧场时，她表现出了相当高的热情。可惜年底除了要筹备演唱会，还要忙各种政务，档期实在很满，但又难推导演组的盛情，再三思量，韩红向我们推荐另一名重量级的歌坛大姐大，孙悦。

孙悦、韩红这二人的亲密关系娱乐圈是耳熟能详，早年韩红未出名之前，都是孙悦极力推荐韩红进央视、上节目，如今才铺就了韩红事业上的辉煌成就。如今韩红帮忙再请孙悦，给了我们筹备组很大的助力。

恰逢孙悦一月份刚出了出道15年来的第12张专辑《变》，行程异常紧张，各种宣传通告演出不断，她要挤出时间当天搭飞机赶往晚会现场，但还是欣然应邀许诺捧场，这样网络春晚一哥一姐的表演节目早早就顺利地尘埃落定了。

后台忙拍照，签名解困乏

直播晚会当天天降瑞雪，摄制棚外气温骤降，孙悦由于节目排在最后，行程紧张，所以也是开始前匆匆赶来。进了后台没多久，孙悦就犯

起困来，也难怪，外面气温寒冷，屋内温暖舒适，再加上行程疲惫，时辰已晚，孙悦一开始还以甜美微笑示众人，但没过多久就开始哈欠连连了，脸上也浮现了倦容。这哈欠是会传染的，孙悦一犯困，给她伴舞的那帮小演员也个个困意上来，哈欠连天，这时已经是夜里11点多了。

孙悦到场的第一个任务是到后台休息室，在我们摄像机前录制一段VCR，此时一个小演员害羞地走了过来，从身后拿出一张纸一支笔："孙姐姐！您能帮我签个名吗？"本来就困得不行，连眼睛都睁不开来，不过一听粉丝要签名，她还是欣然答应，签过名粉丝又要求合影，这下可好，众人见状正是包围孙悦的好时机，于是纷纷与孙悦合影签名，把我们的摄像都挤到了一边。

大家排队摆好pose，咔嚓声不断，柔和的灯光下，闪光灯闪成一片，孙悦顿时清醒过来，发现自己居然不困了！她还张罗着其他候场的小演员："不要傻坐在这里等，做点事情就不觉得困了！

红发抢镜 新歌百变

孙悦在圈子里有一个无人不知、无人不晓的特点，那就是无论是她的曲风唱法还是造型服饰都堪称百变。而这一次孙悦的出场又是一次夺人眼球的惊喜，火红妖艳的头发不说，现场表演中，孙悦演唱的老歌《祝您平安》也不是十几年前的一成不变，而是一首被她全新改过歌词和曲风更贴近时代，更具网络风格的歌曲。

"十年前我对你说，祝你平安！这些年你平安吗？周围的世界每天在变，我们的真诚没变，对吗……"在唱完一首抒情温柔的"老歌"后，孙悦又一改风格，在台上劲歌劲舞地唱了一首新歌《爱上你没道理》。在台下困倦的她在台上摇身一变活力四射，而孙悦一路走来的变化，不也是我们周围世界的变化吗？

相关链接：

孙悦，中国著名女歌手，哈尔滨人，2006年梦想中国评委。孙悦早年以一首单曲《祝你平安》而广为人知。今天中国内地歌坛的中流砥柱和当红一姐，大陆百变歌后。如今的她不仅在乐坛有了稳固的地位，还积极进军影视界，除此之外，她还是北京宇悦无限信息技术有限公司的董事。

花絮：

孙楠欲与孙悦拼造型，雷人裙装盖过红发

2009年的孙楠似乎话题不断，离婚风波、电影票房失利似乎都不能打击这位内地乐坛一哥，去年7月，沉寂两年的孙楠推出了他的新单曲《爱你爱不够》，其首播就是通过互联网。这次第一视频也力邀孙楠参加演出，而关于他的话题也一直没有停止。

孙楠的节目被安排在“互联网感动中国”这一环节，也是整场四大部分的最后一章，他的节目和孙悦的排得很近。孙楠刚到后台准备的时候，就有八卦者从后台跑出来，跟大家说：“孙楠今天的造型太新潮了！盖过孙悦！”果然，当音乐响起，灯光熠熠，孙楠从升降台上闪亮登场。台下观众着实惊讶了一把。

褶子裙、红舞鞋！只见孙楠一副潮人打扮，短发显得极为精神，黑色夹克，棕色铆钉百褶裙，牛仔裤，一出场就“惊艳”全场，勇气可嘉！

虽然孙楠当晚的演唱再掀高潮，不过大家已经无法将注意力集中在他的新歌上面，他的造型直到晚会结束都是网友们津津乐道的话题，网友们纷纷回复，手机互动平台上也涌现了大批留言，回复称“是为了配合网络春晚吗？孙楠穿得这么雷人！”看来这位大腕儿已经习惯了外界的种种声音，依然我行我素坚持到底。

四、许巍后台低调，尴尬被当工作人员

许巍一直是很多文艺青年的偶像，他那如诗如梦的歌曲，就似一道温暖出春的河流流淌在每一个人的青春年华里。在那个年华里，我们背起行囊，带上吉他，准备独自一人远走高飞去流浪。而现在，他旅行到了一个地方，那就是互联网，在第一视频举办的首届首场网络大拜年晚会的后台里，我们看到了许巍的身影，而他还是一如既往的低调与沉默。

许巍的低调一向是众所周知的，他不爱接受媒体采访，不爱上节目，在他的世界里单纯的只有音乐。他身上没有明星炫目的光环，没有

遥不可及的距离，不管是穿着、言语都是一副平凡架势，台上台下并无二致。但恰恰是这样，反而不容易被人轻易认出，因此还险些闹了不少笑话。

这一次，在第一视频晚会的后台大家也津津乐道着一件事，说是有个不熟悉许巍的工作人员把他当成了同行，事情被描述成了这样：

许巍对着工作人员：您好，请问洗手间怎么走？

工作人员：我刚来，不知道，你问别人吧！你是这里的还不知道啊？

许巍：……

许巍找到另一个舞蹈演员：您好，洗手间在哪里知道吗？

小演员：这是演员待的地方，一会有明星进来。厕所在外面！

许巍：……

许巍出了后台，来到走廊，见到第一视频的工作人员。

许巍：您好！

第一视频员工：您好！对了，请问你们这里的洗手间在哪里？

许巍：……

上面的故事显然加入了大家杜撰夸张的因素，不过还是足以看出许巍在台下真是够平凡了，而在台上他却能表现出巨大的音乐感召力和才华。这就是许巍的朴实，D调的华丽，天然的绝唱。

相关链接：

许巍，1968年生，陕西人。内地流行音乐界的重要人物。1995年，许巍作词作曲的《执著》被歌手田震唱红大江南北，并有机会签约红星生产社出版了首张专辑《在别处》，立刻引起了轰动，专辑在无任何宣传的情况下，销售量达50万张。近年，许巍一直活跃在歌坛，不仅不断发行自己的音乐作品， 1998年更作为流行乐界仅有的二位作者，其作品和崔健一起被选入中国当代诗歌文选。

花絮：

网友编《当许巍遇见朴树》

说是许巍和朴树被关同一房间了，这两人都很腼腆，并且不爱说话，但都惺惺相惜，欣赏对方才华，过了好半天，朴树觉得自己作为后辈应该主动开口说话，于是从嘴里憋出一字儿来。

朴树：好！

许巍：……

朴树：你好！

许巍：……

朴树：你好！朴树！

许巍：……

朴树：我叫朴树！

许巍：……

朴树：很高兴认识你！

许巍：嗯，不错，他们说你比我话还少，我数了下，比我多了！

朴树：……

这个故事说明什么，说明许巍虽然话少，但其实还是很幽默很会调侃人的，是属于典型闷骚型的巨蟹男。

五、刘媛媛压轴出场，“春网”主题曲将成2010第一网络红歌

这次第一视频举办“春网开元”首届首场网络大拜年活动，音乐方面我们力邀音乐界的重量级人物洛兵老师担纲音乐总监，并且进行了晚会主题曲的创作。晚会主题曲就以这次活动的大主题《风景这边独好》为名，可是邀请谁来演唱这首歌最为合适呢？作为首届首场网络春晚，主题曲的分量是不言而喻的，最终组委会一致同意让有“红旗歌手”称号的刘媛媛老师来演绎这首主题曲。刘媛媛老师是怎样加盟这次音乐合作的呢？在演唱这首歌的背后又有着怎样的故事呢？晚会刚刚结束，我们和刘媛媛老师进行了一次非常愉快的畅谈。

第一视频：刘媛媛老师与第一视频是第一次合作吗？

刘媛媛：是第一次，以前很少和网络媒体合作。第一视频是行业中很有影响力的视频网络新媒体，拥有广泛的受众，此次接到邀请感到非常有兴趣也很开心，而且合作得也非常愉快，工作人员都很敬业和专

业。看来网络媒体的发展前景应该是非常好，第一视频也一定会成为其中的翘楚。

第一视频：您是怎样与“春网开元”中国首届首场网络大拜年结缘的？

刘媛媛：说来话长，那是在“西部女性阳光基金第二届慈善盛典”上，我被中国红十字基金会聘为“西部女性阳光基金”形象大使。经朋友介绍我认识了第一视频的总编辑荣松老师。他表示对我集“通俗”、“美声”、“民族”于一体的演唱风格很是喜欢，说我不仅社会形象好，最重要的我能把像《国家》这样的主旋律歌曲唱得通俗和流行。这正好符合他们正在筹办的网络大拜年晚会的风格基调。于是他就跟我详细介绍了网络春晚的筹备情况及意义影响，并邀请我唱网络春晚的主题曲。我听完他的介绍，感觉他们筹备的网络春晚真的很有新意，并不是几年前网上说的那种“山寨”版，而是一场真正有立意的、在互联网行业上有着里程碑式的首届网络大拜年联欢晚会，在保持格调清新脱俗的同时，也更加贴近广大网民的心灵期盼，所以我就愉快地答应了。

第一视频：您参加过那么多次传统晚会的大型演出，而这次春网开元网络大拜年晚会是通过网络视频直播，您是不是第一次参加这样的网络直播晚会？

刘媛媛：我确实多次参加过诸如央视春晚、国庆焰火晚会等传统大型晚会。像这种网络直播大型晚会的形式真的是第一次。但其实我与网络还是颇有缘分的。因为2007年我曾经举办了一场个人网络在线互动演唱会，当时我是国内同级别歌手中首次举办大型网络演唱会的，首次以这样的方式与广大歌迷交流互动；中国媒体也是第一次以这样的方式集体走进网络，采访晚会。值得一提的是，整台晚会的策划、组织和制作播出全部由全国网友担纲完成。当时那场演唱会反响极好，我深受鼓舞。我可以与歌迷朋友们实时进行互动，完全没有空间感和距离感。这次参加“网络春晚”，我也是非常兴奋。这种演出方式个性、多元、互动性强，尤其是观众的反馈能够很快传达过来，也锻炼了我们演员随机应变，现场发挥的能力。我觉得第一视频这次的“春网开元”晚会，做得更成熟了。总之，我非常喜欢这种形式，希望以后能够更多地参与。

第一视频：您对这种网络大拜年的晚会形式有什么看法？

刘媛媛：因为网络媒体已经普及和渗透到中国老百姓日常生活中的方方面面，影响也要越来越大，随着中国人精神文化需求的日益增加，网络媒体的“便捷”、“互动”也让我们即使远隔天涯海角都能有好像就在眼前的感觉，所谓“咫尺天涯”，中国古人的梦想成为了现实，情感沟通也就能更加让情谊厚重。另外“网络大拜年”的内容也非常丰富和多彩，通过网络将全国各地的民俗、过节的一些庆祝活动展现给所有人，将一台大型晚会的现场通过互联网直播给网友，这样的一种结合是非常新颖的，让我们的网友在互联网上也感觉到浓浓的年味儿，过年的这种展现形式、娱乐形式更加丰富了，更加多元化，给人以不一样的春节体验。

第一视频：《风景这边独好》这首歌被称为第一首“网络春晚”主题曲，也随之在2010年走红网络，当时接到《风景这边独好》这首歌时是什么感觉？

刘媛媛：这首歌由主持人作词，洛兵作曲，是我继歌曲《远方》之后与洛兵老师的第二次合作。《风景这边独好》与《远方》不同，歌曲由弦乐开头，让人感觉温柔但富有力量。中间的部分主要使用钢琴的柱状和弦，但并不强硬，感觉和旋律形成了很好的呼应，再加上中、低音弦乐的铺底，使整个乐曲旋律非常丰满。间奏时，定音鼓的加入给歌曲添加了厚重感，并且起到了承上启下的作用。总之，这首歌曲给人感觉伴奏跌宕起伏，旋律洋洋盈耳。这首歌的意蕴也是我特别喜欢的。它融合了“天，地，人，情”四种要素，表达了网络与人的和谐交融，很有意境。我非常喜欢这首歌，我觉得作为首届首场网络大拜年晚会的主题曲也是非常合适，当之无愧的一首歌，晚会现场也证实了这一点，作为压轴歌曲的演出，让晚会在最后也上升到了一个高潮。

第一视频：关于这首歌的幕后故事您能谈谈吗？

刘媛媛：创作过程凝聚了集体的智慧，我们做这首歌的理念是一定要精益求精，记得录音时，我和这首歌的作曲及制作人洛兵老师认真分析了歌曲的内涵与旋律，仔细聊了用怎样的唱法去演绎。最后经过多次比较，我继续沿用了我的“美通”风格，同时加强了“气声”的运用，让声音富有磁性，让感情如泉水般流淌出来。就这样，本着一丝不苟的态度，这首歌共制作修改了两遍。很高兴，最终出来的效果让大家颇为惊喜。很多人都认为这首歌清新动听，意境悠远，其在网络春晚中的位置可以媲美传统春晚中的主题曲《难忘今宵》。

相关链接：

刘媛媛，苗族，出生于云南大理，中央民族歌舞团著名女高音青年歌唱家，国家一级演员，全国青联委员，中央国家机关青联常委，中国十大部委 “关爱成长行动形象大使”，“中国保护母亲河形象大使”，“中国禁毒形象大使”，“中华爱国工程联合会形象大使”，“中国公益事业形象大使”，同时被联合国授予“世界和谐大使”，被“百国首脑组委会”授予“世界友好和平使者”称号。她演唱的歌曲真诚、质朴、大气，在她的演唱生涯中以演唱“歌唱祖国、歌唱人民、歌唱美好生活”歌曲属多，如《五星红旗》、《国家》等一首首好歌。凭借她出色的演唱，这些歌传遍祖国大江南北，她由此被誉为“红旗歌手”及“中国新时代主旋律歌唱家的代表”。

网星篇

一、一张老画报引出的精心密谋

此次“春网开元”的晚会上最具代表性的网星非芙蓉姐姐莫属，芙蓉姐姐的网络影响力及其经久不衰的网络人气，使她成为当之无愧的网络明星。关于芙蓉姐姐是否会出现在“网络春晚”舞台上这一议论话题，更是贯穿筹备过程始终，在2月6日这一天，谜底终于揭晓，而芙蓉姐姐出现的方式，却令所有人都惊呆了……

1.纠结的芙蓉经纪人朝令夕改

芙蓉姐姐虽然在网络上颇受争议，但是第一视频还是决定邀请她，原因很简单，一是因为网友呼声高，二是网络是一个包容的世界，网络春晚需要给大家看到真正从网络上走出来的明星。

然而请芙蓉也不是一个一帆风顺的过程，就算我们冒着备受争议的危险，人家芙蓉也不一定买账，和芙蓉经纪人的交涉可谓斗智斗勇。在我们工作组的同事第一次联系上芙蓉时，正赶上芙蓉姐姐的话剧上演，经纪人直接回复："姐姐档期很满，很多形式的春晚都在找她上呢！"在工作组说明了我们"春网开元"的定位和形式之后，对方表示考虑一下。

没过多久事情就有了新的进展，芙蓉经纪人说姐姐已经推掉了所有春晚的邀约，希望只跟第一视频合作，并且提出了他们期望的酬劳。见这么顺利我们很高兴，以为这次颇有诚意的合作应该没有问题了。

于是"芙蓉姐姐将现身春网开元晚会现场"的消息不胫而走，在网上引起了强烈反响。但紧接着，事情再一次出现变化，芙蓉经纪人提出附加条件，希望芙蓉姐姐的节目由原来的一个增加至两个，并且希望芙蓉姐姐能参加定于1月26日的新闻发布会。

这下就破坏了筹备组原有的计划和节目设计，因为根据总策划、总导演和音乐总监的一个"秘密创意"，芙蓉姐姐是晚会的一个亮点，关于她的消息是决不能提前曝光的，节目设置也是另有安排，于是谈判陷入僵局，芙蓉姐姐能不能出现成为了悬案。这也致使26日当天的新闻发布会芙蓉姐姐没有到场，引起了媒体的众多猜测。

从这之后，芙蓉经纪人和工作组陷入"拉锯战"中，可以看出，芙蓉经纪人也十分纠结，他们深知这台晚会在互联网历史上的意义以及它的巨大影响，失去机会将会是很大的损失，芙蓉姐姐本人也对晚会寄予了极大的期望，然而他们又希望能够据理力争，毕竟在这样一场盛会中，明星也只不过是昙花一现，他们对筹备组之前"冷藏消息"的做法十分不解。

于是芙蓉到底来不来的问题，在经纪人的朝令夕改中似乎要永远成为一个谜，到最后，连我们的工作人员都得不到确凿的消息，纷纷陷入揣测中。工作组最后甚至安排了B角准备在现场代替芙蓉的角，然而就在晚会正式开始前的最后一次联排中，我们看到芙蓉姐姐姗姗来迟。她们最终还是没有放弃这次机会，因为这是中国互联网历史上首届首场官方网络大拜年春节晚会，而芙蓉的身影也将随这场网络直播晚会载入互联网史册。

2. 芙蓉姐姐变身海岛女民兵，现场落泪为哪般

芙蓉姐姐穿着一身白色的北狐大衣，浓妆艳抹，显然是有备而来。而此时主持人和演员都在后台化妆候场了，就算要让芙蓉上，可她连一次彩排都没有，这可是直播啊！

现场导演只好和她临时沟通节目安排，而之前芙蓉姐姐自己准备的另一个歌舞节目《芙蓉说》因为来晚没有时间彩排，也不可能临时修改节目编排，只好被拿下，芙蓉姐姐听闻节目上不了，眼圈一红，现场落泪，但是那也没有办法，这就是晚会，必须为了整体的效果从大局着眼，演员也要拿出职业精神为大局作出牺牲。稳定情绪之后，芙蓉和导演开始沟通她的节目安排，这也是在晚会开始前，芙蓉姐姐第一次揭开了筹备组为她量身定做的“神秘节目”面纱……

画面回到一个月前，春网开元筹备组刚刚组成，总策划孟老师、总导演陈亮、音乐总监洛兵等核心成员正在构想晚会创意。一张六、七十年代的海岛女民兵画报引起了大家的注意，这张画报的形象简直像极了芙蓉姐姐！于是“芙蓉化身海岛女民兵，晚会现场织呀嘛织渔网”的歌舞创意诞生了！于是就有了大家看到的“海岛姑娘翩翩起舞，一张大网从天而降，雷电霹雳，芙蓉姐姐横空出世”的那爆笑惊人一幕！那一刻几乎引爆了现场的沸点，将现场带入新的高潮，而网络上、手机互动平台上更是掀起了轩然大波，网友们纷纷发来短信称这一创意简直绝了！“那对比效果，那震撼心魄，那视听享受，绝对是网络走向舞台的绝佳构想！”而现场出现的那张巨网，是承载了渔网和互联网的双关之意，通过芙蓉的破网而出，展现了时代生活的巨变。

我们在后台看到舞台上下的那一幕，也是由衷地笑了，禁不住竖起大拇指：春网组，真牛！

相关链接：

芙蓉姐姐，原名史恒侠（据说也叫林可），其人最早出现在水木清华、北大未名和MOP网站上。之前是清华考研大军中的一员，由于其经常在网上贴自己的照片，成为了网络上人气火暴的红人，被称呼为芙蓉姐姐。

2004年，芙蓉姐姐横空出世，以绝对的自信和骄傲展现真实的自己，凭着她的独特和执著，在网络世界引起了巨大轰动，并且影响逐渐由高校BBS扩展到广大传媒，芙蓉姐姐连续3年笑傲百度搜索风云榜冠军，更是被各大媒体称为“前无古人，后无来者”。这位网络常青树以4853862的票数，连续上榜1170天的骄人纪录缔造了一个又一个网络神话，已成为网络时代的焦点。

花絮：

芙蓉姐姐：网络春晚现场，藕哭了

6号晚上藕上了第一视频的春网开元的网络晚会直播，内心很难受。云南做完油菜花仙子赶飞机回来，临上场前的彩排，舞蹈后，没时间彩排歌曲，主办方直接给拿掉了。藕当场就哭了。在后台狂流眼泪。本来想做个非常大气的像宋祖英的那种造型。穿上华贵的大礼服（现场，藕带来了五套超炫的大礼服），用藕甜美天籁的歌喉惊艳全场。可是，歌曲无缘无故给拿掉了，你知道藕当时有多崩溃啊，泪禁不住地流。

藕不知道后台休息室那个一直对准自己的机位也是现场直播的，真丢脸，哭鼻子的时候被导演看到了……但是正式开演时，藕还是调整了状态，擦干眼泪，媚笑着跳完仅一分钟的火辣舞蹈。

舞蹈虽然是藕长项，怎么跳都会劲爆全场，但藕真的不想跳那种没有思想没有内涵的S形舞蹈。藕不想让别人继续误解藕只是一个光会扭屁股的小丑。

希望以后有更多施展自己才华和才艺的舞台！（摘自芙蓉姐姐网易博客《芙蓉姐姐：网络春晚现场，藕哭了》）

二、后舍男生彩排现场难舍难分

“团结、紧张、严肃、活泼”——进入第一视频公司的办公区域就会看到这样的口号，而第一视频举办的春网开元自然也是在如此氛围下一步步组织和进展下去的。而要说明星里最符合这八字真言的，那就是国内第一网络视频搞笑组合——“后舍男生”。

见到后舍之前，早就耳闻此二人并没有在网络视频里那么“癫狂、雷人”，高的很老实、矮的很斯文，总之是那种“台前人来疯，台下见人蒙”的类型。看来凡是在喜剧艺术方面才华突出的人，多半在现实生活中都很严谨，反而不苟言笑。

这两人在筹备组里给人印象最深刻的就是团结，这两个大男生可谓是一进组就没有分离过，其黏合程度有够离谱，弄得导演也很头疼无奈，至于他们“团结”的爆笑对话，我们会在花絮中呈现。

别看后舍男生也是出道已久身经百战，但头一次主持“网络春晚”心里多少也是有些紧张，毕竟那么多的网友在电脑前收看直播呢！后舍的紧张有点可爱，有点古怪。当造型师正在给另一位互动区主持人傲然化妆时，黄艺馨就站在身后，只见他左手叉腰，脖子向右歪，头往左肩倒，两脚撇成一个内八字，这样高难度的站姿也实在是太诡异了！更夸张的是，黄艺馨就这样一直保持着这个姿势望着镜子里的自己，足足定格了5分钟！其间他还不断对着镜子变换他丰富的脸部神经，直到傲然化妆结束，黄艺馨才不再对着镜子摆pose，当时大家还以为他在逗主持人傲然笑，后来才知道，原来黄艺馨是紧张所致，他不过是在练习表情罢了！

黄艺馨对镜子摆怪表情，我们的高个儿韦炜又在一旁忙什么呢？原来他正严肃地坐在茶几上，拿起一支笔，汗流浃背、奋笔疾书，原来正在抄台本呢。那些厚厚的又长又乱的主持稿，被他分别写到了一页页手卡上。他不仅将自己的抄了，连搭档女主持傲然还有黄艺馨的也一起抄了，真是个体贴人的大男生啊！

看他正襟危坐、严肃认真的样子，大家不禁逗他：“这些东西你不可以背吗？干吗抄这么累啊？”他头也不抬地说：“还是抄了的好，我们可不像曹云金他们有过目不忘的本事，这可是网络直播啊！要是出点差错那我怎么对得起网友！”

至于最后一点活泼，那是他们的本领，筹备组安排后舍和曹云金一起合作了小品《网话网说》，二人模仿宋丹丹和赵本山饰演的白云和黑土，用新鲜幽默的网络词汇逗得台下的观众们捧腹大笑，即使是扮演老头老太太，他们也能演出活泼搞怪的一面。

相关链接：

韦炜：真正高大威猛的男生，打眼一看像葛明辉的全能运动型帅哥。“出道”较早，拍摄过无数平面模特写真，其中最知名的当属喜之郎广告。如此强悍的他，被网友敬称为“猛将兄”。他曾读于广州美院附中，后与黄艺馨同时考入广州美院2002级雕刻系，因两人视频走红被网友成为“后舍男生”，多次合作参加广州各类表演活动。

黄艺馨：学习成绩优异，擅长相声/小品/主持/表演，曾多次参加广州大学城文艺表演，是典型的陈浩民型帅哥！曾读于广州美院附中，与韦炜同时考入广州美院2002级雕刻系。因两人视频走红被网友成为“后舍男生”，多次合作参加广州各类表演活动。

花絮：

彩排现场后舍爆笑对话

1.曹云金：那个高个的（韦炜）过来一下！

黄艺馨也一起过去了。

曹云金：我是叫你那个朋友！

黄艺馨：我们是一对，我们是不分开的。还有，他叫韦炜，我是黄艺馨。

曹云金：……

2.韦炜去上厕所，跟导演请假。

导演：好的，你去吧，黄艺馨我们接着采。

过了一会儿，黄艺馨说完一段话后。

导演：哎？你（对韦炜）怎么还没去？抓紧时间啊！

韦炜：我！我等大LONG！（黄艺馨昵称）。我们都是一起的！

导演：……

3.执行导演：后舍，一会儿高个的先和傲然上去说，然后你（黄艺馨）等他们说了一段后再上去。

后舍（异口同声的）：导演，还是让傲然她自己先上去说，然后我们再上去吧！

傲然：为什么啊？

后舍：因为我们是一起的！

傲然、执行导演：……

媒体摘录：

2006年美联社就“后舍现象”拍摄专题片在海外播出，让后舍男孩的声望达到顶峰，从那之后，后舍男生似乎淡出了公众的视野，然而这一次后舍男生借第一视频春网开元首届首场网络大拜年晚会重现江湖，准备之慎重，声势之浩大，都颇有些王者归来的气势，根据节目单上披露的信息，除了相声才艺表演，他们还会以主持人的身份全程参与节目互动，贯穿整个晚会始终。第一视频网络春晚组委会有关人员表示，后舍男生作为网络文化的典型代表，在互联网上具有极高的人气和号召力，他们阳光健康的形象也深入人心，因此他们的加盟不仅有助于加深第一视频网络春晚的网络特色，还将切实的吸引大量粉丝关注。（转自中华网《第一视频网络春晚大幕即开 后舍男生率团网星阵容》）

三、西单女孩私下讲述她的友情岁月

和芙蓉姐姐、后舍男生以及后文将提到的“翻版范冰冰”相比，同样是走红网络的草根，但西单女孩身上更表现出的一种朴素单纯的气质，筹备组在“互联网改变中国”的环节特别邀请了西单女孩，因为她确实是网络改变生活最具发言权的人。

2月5号下午彩排结束后吃盒饭的时候撞见了西单女孩任月丽，当时所有的工作人员都在忙着找盒饭，此时有一个女孩抱着一大口袋吃的进了演员休息室，女孩穿得很普通，蓝色的棉服，洗得有点发白的牛仔裤，一双稍稍显旧的运动鞋。

女孩微笑着把饭菜递给我们，又帮忙将其他饭菜递给另外的演员，当时觉得她有些面熟，一时又想不起来。饭菜吃到一半，突然有两个人冲了进来，看到那女孩，拉起她的手就叫道：“任月丽！你在这里啊！任月丽！”我在一旁才恍然大悟，原来这就是2009年走红网络的——西单女孩！

刚才从她手里接过的饭菜也顾不上吃了，就借着休息的时间和她聊了起来。我问她：“为什么打扮得这么朴素啊，不叫简朴，而是太简

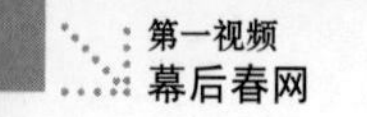

单，简单得让人认不出来是演员！”

西单女孩淡淡一笑：“也不是我故意要表现得很普通，而我一直就是这样！”

她告诉我，网络确实改变了她的生活，但是她又是最不网络的人，因为到现在，她也不怎么会用电脑，最早是因为别人将她在西单地下通道唱歌的视频放到了互联网上才使得人们关注她，从此改变了她的人生轨迹，但是她又和那些只想依靠网络一夜成名的人完全不一样。她觉得自己并不彻彻底底属于网络世界，网络只不过是一面镜子，照亮了她的前程，而她所坚持的东西，依然在舞台上，依然在现实中。而现在的她时刻保持着冷静的头脑，不被利欲熏心，不为浮华的娱乐圈所诱惑。这就是为什么，她能那么坦然地看待别人各种复杂的目光，而依然安静地歌唱。

“其实真正的快乐就是平凡！”西单女孩说。她还跟我们说起了她的朋友，因为我们也很好奇，她在地下通道唱歌时结下的友情，在网络改变一切之后是否一如往昔呢？

“我刚刚出名的时候，有一个最好的女朋友，开始误解我，疏远我，因为她还有她身边的其他人觉得我一定变了，不会再和他们来往了，或许也瞧不起他们了。她不再给我发短信、打电话，不再和我倾诉知心话。而我那段日子确实也很少联系她，但是并非我不想联系，不是忘了她，讨厌她，而是那段日子参加采访、做演出，实在是太忙了！真的没有时间！但我心里却一直有她。

“后来等我静下来的时候，我开始主动回去找她，当我在地下通道见到她和其他流浪歌手时，大家都很惊讶，大家都以为我会躲着他们，不会光明正大地这样来找他们，而我忍耐着大家质疑的目光，告诉他们，丽丽没有变，我还是以前那个我。一开始他们还不太相信我，于是我作了很多努力，我不只是想告诉他们我没有变，而是我觉得我离不开这些曾经和我共患难的朋友！渐渐地他们看到我继续跟着他们去地下通道唱歌，继续和他们一起聚会，他们终于又再次接受了我！而现在身边的这个男生还有这个女生，他们就是我最要好的两个朋友！”

任月丽把身边的两个人指给我们看，原来刚刚叫她名字的俩人，是她的死党，他们是专门来给西单女孩加油的。此时导演组派人来叫西单女孩上场彩排了，西单女孩对我们抱歉地微笑，起身跟工作人员走了。她说的一句话让我印象非常深刻，她说并不希望借此方式努力挣钱过起明星一样的生活，她只想仍然坚持着她的梦想：简单地生活、安静地唱歌。

相关链接

西单女孩：真名任月丽，是一位在西单地下通道卖唱的女孩。一位网友拍摄其翻唱的《天使的翅膀》DV被传到网上 ，这个视频打动了许多人，而迅速成为点击率攀升最快的视频之一，并被网友称为“西单女孩”。她的经历和歌声感动了许多人，她追求梦想的故事被很多网友当做励志偶像。

花絮：

西单女孩谈“春网开元”（采访）

1.本次春网开元网络春晚给你印象最深刻的是什么？

西单女孩：能和许巍同台演出这是做梦也没有想到的事情。他是我的音乐偶像。

2.你觉得网络改变了你的生活吗？网络给你带来了什么？

西单女孩：我平时不上网，但我知道我是从网络上出名的。因为出名了，有更多的朋友听到了我的歌声。我想用歌声改变生活并让家里的日子好起来。我在努力，因为网络，让我有了更多的机会，网络给了像我们这样的普通人一个舞台。

3.这次晚会全国的网友歌迷都会通过第一视频的网络直播看到你的演出，大家看到你穿得非常朴素，不用演出服是你自己的决定吗？

西单女孩：对，我觉得整洁和干净就可以了。我做事情要量力而行，而且这就是我自己，我不想因为出名就一定要虚荣地装扮自己，这次我穿的红衣服是我新年给自己的礼物—— 60元买的。所有的东西都要用努力去换，这是一个普通女孩的努力过程，

4.大家熟悉你是在网上，以后还会不会通过网络为大家唱歌？

西单女孩：当然想了，就是现在有时候我也和喜欢我的粉丝在网上唱歌。我也希望能在第一视频的平台上给大家唱歌，通过网络让更多的

人分享我的音乐。

5.虎年到了，送给网友们一句话吧

西单女孩：祝网友们快乐和健康。希望大家都进步，和我任月丽一起进步。还有就是听我的新歌《我是一只虎》。哈哈……

四、张议天、唐章勇谁是网络模仿第一人

忙碌有序的后台化妆间突然一阵骚乱，有人说来了一个“翻版小沈阳儿”，大家纷纷去贵宾休息室打探，发现此“小沈阳”比彼小沈阳帅气英俊丝毫不输，身高1米8以上不说，小眼睛，高鼻子，除了头发是卷发外，看起来还真是和小沈阳颇为神似。

原来这就是在网络上红得不能再红的模仿秀第一人——张议天啊！不得不感叹网络的强大，牛人辈出！之前媒体一直传闻不断说“春网组密会小沈阳儿”，莫非说的是他？

这位被誉为中国模仿第一人的天天，原名张议天，可以模仿包括小沈阳在内的五十多位明星的表演，网络上视频点击率过百万。天天不仅变身周董、Rain唱歌，还神形兼备地搬出了马三立的经典演出片段，更用了20多种声音来模仿小沈阳的歌曲《我只是个传说》。

作为一名80后，天天身上的模仿才能被发现，纯属偶然。

有一次，天天跟朋友去唱KTV，朋友就说，天天你模仿得好棒啊，不如把你模仿的东西放到网上吧。就是这不经意的一句，天天的命运就改写了。天天的模仿秀表演视频上传到网上后，不但引起了众多网友的热捧，更吸引了一些演艺公司和电视台娱乐节目的关注，天天以其出众的模仿才能赢得了一片赞誉声。这次第一视频的春网开元晚会上，张议天正是要表演他的成名模仿曲《我只是个传说》。

另一位网络模仿表演者就显得低调得多了，低调是因为他的模仿和长相完全没有关系，但他的实力和网络人气可是丝毫不差呀！2009年夏天的娱乐圈出来一枚重磅炸弹叫做曾轶可，而她的绵羊音代表作《狮子座》更是被广为下载，网络上一时间争议不断，就在这时，“替罪羊”出现了，“替罪羊”原名唐章勇，只不过是一个普通的音乐爱好者，而

他擅长模仿，自弹自唱完成了15位明星翻唱版的《狮子座》，他选择的15位明星分别是刘德华、黎明、张学友、郭富城、费玉清、崔健、王杰、祖海、成龙、童安格、廖昌永、伍佰、齐秦、张宇和罗文。之后，他把录好的“作品”发给了一位朋友，对方大为惊叹，专门找出15位明星的歌唱视频一一配上，并很快挂上了网络。这首模仿15名歌星翻唱的《狮子座》放到网上一炮而红。

其实在作为“替罪羊”大红之前，早在2008年4月，唐章勇因为“瞎玩”，第一次模仿32位明星演唱《星光依旧灿烂》就已经受到网友的热棒。之后，唐章勇还做了《四海一心》、《女儿情》和《北京欢迎你》的模仿翻唱版，都有着超高的点击量。

当时我们邀请唐章勇来参加春网开元的晚会时，他欣然应允，也是最配合的一位演员之一，不过其实唐章勇这次来第一视频，最早他想表演的并不是《狮子座》，而是翻唱老乡超女谭维维的新歌《谭某某》。

只可惜《谭某某》这首歌因为歌词直白而备受争议导致被各大电台电视台禁播，而唐章勇的修改翻唱版也只好无缘此次“春网开元”了，这也成为唐章勇的一大遗憾。不过为了弥补他的遗憾，导演组安排唐章勇一次表现才华的机会，那就是安排他和大美女刘朵朵一起合作了小品《阿凡达的新烦恼》。

相关链接：

张议天：2006年参加全国的中国移动彩铃先锋大赛作词作曲并演唱挺进全国五强。2010年浙江跨年晚会表演模仿秀《我只是个传说》，此视频在网上火暴流传，随即引来众多观众的关注。

唐章勇：网名“替罪羊”，这个来自四川的小伙子是云南某报社的普通员工，其唱歌纯属业余爱好，因为一次心血来潮用15个明星的声音模仿了曾轶可的名曲《狮子座》，从此走红网络备受追捧。

花絮：

经典网络原创歌曲掀怀旧风

有网络模仿高手，当然也少不了网络原创力量。这次网络大拜年活动，我们也请来了知名网络歌曲的演唱者，平日在网上听的耳熟能详的歌曲，这次他们背后的演唱者也走到台前，让大家亲眼目睹他们的风采。一提到网络歌曲，大家首先想到的就是《老鼠爱大米》，当年大街小巷那个红啊！熟悉的音乐一响起，我们立刻回到那个网络音乐刚刚盛行的时候，作为网络歌曲当之无愧的代表，杨臣刚一出场，立刻引发了大家怀旧的情绪。《求佛》也是网上很红的一首歌，那沧桑执著的演唱曾经在网络上风靡一时，可是大家惊讶的是，这样一首歌的演唱者誓言却是一个十分帅气时尚的型男，和我们的想象可是大不相同啊！

民星篇

一、杨光现场秀才华，模仿郭德纲师徒

当听说杨光也要来 助阵网络春晚献上新歌《我是阳光》时，杨光的贴吧里就一阵沸腾，当年杨光走上星光大道，他的事迹就通过网上的一张张帖子、一个个链接字字相传。网络让我们了解到了一个自强不息、渴望阳光的盲人歌手，更让我们大多数人爱上他的歌声。

杨光的节目排在晚会的最后一部分“互联网感动中国”，将会由他的感人歌声引出网络感动中国的众多事件。当天杨光来得比较早，由于后台太混乱，考虑到杨光的特殊性，导演没有太早叫他进场，而是特意安排他在化妆间候演。节目进行到了多一半，此时其他演员基本上都已经离开，待在化妆间的只剩下杨光及负责照顾他的家人，还有一两个造型师。由于天气寒冷，外面还在飘着雪，化妆间的空调不是很暖和，导演陈亮一边忙着指挥现场，一边又担心起杨光来，于是派一个工作人员去给杨光送一件剧组的大衣。

工作人员没进化妆室，就听见从里面传来一阵阵的笑声，这不是郭德纲的声音吗？郭德纲也来了？工作人员一愣，差点没敢进去，过一会推开门，屋里就四五人，哪儿有郭德纲的影子？ 此时李菁的声音又冒出来了：“我的妈啊！太刺激了！”原来是坐在那里戴着墨镜的杨光！那声音绘声绘色、有模有样，简直真假莫辨！原来杨光在化妆间实在等得无聊，自己找起了乐子。

杨光还有这么一手！这倒提醒了导演，决定给杨光加戏。于是大家就在现场看到了，除了《我是阳光》这首歌曲，杨光还在主持人和观众的要求下表演了几段声音模仿。在没有任何准备的前提下，这个临时加出来的小节目却获得了格外热烈的掌声，杨光即兴发挥一口气模仿了郭德纲师徒、单田芳、曾志伟等人的声音，并一人饰多角，说得有条有理，“笑果”不凡。

相关链接：

杨光：原名杨晓光，出生在哈尔滨市，父母都是普通工人。他8个月时得了视网膜母细胞瘤，视力彻底丧失。但他与生俱来的音乐天赋在他很小的时候就表露出来，他三次进京闯荡，和母亲相依为命。因为参加星光大道，在百姓舞台中凭借出众的音乐才华脱颖而出，一举夺冠，杨光成为普通人自强不息实现梦想的楷模，多年来杨光用音乐诠释他心中的世界，他以乐观的方式寻找色彩，在音符中描绘着美好的生活。

花絮：

从汶川到海地，感动一路升温

在杨光温暖的歌声中，拉开了晚会最后一章“互联网感动中国”的序幕。在主持人的邀请下，第一视频赴汶川员工走上舞台，回顾了2008年汶川地震前往灾区采访的那一段历程，到今天那段记忆在他们心中依然占据着重要的部分。汶川的孩子现在怎么样了？就在晚会现场，我们与汶川进行了连线，并将这信号通过互联网传递给全国亿万的网友，我们在网上发起了与汶川小朋友互换礼物的活动，在连线中我们告诉灾区的小朋友一个好消息，第一视频送给他们的礼物是一座公益图书馆！

“互联网感动中国”篇章以“爱和感动”为主题，著名歌唱家杨洪基老师也演唱了一首歌曲《大爱》，唱出了互联网行业及从业者在经历大事件时表现出的大爱精神。

2009年还有一件事牵动着人们的心，就是海地地震，中国派出救援部队前往海地支援，这个春节，不知又有多少家庭不能团聚！为此，我们特别设计了海地连线的环节，为了让我们的救援部队听到祖国的声音，也为了让他们的家人能在现场和他们过年！可是海地连线情况就要复杂得多，因为当地恶劣条件的制约以及种种技术问题，我们的筹备组负责技术工作的人员必须攻克种种难关，才能保证现场连线的直播信号没有问题。不停地开会，提案，反复地测试，技术人员承受着压力几夜都没有睡好。当海地连线接通的那一刻，当现场观众及全国网友听到来自海地救援队的声音，当现场他们的家人通过网络与他们视频见面的一刻，后台一阵欢呼！我也看到不少人都在悄悄擦去眼泪。

二、姜洋写歌颂母爱，暴走妈妈坚持彩排感动落泪

春网开元发布会上曹云金风头正劲，让大家稍稍忽略了一旁的选秀歌手姜洋。姜洋出席发布会时就爆出他将写一首神秘歌曲，并在晚会现场献唱送给一个人。这个人就是2009感动网络的一位普通家庭妇女——“暴走妈妈”。

从一开始春网筹备组就提出一定要请到“暴走妈妈”，我们也是颇费了一番周折才找到暴走妈妈的联系方式并说服她来到现场。可是如何安排她与全国网民见面呢？这时从选秀中走出的歌手姜洋出现了，暴走妈妈的事迹感动了网民，也感动了姜洋。“创作是一种冲动，当你突然被某件事情感动之后，内心的表达就立刻想呼之欲出，于是，我流着泪写了一夜……”姜洋这首《你画的彩虹》正是为暴走妈妈而作。

一个只身前往京城的北漂一族，一个从普通人中走出的选秀歌手，远离家乡追求梦想的他，内心有太多对母亲的牵挂；暴走妈妈日行千里割肝救子，用大爱给儿子一个生的希望，姜洋写歌颂母爱，两人的组合，绝对经典！于是就有了《你画的彩虹》。

姜洋在彩排后台时接受第一视频采访，那时的他还没有见到暴走妈妈本人。“我想起我小时候发高烧，外面天下着大雪，零下三十几度，我妈抱着我去医院，路上打不到车，我妈踩着几十厘米的雪一步一步把我背到了医院里。现在我妈妈的腿一到了冬天都还会疼！在暴走妈妈身上，我看到了母爱的伟大。她为了将好肝输送给儿子，硬是坚持走了7个月，每天10公里，将重度脂肪肝走没了！这种意志和毅力，我想并非所有母亲都能做到！”

当然，暴走妈妈的这份坚持是以她儿子的生命为动力的。但仔细想一想，无论你是为所爱之人如此执著还是为心中的理想而追梦一生，其实性质和精神是一样的。那就是为爱坚持到底！“那一夜，当我一口气写下歌词的时候，我感动流泪了！”

姜洋告诉我们，他最早写出歌词还未谱上曲的时候便第一时间在网上发给了他的父母看。“我以前写的歌，永远都是第一个给我的爸爸妈妈看或者唱给他们听，他们一直是我的第一个欣赏者，我喜欢听到父母的夸赞或者是批评。”而这一次，姜洋代表的是全天下的儿女在网络春晚的舞台上唱出大家的心声，“是你给我的力量，让我飞上了天空。”

在这期间，导演有一个特别的设计，就是在演出当天始终不安排姜洋与暴走妈妈见面，而是在姜洋现场演唱的时候，才通过耳麦告诉他走到台下去请出暴走妈妈。这个安排让姜洋和暴走妈妈见面时都激动不已。特别是暴走妈妈，当她看到舞台的LED大屏幕上，特别为《你画的彩虹》这首歌而用她的事迹制作的MV时，她感动得流泪了。

不仅仅是他们，连主持人和现场的观众也纷纷被感动了，就连我们第一视频的工作人员，尽管经历了那么多准备工作，当看到现场时，当见到暴走妈妈握着她的手时，也依然会再次泛起泪光。

相关链接：

姜洋：从5岁时拿着灯泡唱《冬天里的一把火》，到8岁学习钢琴；从大学学习美声，到现在歌曲创作。音乐已经成为他生命中的一部分。是它带给他快乐，带给他自信，带给他感动……2007年6月，姜洋参加了江苏卫视“绝对唱响”选秀节目，一举获得了评委和广大歌迷的肯定，之后推出了单曲《你画的彩虹》，目前个人首张专辑正在筹备中……

暴走妈妈：本名陈玉蓉，1954年出生，湖北武汉人，是患有先天性肝脏功能不全疾病的叶海斌的母亲。因叶海斌的病情多次发作，陈玉蓉决定自己的肝脏换回儿子的性命，但因为自己患有重度脂肪肝而不适合做移植手术。后来陈玉蓉通过7个多月在武汉市江岸区谌家矶堤坝上疾步行走锻炼，治愈好了自己的脂肪肝。2009年11月3日，陈玉蓉接受了肝脏割离手术，随后儿子叶海斌接受了肝脏移植手术。

花絮：

我与暴走妈妈有个约会——暴走妈妈全程接待者第一视频员工手记

之前导演组计划邀请暴走妈妈和她的儿子来到晚会的演出现场，但是由于暴走妈妈和儿子叶海斌刚刚做完手术，身体没有完全康复，而且还要飞往各地录制新年的特别节目，所以我们第一次联系上她时，暴走妈妈担心儿子和自己的身体，显得有些犹豫。后来总导演陈亮亲自打电话慰问暴走妈妈，并且告诉她广大网友非常关心她的近况，第一视频领导也很关心他们母子的情况，希望和广大网友一起帮助他们渡过难关。我们的真诚打动了暴走妈妈，她感动地说，网络春晚的现场他们一定会去的，不会让关心过他们的网友们失望，她要带着一颗感恩的心来谢谢大家，并带给大家新一年的祝福。

2月5日，剧组为暴走妈妈安排了酒店入住，我负责全程接待。“武汉飞往北京的航班马上就要到达三号航站楼……”听着广播我在人群中焦急地等待，之前揣测的种种又涌上心头。到底是怎样一个女人？到底是怎样一位母亲？我捧着鲜花，在过往的人群中寻觅着 “暴走妈妈”。她的手机一直处于关机状态，真让人着急。不过还好之前在网上看到过她的照片，多少还是有些印象。人群中我发现两个姑娘搀扶着一位阿姨，那位阿姨四处张望着……我的第一直觉这就是“暴走妈妈”！“您是陈阿姨吧？我是第一视频春网开元工作组负责接待您的工作人员。”我上前自我介绍，阿姨略显吃惊，一边说着，一边接过他们手中的行李。在去往酒店的路上，为了能让阿姨休息好，我没有跟她说太多，刚下飞机她略显疲态，但精神还好。

到了酒店已经接近傍晚，接下来的行程还很满。6点左右第一视频集团执行总裁王淳女士就带着鲜花、水果和慰问金来看望她。随行的还有网络春晚的策划人员之一武桓和宣传顾问钟思潜老师。王总和暴走妈妈亲切地聊了很久，询问了她和孩子的身体情况，说不仅网络上的朋友都很关心她，第一视频的员工也很关心她，这是第一视频员工自发捐助的1万元。祝福她和爱子的身体都能早日康复。还特别问到她现在生活还有什么困难，暴走妈妈说当地的领导和单位也都给了她很大的帮助，基本上渡过了难关。众多网友给了她很大的支持，网络的影响力太大了，没有想到。王总说，是因为暴走妈妈的伟大，触动了网友的内心，所以才会这样。暴走妈妈含着泪说，“这只是一个母亲应该做的。”在此过程中，暴走妈妈一直握着王淳总裁的手不肯松开。王总请暴走妈妈安心休息，并且说晚会现场还会有特殊的礼物给她。暴走妈妈感动得流泪了，这是暴走妈妈第一次流泪。一看表，彩排已经要开始了，匆匆吃过饭，就陪暴走妈妈来到了晚会彩排现场。

暴走妈妈刚到，导演组立刻安排人接待，考虑到暴走妈妈刚做完手术的身体状况，导演也发话：“妈妈什么时候来就什么时候安排她彩排！”于是彩排进行得很顺利，当她听到姜洋为她写的歌，看到专门为她制作的MV时，暴走妈妈在现场落下了第二次眼泪。虽然暴走妈妈的出场非常简单，几乎走一遍就可以了，不过暴走妈妈还是非常认真，积极配合，丝毫没有过多要求，一直坚持到彩排结束。

演出当天，现场爆满，到场嘉宾超出了我们的预计，因为场地有限真是一座难求，不过工作组还是安排了最好的位置给暴走妈妈，很多领导宁愿自己站着也把暴走妈妈请到前排就座，这是对一位普通母亲的尊重与关爱。我们祝愿暴走妈妈和她的家人能永远健康，幸福。

三、山寨“范冰冰”后台宣称：我不是人造美女

因为在晚会正式直播之前，导演组一直都向外面放出了不少烟雾弹。一方面说是已派专门的人员联络过小沈阳，还有范冰冰等大腕儿，另一方面又和策划组统一口径，无论是在官方网站还是新闻发布会上，面对媒体的质问，永远都是“这个可能来！”的回应。而究竟真正的小沈阳和范冰冰来不来，变成了最高机密，真相不到最后一刻无法揭开。而事实上，就是因为有如此严谨的消息封锁，才出现了下面的有趣场景。

下午彩排的时候，后台突然出现了混乱的一幕，导演组喊也喊不动，派人进去一看才发现，原来那帮伴舞的小演员正一个个争抢着和一位绝色大美女拍照，说是范冰冰来了！导演组哭笑不得。此“范冰冰”非彼范冰冰，而是咱们第一视频特地请来的网络上有“山寨范冰冰”称

号的刘朵朵小姐。

这个偶然走红的普通姑娘刘朵朵果真漂亮，在后台，工作人员仔细打量过她，是要看看这个克隆版的绝色美女究竟是天生的还是后天改造的，正巧赶上候场的朵朵不忙，干脆对她做起了采访。

刘朵朵在采访中提到，她本是一名医学院校毕业的护士，毕业以后也在公司工作过，后来开始改行做模特。因为工作原因拍了几组写真，被人惊呼太像范冰冰了，做模特和演员与其说是她现在的工作，更不如说是她的爱好，她喜欢在镜头前展现自己的美，留下青春的影子。看她的博客文字质朴，语气就如邻家的女孩随和自然。虽然现在她已经有一些名气，但是她依然觉得自己就是一个普通的女孩。

在近距离的接触和聊天中，还发现刘朵朵原来是一个“身体发肤，受之父母”的传统大孝女，而且还八卦到一个新的消息，就是最近在网上很火的“男版范冰冰”孔铭居然和我们的朵朵认识，两个人还一起吃过饭，逛过街，听说似乎是同一所学校的，试想若能把男版的也请来，那将是多么有趣的场面！

相关资料：

刘朵朵，双子座，模特、演员。曾经是一名普通护士的她因为长相酷似明星范冰冰被发现，后照片在网络上广为流传被大众熟知，被网友称为“翻版范冰冰”。

采访者感言：

精致的五官，渴望的眼神——这就是被所有人称为“山寨版范冰冰”的刘朵朵。在刘朵朵的身上，我看到的不仅仅是美貌，我看到的是她小小的个子，单薄的身躯内孕育着的一股爆发力，那是一种追求梦想的力量。

或许无论是刘朵朵还是张议天，他们的内心并不真正愿意永远被别人称为“模仿谁、像谁、山寨谁”。这些人并不想一直成为别人的复制品或附属品，他们真正的梦想就是成为他们自己。如果要复制，那也不是容貌，而是和那些成功明星一样对事业的热爱和不懈奋斗的精神。

花絮：

刘朵朵与长腿twins比美走秀

刘朵朵在晚会中亮相两次，除了和李菁等人合作小品，在主持人的聊天区还与另外两位大美女长腿twins孔燕松、孔瑶竹姐妹PK了一把走秀。三大美女同台，真是让观众和网友大呼过瘾！虽然长腿姐妹都有178公分高，很有职业模特儿的范儿，不过平面模特出身的刘朵朵也毫不怯场，手挽帅哥尉迟琳嘉来了一个T台秀。

附：

一、春网开元——首届首场网络大拜年精彩节目单曝光

1. 春网开元倒计时
2. 开场歌舞《生活就是网》——舞蹈艺员+侯海华/鹿阳阳/暴林/冷慧
3. VCR《中国互联网时代 —— 盘点互联网大事件》
4. 歌曲《死了都要爱》、《火烧的寂寞》 —— 信（台湾）
5. 【互动区】后舍男生、傲然、信
6. VCR明星拜年
7. 【聊天室】沈星、尉迟琳嘉、曹云金、李菁、杨冰阳
8. VCR《互联网改变中国》
9. 小品《网话网说》 —— 后舍男生、曹云金
10. 【互动区】十大网络版主
11. 歌曲《外婆》 —— 西单女孩
12. 歌曲《老鼠爱大米》 —— 杨臣刚
13. 【聊天室】主持人+西单女孩
14. 歌曲《曾经的你》、《蓝莲花》 —— 许巍
15. 【互动区】主持人+杨臣刚
16. VCR《互联网引领中国》
17. 【聊天室】主持人+许巍
18. 相声《说时尚》 —— 曹云金、李菁
19. 【互动区】主持人报流量，公布网友留言
20. 歌舞《渔家姑娘在海边》 —— 芙蓉姐姐+舞蹈演员
21. 【聊天室】主持人+网络美女孔燕松、孔瑶竹、刘朵朵
22. VCR明星拜年
23. 【互动区】主持人报流量，公布网友留言
24. 歌曲《求佛》 —— 誓言
25. 【聊天室】主持人+网络新闻事件记者王雷
26. 小品《阿凡达的新烦恼》——李菁、曹云金、刘朵朵、傲然、

唐章勇、二妮
27. VCR明星拜年
28. 【互动区】主持人报流量，公布网友留言
29. 歌曲《绽放》、《故乡山川》—— 李健+伴舞
30. VCR《互联网创造中国》
31. 【聊天室】主持人+互联网博客创始人方兴东
32. 快闪歌曲《NOBODY》现场网友互动
33. 【互动区】主持人报流量，公布网友留言
34. 歌曲《网络原创歌曲串烧》
35. 【聊天室】主持人＋董路
36. VCR明星拜年
37. 相声《网语》—— 曹云金、李菁
38. 歌曲《我只是个传说》—— 张议天
39. 【互动区】主持人报流量，公布网友留言
40. 《龙泉剑舞》琵琶＋书法＋剑舞＋朗诵
41. VCR《互联网感动中国》
42. 歌曲《我是阳光》—— 杨光
43. 【聊天室】主持人＋第一视频抗震救灾员工
44. 歌曲《你画的彩虹》—— 姜洋、暴走妈妈
45. 【互动区】现场连线汶川灾区
46. 歌曲《祝您平安》、《爱上你没道理》—— 孙悦
47. 【互动区】现场视频连线海地救援部队
48. 歌曲《大爱》—— 杨洪基
59. 【互动区】主持人报流量，公布网友留言
50. 歌曲《你快回来》、《爱你爱不够》—— 孙楠＋舞蹈演员
51. 歌舞《风景这边独好》—— 刘媛媛＋舞蹈演员

二、春网开元——首届首场网络大拜年演员一览表（排名不分先后）

主持人：沈星、曹云金、李菁、杨冰阳、尉迟琳嘉、后舍男生（互动区）、王傲然（互动）

红 星：刘媛媛、杨洪基、孙楠、孙悦、信（台湾）、许巍、曹云金、李菁、李健、董路、杨光、姜洋

网 星：西单女孩任月丽、杨臣刚、芙蓉姐姐、刘朵朵、孔燕松、孔瑶竹、誓言、唐章勇、张议天、暴走妈妈等。

第三章

三山五岳
（各界精英访谈录）

春网开元活动从2月6日零点开启，除了四小时的直播晚会，其他时间专题页上也有丰富的内容和活动。关于春节话题的网友互动，以及特别准备的全天连续播出的直播访谈节目，专家、文化学者、明星、网友齐聚会，聊民俗文化，侃过年“网”事……大家不仅可以全天在网络上收看我们的大拜年直播访谈节目，还可以时时互动参与和嘉宾的聊天，这一天第一视频“春网开元”专题页上好不热闹，年味儿十足！

第一视频首创的MPL(Multi—cam Panoramic Live)，即“同屏多画面网络直播”技术，随后获得了国家知识产权局的发明专利证书。这一技术填补了网络直播画面单一的空白，真正发挥了互联网特性，增加了舞台观看的真实性和趣味性，缔造了互联网视频直播和电视直播的本质区别，互联网视频直播和点播的本质区别。

为了在6号全天为网友们呈现出这么多元丰富的直播内容，从4号一直到8号，宽频直播部的编导、摄像、后期编导们，甚至速记员都几乎没有合眼。直播是6号，4号就在做各种准备工作。春网工作组的总指挥王淳看大家连夜加班很辛苦，特意安排人在公司附近定了酒店供大家临时休息，王丹等人每天都工作到凌晨三四点，大家考虑也就睡两小时，索性工作到天亮，累了就在桌子前趴一会儿，酒店一次也没住。一个小屋，四五个大小伙子，屋里气味可想而知，身在其中都无法适应，困傻了的王丹只眯了两小时，中间还被某人的臭脚丫熏醒。唯一的MM张传杰，自己跑到公司楼道的小桌上趴着睡。

6号直播结束后，春晚项目组的其他人员都去参加庆功宴了，宽频和后期同事仍回公司继续做切段点播。春晚直播过程中，24小时的直播节目外加一台晚会，直播部的工作量真的可想而知，连摄像和速记都在剪片子，所有字幕都要上。每个人都身兼数职。正是他们的努力，才有了“春网开元”当天丰富的视频直播节目和精彩的晚会。

在这里我们就把6日白天视频访谈直播的内容以文字的形式呈现给大家，让大家在访谈嘉宾这些精彩的对话中感受互联网的精彩世界。

一、穿越生死的民族大爱，中国海地救援队

2009年的海地大地震牵动着无数人的心，中国派出了一支非常优秀的救援队伍参与到救援当中，就在春节前夕，我们请到了刚刚从海地归来的三位队员——中国武警总医院的主任侯世科先生，和他的两位队友曹力、杨毅，他们在回到祖国的第一时间受邀来到第一视频春网开元直播间做客。

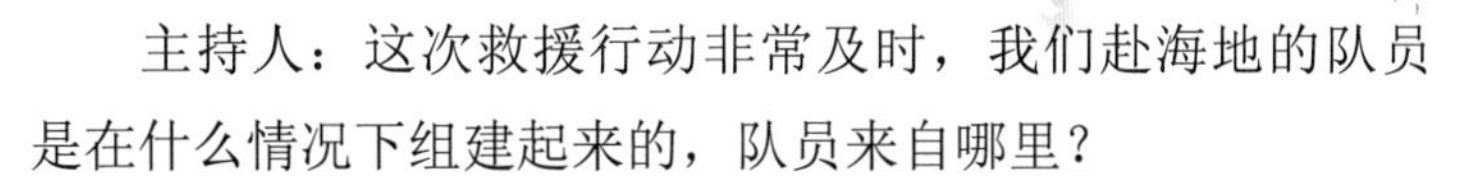

主持人：这次救援行动非常及时，我们赴海地的队员是在什么情况下组建起来的，队员来自哪里？

侯世科：我们中国国际救援队里有地震局的专家，还有武警总医院的医务人员，医务人员平时就建立了一个医疗救援队–医务人员编制数据库队员库，这里有六十名队员，每次出队根据任务不同选取不同的队员。

主持人：你们是什么时候接到救援任务的？大概用了多长时间赶到了第一线？

侯世科：接到紧急出队的命令是北京时间1月13日的零点，要求我们在4点钟必须在首都机场会合。接到命令到出发中间只有三小时的时间。所以我们要利用三小时的时间把人员全部聚集，把所有的物资装备准备齐全，还要赶到首都机场集合，当然还要搜集大量的信息和情报，要了解当地的情况。其中包括我们八名维和警察埋压的情况，这一系列工作准备完以后，还要紧急出发，只有三小时。

主持人：到海地之后给您的感觉是什么？

侯世科：当天1月13号，北京时间8:30飞机起飞，经过二十多个小时的飞行到了海地。到达时间是当地时间凌晨2点，我们飞机带有半盲降，机场非常破旧，外面是一片漆黑。下了飞机以后我们就直奔搜救现场，从机场到倒塌的现场这段路程大概有半小时，中间往两边一看，大

现场营救组，二是救助点组，二组倒班，前60～70小时没有睡觉，后来在救治中间可能会有几分钟的轮换吃饭和喝水的休息。

主持人：有一个问题想问一下侯主任，你们可以说是身经百战，但这次救援跟之前的救援工作比，有没有什么不同？是不是困难更多一些？

侯世科：当然有不同，主要是体现在下面几个方面。这次救援任务急，接到命令到出队只有三小时，这是准备时间最短的一次。另外就是任务最重，这次任务不仅是人道主义救援，因为大家知道我们还有八名维和警察埋在废墟里面，生死不明，这时候时间就是生命，我们第一时间赶到，尽快挖掘，压力很大。另外这次救援是历史上最危险的一次，海地这个地方前几年军队解散了，这是个没有军队的国家。它平时就是靠当地警察维持，现在警察也维持不了，所以可见这个国家平时治安状况就不好，大地震以后更是雪上加霜。总统府倒塌了，总理府也成了危房，另外政府官员因为地震有很多也找不到了，基本上是无政府状态，这种情况下，社会治安非常严峻。另外这个国家经济条件非常差，是世界上最贫困的国家，灾民没有吃的喝的，这个时候救援队发放物资，甚至会引发骚乱，这样我们的安全就不能得到保证，救灾是在维和警察保护下才得以进行的。

主持人：这次海地地震在医疗物资方面条件很差，到底差到什么程度？

侯世科：海地首都叫太子港，太子港住了两百多万人口，大部分人住在贫民区，这些贫民区的老百姓住的是空心砖砌的墙，平时食物都不够，主要靠国际社会援助，自来水在首都也不普及。基本上平时就是这样一个状况，温饱还有待解决，那可以想象它的医疗条件就更差了。

主持人：咱们带的这些药可能对那个地方来说还是不够的。

侯世科：靠我们这支救援队是远远不够的，当我们回来的时候，总共有34支国际救援队去救助，那也是杯水车薪。

主持人：杨先生您在这次救援行动中所负责的工作最大的困难是什么？

杨轶：我是负责整体协调，困难还是比较多，最大的困难就是人员片的房屋已经倒塌了，路边有横七竖八的很多人，零星地看到尸体，到达倒塌的现场发现是粉碎性的倒塌，当时我们感觉形势非常严峻，估计生还的希望比较渺茫，但是我们还是抱着希望，要尽最大努力把埋压的人救出来。

主持人：看到这种情况以后，救援队接下来的救援内容是怎么准备的？

侯世科：我们紧急进行了部署，医疗队一部分人员在废墟和搜救队员一块进行救人，争取用最短的时间把埋压的人挖掘出来。还有一部分人员到总理府开设医疗点，救助当地受伤灾民。

主持人：为什么把医疗点设在总理府？

侯世科：当时总理府也成了危房，总理和工作人员都撤离了。总理府周围的广场变成了灾民点，大批的灾民都在那聚集，那个地方有大量的伤病员。我们中国队去了以后，要扩大我们中国队的影响，所以说我们就选择在这个地方。

主持人：这次救援行动当中有几名女队员，作为女队员参与到行动中会不会遇到更多的困难？是怎么克服的？

曹力：接到命令以后我感到很光荣，这些都是领导亲点的名单，这也是一次发挥专业水平和自身价值的机会。按照任务使命要求我们迅速聚集，当时没有时间回家，只拿一些个人物品等，最主要的是准备救援物资，因为我们是去救援。这样我们就背上行囊直奔机场。时间非常紧，没有来得及考虑会有什么困难和危险等问题，有的东西是同事们紧急送来的。

主持人：作为一个女同志您有没有觉得比男同志干起活来身体上还是要有一些差异？

曹力：会有一些生理上的差异，但是大家到那个关键时刻根本顾不上去思考这些，什么活都得干，女同志也是个顶个，我们也是经过专业体能、心理等训练的，大家都知道在生活上、工作上应该怎么去克服困难。

主持人：每天要接触多少病人？如何安排自己的休息？

曹力：每天要接触几百人。我们都是倒班，根据分工有二组，一是的轮替。因为我们到了太子港以后，立即投入工作，当时我们的人分成两部分，一个是现场一起挖掘，一个是开展医疗点。在现场我们人手不够，并且任务很重，大家都是连续作战，没有时间休息，我们有一个时间表，从这

个上面可以体现出来，我们刚到的时候大家在飞机上一起工作，当时排班是三小时一轮班，紧接着是两小时一轮班，一小时一轮班，到最后是15分钟一轮班。这种体力的透支，精神压力都是非常大，所以在协调过程中我们很为难，人的这种体力和工作需求产生了极大的矛盾。

主持人：是不是通信网络瘫痪了？

杨轶：我们自己带了卫星，内部问题不是很大，但是跟其他的外界联系包括跟其他的救援队也是有合作的，通信基本靠吼。

主持人：夜晚照明是不是都会受影响？

杨轶：这里有个有意思的情况，就是白天现场救援队非常多，天一黑就只剩下中国救援队了。当时晚上有一名记者过来问，这个地方只有中国队在救援？我说不是，有五六支救援队，但是他们刚刚走，就是因为整个的照明条件比较差，我们自己带了发电机和设备，所以能在小的区域内进行照明。

主持人：这次海地地震救援队是怎么来控制和防止疫情蔓延的？

侯世科：这次海地爆发疫情的危险性还是很大的，主要是由于本身的条件比较差，地震以后很多灾民聚在一起，加上尸体没有及时清理，大量细菌繁殖，天气炎热，缺少水和食物，这些条件都容易暴发传染病。我们针对这种情况做了大量工作，一方面在一些灾民聚集地喷洒消毒，另外我们宣讲防病知识，通过中国志愿者发放传单，这个传单是用法文写的，当地老百姓一看就知道注意哪些事情，另外发放了药品，通过这几方面的努力尽量减少传染病的传播。

主持人：你们有没有经历海地地区的余震？

侯世科：几乎每天都经历，有一天早上我们在营地里面，给一些维和警察进行查体治疗，这个时候余震发生了，是6.3级的余震，房子晃得很厉害，当时我们都在房子里工作，先晃了一下，接着上下的跳动，然后又是水平左右的晃动，刚开始轻微的晃我们没当回事，结果仅仅过

了几十秒大晃动就来了，好在这次地震持续的时间不长。

主持人：您之前有没有经历过6.3级的地震？

侯世科：经历过，2004年我在印尼救灾的时候也经历过6级多的地震，当时我在帐篷里面正在工作，当时晃得手换药都没法换。这次心里回想起来，感觉我的心一下就揪起来了。

主持人：在当时混乱的情况下，咱们的队员跟外界交流的时候采用什么方式，如何让他们知道我们是来救援的？

侯世科：首先最明显的就是我们的标志，再有就是衣服，当地老百姓还是很感谢的，因为知道中国的救援队是救他们的，一个是身体上给他们疗伤，同时让他们看到一种希望。所以他们对我们是友好的，但是当地老百姓平时对外国人有一种排斥的态度，我们在总统府搭建医疗帐篷的时候就有玻璃瓶子甩到我们帐篷跟前，但这种情况很少。

主持人：刚才说到我们的队员有一个明显的标志就是红十字标志，我们的装备也非常醒目，帽子是一个红色的，主要的功能您能解释一下吗？

侯世科：这个头盔我们叫做救援头盔，一个是它非常醒目，救援人员在很远就能让大家看到这是救援队员。第二个就是有护目镜，因为当时会有很多灰尘，挖掘的时候会有水泥崩出来的沙子。另外头盔比较轻，能够透气，这个头盔也是跟着我们征战了十年的时间。我们在废墟上救援的时候，不管是中国的媒体还是国外的媒体一眼就能看出我们是中国的救援队伍。每个国家的救援衣都不一样，我们国家的救援衣应该说是很醒目的。

主持人：如果碰到其他救援队的时候怎么采取合作呢？

侯世科：这次我们在救援现场多次和国外的救援队进行合作，像美国、法国、巴西都进行了合作，救援是一个事业也是一个专业，专业内部有一定的原则，怎么来实施救援，大家都遵守这个原则来进行，我们碰面以后，双方队长要进行交流，对这个废墟进行判断。这个时候都是比较无私的，我们从中国到海地跨半个地球，不可能携带吊车铲车这种大型装备，巴西救援队就在附近，他们有大型的挖掘机，我们双方就进行了很好的合作，一些大的建筑钢梁由他们吊走，双方合作非常好。

主持人：在这次救助当中，应该说有八位同胞遇难，在搜救的过程中您给我们介绍一下当时的经历。

曹力：我、领队侯主任和杨毅都是在第一现场，当时第一例发现了一只鞋子，是一只老兵牌的皮鞋，顺这个线索判断可能是我们中方的遇难者。之后又发现了一个照相机，取出卡以后发现是维和部队出队时的录像，这就基本上证实了是我们的遇难者。当时挖掘上来以后，我们立即启动了搜救现场状态下的尸体终末处置预案：从辨认、消毒、包裹、再消毒、装袋、搬运、转运、悼念、冷藏、运输（转运）。特别是在现场举行了告别仪式，这种形式安排得很庄严，大家心情也很沉重，参与救援的所有人员等于用这种形式表达了对遇难同胞深深的悼念。同时中国国际救援队中某部工兵的团长用纸盒箱做了一个牌子横幅："战友，我们接你回家"。大家见到那个牌子以后都泪流满面，因为确确实实这是我们的心声。

主持人：在这之前杨先生有没有参加过像这种非常大规模的营救活动，比如说汶川大地震？

杨轶：我参加了汶川大地震，这次是我第二次参加。其实在现场最令我感动的是我们的队员在发现遗体以后，尽量保持遗体的整洁，在最接近的过程中，我们都是用手一点一点地把烈士的遗体挖出来，很多人手都破了，我们都给他们戴了双层的手套，但是最终手套还是破了。

主持人：从这件事我们也能看出来你们的工作非常危险，家属是怎么来看待你们这份工作的？

侯世科：参加这个救援工作十年，从2001年到现在，每次出队都比较紧张，接到命令快速准备。时间一长家里面也就习以为常了，但是每次去的时候家里人还是很担心的，每次回来以后，家人都会跟我说，以后再也不让你出队了，但是当任务再次来临的时候，他们还是义无反顾地支持我。

曹力：我也是接到任务以后，第一时间跟先生说我要出队了，告诉家人的时候我的心情也很复杂，但是我觉得很自豪，安全家里肯定会担忧，可能给予宽慰的最好方法就是好好完成任务，注意自身安全。另外当亲友们都在说，她出队去救人了，他们也同样感到非常骄傲和自豪，而我也一样感到自豪和光荣。

主持人：每当出队的时候，家人会不会通过什么方式表达自己的牵挂？

侯世科：真正在现场的时候，家人更多的是支持，丝毫不会表达出来担心，因为怕影响我们的情绪，怕我们在前方紧张，但时时刻刻提醒着我们，救人的时候一定要注意安全。

主持人：马上要过年了，三位通过第一视频的网络直播对一直支持自己的家人说几句话吧。

侯世科：我太感谢太爱我的家人了，没有他们我的救援事业无法做到今天。

曹力：感谢我的爱人及亲属们对我工作的支持和奉献。

杨轶：我想对我的父母和妻子说，当我参加了救援，看到那么多痛心的生离死别，我才真正懂得了如何去爱，我回到家的时候更加深切地感觉到了家人对我的爱。

二、戏剧人生的慈善家，中国人文研究院院长吕厚龙

今天我们给大家请来了一个重量级的网友——我们中国的一个大戏剧家，也是咱们当代的文化学者吕厚龙。吕老师是咱们国家研究元曲的学者，也是我认识多年的一个老网友可以说是咱们网络界第一代的网民，而且吕老的网名很响亮，叫龙哥。我们都尊称吕老“龙哥”。

“龙哥”谈网络文学

主持人：以前我们接触网络的时候，最早的就是网络文学，那个时候产生了一些很著名的网络写手。到如今很多网友开始用图片、用视频的方式来表达自己心中的感受，可能大家对文字渐渐有 些放下，从这样一个网络发展历史来看，您心中网络文学有

什么样的变化？

吕厚龙：我觉得网络文学其实和人的生活当中的文学是一样的。文学就是什么呢？就是人与人之间一个信息传播的过程。开始我们大家都从纸媒体来到网络，

因为纸媒体拥挤太严重。后来到网上去玩儿，好多人都进去写自己的东西，写比较自我的东西，后来又有一些网络作家，再次回归了纸媒体。其实我觉得无论是网络媒体，还是纸媒体的文学，它都是一样的，就是人与人之间的信息交流过程。这个信息交流过程，就是我们第一阶段——一种转换的过程；那么到第二阶段，就是进入了声、光、电、图的时代，整个我们信息的表述方式进行了变化。所以文学呢，我认为这样的，它是作为信息传播的手段之一，而不是唯一的手段。那么在这个信息时代，图片视频将会很大一部分来取代文字，而文学也照样以它自己的身份存在着。

主持人：我去过您家，我发现您不光在网络上用键盘打字去写作，我看到您还以原始的书稿方式进行写作，而且现在又创作了一个大部头的《中国剧诗概论》。我想问您对于打字的形式和手稿的形式有什么不一样的感觉吗？

吕厚龙：还是因为我对网络的认识有关，再有一个就是一般情况下如果说做学术的话，比如说我们做学术研究，我们就会对每一个字都抠得很认真，我就会用手去写。还是有这种感觉，因为必须十分认真地去对待它，如果写个诗写个散文，它是有灵感的，你不需要考证，那你就可以直接键盘上敲，实际上是两种感觉。

主持人：我发现有这种现象，网络上的写手往往在成名以后，他是极为想把自己的文字变成铅印的文字，想钻到现代的传统媒体当中，比如说在报刊发表一些文章，在杂志上做一个豆腐块，反过来现实中又有一些作家，他又想在网上做一些这样的表述，是否像您刚才所说的，这是一种做学问和一种灵感突发这么一种互换呢？

吕厚龙：我觉得它只是一种表现形式不同而已，网络是比较自由的，因为你不需要过多的编辑的审查，并且它的容量是无限的，你有能耐一天写百万字都没人管你，任何大的容量它都可以容纳得了。而报纸

和杂志它没有这么大的容量，所以说有人开玩笑有了网络以后，人人都是作家。

吕老的互联网公益理想

主持人：您通过互联网做了很多公益性的事件，我想问问您，就是在互联网上做一些公益性的事情，您对未来这种事业有没有自己的一个看法？

吕厚龙：我觉得互联网是一个非常先进的方式，各种沟通即使是用最快捷的通信，也没有网络快，因为网络是遍布全世界的，发一个帖子全世界都知道了，那么很多志同道合的人，就会一起来做事。

主持人：那您对网友未来在互联网上做一些公益的事情有什么希望？或者您觉得怎么样做，可以达到一个公益事业应有的实际作用，而不是空泛的？

吕厚龙：因为我觉得很多网友其实都具备这样一种公益的爱心，他都想用一种方式来表达，但是他可能是没有一个特别好的出口，或者说没有一个好的方式，一种思想的指导，就慢慢慢慢流失了。我觉得做公益事业，一个是要随缘而做，第二个叫随力而做，第三个就是说随众去做。随众去做什么意思呢？志同道合的人组成一个小的团体，既不是机构也不是单位，只是靠我们共同的信念大家一起做事，这个正好就是一种网络的模式。

三、军旅侠情的大摄影家，
中国摄影家学会副主席张桐胜

这一位是中国摄影家协会的副主席张桐胜张先生，张主席是中国著名的军旅摄影家。今天他将跟我们分享他从汶川救援到现在这段时间的历程，张主席身边的三位小朋友是来自北川中学的学生。他们和张主席之间有什么故事呢？

主持人：当年您怎么会去汶川那个地方的？能不能给我们简单回顾

一下当年的情形？

张桐胜：因为“5•12”那天本来是在路上，手机没听到声音，等到家的时候有十几条信息说汶川发生了地震。因为我的孩子在上学，当时我们失去了联系，一到12号的晚上10点多才接到信息说非常安全，但是这一天从12号开始看电视，从电视上了解了灾区的灾情。作为军人确实牵挂着我们的心，13号早晨我的夫人就奔赴四川，在北川一待就是56天参加救援，后来我在中央电视台做一台“爱的奉献”晚会，参加完了捐款仪式，第二天我就奔赴北川了。作为我们军队摄影方面的领导，我的任务是在前线，我要和抗震救灾的战士在一起。所以我就带着一种作为摄影人的责任感，能够尽量帮助灾区做点事情，另外通过我们的照相机，把汶川地震真实准确地记录下来。

主持人：我看到您在灾后拍了大量的摄影作品，今天您也带来了一部分。

张桐胜：我们第一站就赶往北川县城，当时我们一家子相聚在北川县城。这张照片就是我们在进北川老县城时的合影。当时北川余震很多，进入灾区是很危险的，我们当时心情很沉重。去了灾区以后，我在拍摄北川的时候拍摄了这张珍贵的照片，这张照片就是反映了汶川地震的严重性，同时通过国旗也反映了中华民族顽强不屈的精神。我当时觉得这个照片很珍贵，因为这所学校是他们北川中学新区校园，也就是他们的母校。这张照片反映了地震当时的影像，当时我就想幸存的学生到底有多少？后来我就辗转到了绵阳市，就是北川中学临时的帐篷学校，找到了他们所在班里的学生，只剩下21个学生，这张照片是在校的。当时的表情非常悲痛，他们为了纪念地震，所有的21名学生都把自己的生日改成了5月12日。因为我在那跑了20几个重灾区，一定要通过照相机把这次汶川地震真实地记录在历史的瞬间。比如说这次地震对大自然的摧毁，对我们家园的破坏，另外一个对我们人类文物的破坏，对我们现代工业的摧毁。还有就是我们要反映在这场地震中，灾区的人民和救援的人们他们真实的心灵状态。当时这么大的灾难，如果是一个小的国家就灭亡了。任务完成以后我就出版了这个画册，就是汶川记忆的画册，画册出来又搞了展览。展览在香港政府邀请之下，在深圳展出，地震一周年在北京又展了，今年是由俄罗斯政府邀请，准备到莫斯科展览一个月。

主持人：我手上这个资料是这样写的，中国摄影家协会副主席，著名军旅摄影家张桐胜在汶川地震后深入灾区现场在20多天踏遍灾区，拍摄大量纪实作品。这个展览第一部分就是从中选出了66幅。而您身边这三位孩子，您和他们之间有着什么样的故事呢？

张桐胜：我们回到北京以后，虽然人在北京但还是心系灾区。我们在灾区感受到大自然的力量，也感受到人与人之间的真情。回到北京以后，最让我们牵挂的还是在北川拍照时认识的三个失去父母的孤儿。因为我们都是做父母的，我们不能光考虑我们的照片，我们应对社会有一种责任，作为灾区来讲，灾难来的时候政府、学校把他们集中到一起，有人互相关照着。虽然父母不在了，还有组织、老师，但是放假了就感觉孤独了，学生到哪去？后来我想一定要打电话找到他们，希望他们最艰难的假期到北京来过。我们在北京给他们提供一个家。经过反反复复的打电话，我们的诚意也打动了他们，他们才同意到北京，之后社会各界人士都伸出了关爱之手。他们第一年来的时候是七个孩子一起来的，过得非常愉快，今年在这七个孩子里面有三个已经考上大学了，他们经常给我报好消息。

主持人：我看了你一些照片是灾难前后对比性的照片，将近两年时间中您去了很多次，您给我们展示一下现在的汶川变成了什么样？

张桐胜：第一时间我去了灾区，我对灾区地震后有深刻的感受。尤其我又拍了很多照片，天天在看。当时确实让我感觉到灾情太严重了，我们的受灾面积是十万多平方米，另外断裂带将近四百公里，1200多万人是无家可归的，需要政府给他们解决帐篷。我再到北川，中国摄影家协会组织了摄影家去给当地灾民拜年，这次我走访了北川、都江堰等一些地方，让我感触特别多。用四个字，就是震撼心灵，建设得太快了，速度是奇迹，在全世界都无法实现，所以我就感觉到我们真是一个伟大的祖国。当年我拍的这些画册都展览过的，我今天在这里展示一下。当时讲的就是这张照片，这张是北川，现在已经是我们国家地震博物馆，永久性参观。这是刚才我们一家子照合影的地方，现在已经不存在了，因为后来的泥石流已经把这个地方埋了，所以这个照片真实地记录了当时那个瞬间。这个照片当时都江堰房子都倒塌了，今天再看，这一排是简易住房，是上海援建的，后边就是他们的家园，这就是两个世界。这个老太太告诉我说，再有一个月她就搬到新家去了，速度非常的快。这是原来都江堰农村的住房，今天的新农村已经建起来了，就像小别墅一样，昨天摄影协会还跟他们过大年，这是屋里的客厅，这是他们的业余生活。印象最深刻的就是都江堰的中学，这就是当时中学的学校，你看看今天的中学建起来了，这个上面有一个标语，这个是由我们国家的党费建立起来的。这个学校建制是非常好的，这个是学生的宿舍，这个是在地震当中受残的孩子，他们说学校建好对学生起到了非常大的鼓舞。没有我们这样好的社会，没有我们中华民族的优良传统，没有我们中华民族伟大的精神，不可能创造这个奇迹。只要灾区需要什么我们就掏出来。关爱灾区人民的冷暖和安危。

主持人：这些照片不管是当年在汶川灾后拍的或者现在拍摄的，我想问您比较私人的问题，在这些照片里面，有没有让您印象非常深刻的？

张桐胜：作为很标志性的照片就是这张，永恒的瞬间。作为摄影家来讲，不是为了灾难而反映灾难，我们是通过灾难来反映一种精神，我们战胜灾难，我们是为了创造更美好的未来。因为这个照片本身是非常惨烈的，但是看了这个照片完全把中国人的多难兴邦的精神展现出来，一个是照片的每一件物体都是非常准确，第二点就是这个照片它通过这个国旗展现了在大灾难面前中国人的精神和面貌。另外这张照片还反映了非常重要的一点，就是说在我们中华民族的历史上，为人民下半旗是第一次，我觉得这点是让全世界都仰望的，这也是我们国家、党对人民的极大尊重。

主持人：您在灾后重建第二次去拍摄的作品中还有没有比较满意的？很能体现现在汶川面貌的？

张桐胜：比如说这张照片，这是绵竹的，我觉得这个很好，当时绵竹的一个村已经成了废墟，但是今天短短的时间他们已经进入了新居，这是我抓拍的一个在洗衣的青年妇女，从她的脸上能够感受到今天和地震那天完全是两个世界。你看后边的家园，自己过的生活，我认为她这个笑脸，真实地反映了今天灾民的那种状态。你看这张当时的表情是什么表情？当时这是一个孩子的母亲，你看看这个表情，你再看看今天这个。我认为这张照片很有意义，因为这笑很有内涵。这种内涵就是地震后新的效益，我这次到灾区最大的体会就是新建的学校、村庄、城市，但是让我感受最深的就是灾区的人民脸上露出的笑容。

主持人：您历经了36年的摄影生涯，您觉得摄影对您意味着什么？

张桐胜：现在来说，摄影就是我的人生之路，我所有的一切都在摄影当中来体验，来思考。

与三位灾区小朋友的对话

主持人：我问问唯一的小姑娘。过去的事情我们尽量少提，毕竟那已经成为了历史，叔叔想问你，地震以后跟张叔叔到北京过的第一个暑假，刚到北京你心里是怎么想的？

刘玉梅：张叔叔带我们认识了很多的人，他叫我们一定要向他们学习，带我们参观很多地方。我感觉到这边的叔叔阿姨对我们特别热情。我们回去一定要好好学习，我们来过这儿已经四五次了。每次来都感觉到叔叔阿姨对我们特别好，教我们要怎么学习等，给我们传授经验。

主持人：在北京过了一个非常有意义的夏天，还看了奥运会，后来回到老家以后都有交流吗？

主持人：那么喻川呢？你是第一次到北京吗？

喻川：第一次来。

主持人：第一次到北京来看到北京的城市自己有什么感受？

喻川：眼花缭乱，当时在家里听说要来北京，还挺激动的。来了以后眼花缭乱。张叔叔带我们出去见了很多叔叔阿姨，然后就教育我们好好学习，我们回去也后也相互传授了知识。

主持人：跟北京的同学有没有认识？

喻川：有认识，关系也不错，课余的时间就互相沟通一下。有什么困难都会跟他们交流。

主持人：你们觉得在家园重建的过程中有什么印象很深的吗？

喻川：就是修中学，那些叔叔他们每天都在工作，听说今年过年的时候他们只回家几天，所以这件事情我们都非常感动。

主持人：能看到自己的学校从废墟又变得这么漂亮。你们是不是一直在关注这个学校？

喻川：对，学校有报纸，我们都会去看。上面会注明学校的进度。

刘玉梅：我们还在绵阳，我们的新县城离得比较远，我个人了解的北川的学校建的是非常快，首先我们政府是第一要求建学校，那天听说我们的政府是一块砖也没有动，首先建学校。

主持人：这次有这个机会通过互联网跟大家说几句话吧。

刘玉梅：我代表北川中学的同学，祝全国的小朋友在新的一年取得更好的成绩，在这给大家拜年了。

喻川：两年的时间了，谢谢大家支持我们，关心我们，我们非常感动，我们决定回去以后好好学习，为了以后以一个优异的成绩来回报大家，我们几个代表中学的学生给大家拜个早年。

刘伟：新的一年快到了，我在这里给全国的网民拜个早年。

四、城市时空间的风水师，中华易学会副主席张树旗

我们有幸请到了中华易学会副主席张树旗先生来到我们春网开元的网络直播间做客。相信网友们一定非常的期待，因为易学在我们平常的生活中是很神秘的，大家对预测一类的事情都很感兴趣，都希望能走近它，了解它。接下来张树旗老师就将为我们揭开易学神秘面纱的一角。

主持人：我在网上看到了您很多关于易学方面的书籍，包括您对一

些大事件的预测，我想就网友关心的一些问题跟您聊一聊。网上现在有很多包括中国易经这样的预测网站，也有一些国外的星座等年轻网友比较喜欢和关心的网站，每个人可能都关心自己的未来，想听听“张天师”——网友们都这么称呼您，在这方面有什么看法？

张树旗：如果要想分析网上对于风水、命理、对于整个形势的预测这方面的问题，那么我们必须首先要解决这样一个问题，就是我们如何看待它。预测学、命理学，包括风水学我们怎么给它定位？我是这样想，这个风水命理学是一个文化现象，不能用科学和迷信来轻易地规范它，不能轻易下结论。因为中国的风水命理学流传了几千年，它生生不息，在十年动乱期间，基本就没人敢学这个东西了，但是它还是在民间流传不衰，它的生命力在哪里？为什么会这样？我经常思考这个问题。

我就想到了和它同源的中医学，这个中医学和风水命理学同源于易经。首先“易”这个字它本身就是人，这是一个人的篆字，它字体的变化就变到我们现在楷书这个易，这就说明易经是研究人的。第二个易是阴阳变化的，易就是阴阳，一个太阳，一个月亮，太阳是白天代表阳，月亮是晚上代表阴，“易”这一个字概括了整个宇宙的两种性质，一个是阴一个是阳。所以说易经是研究自然的学问，也可以说物质的两个方面。完全符合唯物主义哲学，它这个易是一个日一个月组成的，两个字合起来就是明——知易者明。

我们的祖先伏羲在六千年前眼观天象、俯察地理、远取诸物、近取诸身，发现了阴阳，发现了五行，发现了他们深刻制化的关系，他创立了八卦，这个时候易就出现了。后来经过周文王按照八卦两两相合，研究出了六十四卦，并且对每一卦作了介绍。到孔子他五十学易，把六十四卦写了《十翼》，这个时候整个易经就成熟了。易经的出现丰富了中国的文化，奠定了中国的文化基础，后来的儒释道全部源于易经。

中国的中医学借用了易经的阴阳五行，观察这个人面色有点发黑，发黑可能黑天说水，水旺，水旺以后容易病出现在心脏上，心脏属火，那水克火，我们看到了有心脏病的人他脸色都发青，这是中医学。我们的中医大师观其气色就可以知道他病在哪里，然后就能够用中草药给他治疗，发现病理去治病很直接，实际上中药也是调解人体的阴阳平衡，五行失衡，阴阳失衡了肯定要有病。

那么和它同源的两个分类第一个是病理学，第二个就是命理学。命理学可能很玄乎，看到这个人你将来有大发展，你将来可能有大富大贵……将来，到了多少年甚至过了十年二十年，他大富大贵了，他可能会记着以前有人说过我大富大贵。那么再说这个东西呢，它确实用科学解释不了，所以这条路的发展我们都认为它很玄乎。

主持人：昨天第一视频的小姑娘问我，说孟老师听说您也对易经有研究，我说我对易经研究不深，一两句话说不清楚，但是我可以推荐一本书《黄帝内经·素问》，看完以后可能对易经就有一点了解。刚才您讲这番话，我觉得《素问》里头有很多知识可以作为印证。大家目前所关心的预测跟自身有关，您曾经写过一本对城市预测的书——《时空风水学》，您还是中国时空风水学的创始人，对一个城市进行风水上的预测恰恰是弥补了易经这方面的空白，我想问问您，《时空风水学》是怎么一回事？网络作为一个虚拟空间有没有时空风水说？

张树旗：如果你搜索一下时空风水，会出来很多介绍。我的这个时空风水是2002年提出的，风水理论有一个体系，包括各个方面的东西，它的精华是说，把人放在特定的时间和空间里面去研究。比如同年同月同日同时生的人，为什么命运不同？是因为他生的地方不一样，那同一个地方同年同月同日生的人，为什么又不同？他的面相不一样。那么同样是一个地方，这个人甲住的挺好，乙一搬进来以后就不好，为什么？因为环境虽然相同，但是人住的不同。这是什么呢，把中国的风水学、命相学，和这个八字学综合起来研究一个人、研究一个地方，这是一个问题。

第二个就是说比如这个人十年前生在北京，两岁搬到了南京，这个轨迹要寻找，他是哪年搬到南京，环境的变化对他生命的感应，每个特殊的环境对每个人的命运产生一种感应，这种感应对他有影响，这个要考察到。这样全方位的、动态的、系统地来分析这样一个人，一个地方。

北京从建都到现在也有变化，它有时间的沧桑以后，很多水没有了，建了很多的房子，也可能会影响整个地域的变化，这就是时间和空间的变化，原来水的流动和风的流向。西安为什么后来不能做首都了呢？因为中国整个城市的风水运势是往东迁了，所以说它也是属于时过境迁的首都，只能作为古都。毛主席当时定都到底定哪个地方，研究了好长时间，思考了很长时间，最后定都北京。所以这个就是时空的概念，我每年都利用时空理论对每一年的大事情进行分析。

主持人：那就牵扯一个问题出来了，就是在网上这个虚拟的世界里，现在风水师、命理师利用现代化的传媒手段，建立这样一个平台传播中国的传统文化，他们怎么利用自己所学的东西为更多的人设计他生活和生存的环境，使更多的人能够居住在天人合一的环境里面？

张树旗：我认为这是一个好事，但是这里边存在一个什么问题呢？这里面有良莠不齐、滥竽充数的，或者说有些道德品质修养不高，或者利用网络骗人的比较多，我浏览了一下这类网站，大部分都很好，但是有很多人也给我反映有利用这个骗人钱财的。所以最终归到一个点上，就是学易者一定要有德，无德者达不到很高的造诣，也指导不了你的人生。这跟很多其他的学科是相似的，比如学戏剧，甚至于以前会说杀猪的都是师傅带徒弟，以德为先，这个德是最重要的。

张老师教你如何识破网上算卦行骗

先给大家讲个真实的事，就是有一个人听了先生在网上给他说的之后，接着就住院了，但其实完全就是心理压力特别大，饭也吃不下去了，心里不舒服，抵抗力就差了。这个影响就是看到网上的东西以后心理的作用。正确对待网上这个东西，我提出几个意见：

第一，就是你可以信，但是一定要注意，人的命运要达到任何一个目的，或者产生的一个“果”，它是多因致果。你不能纯粹地用易学的角度去分析，比如你做投资，你要分析市场、分析需求、分析国内国际的环境，这个时候用易经的推测，只作为你决策的理由之一，或者说你分析的条件之一。你在网上看到以后，不要把它看成一个唯一指导你的东西就行了，它是可变性的，变则通，通则久。

第二，尤其不可信的，就是凡是你网上咨询他以后，他马上就说你近期有灾，抓紧时间我给你化解，你给我打多少多少钱，这个基本上不可信。或者他说我可以给你预测，你先把钱打过来，打完以后他只是潦草说两句，然后再要你打钱，这样的绝对不可信。

第三，破坏和谐不可信。比如说他给你指导说你媳妇不行，女朋友不行，男朋友不行……这就是破坏和谐，或者说现在这个社会不好，影响了你，这样破坏和谐家庭，和谐社会关系的，其实不可信。

五、分析信息中的蛛丝马迹，安邦集团首席分析师陈功

安邦是国内信息界最具知名度的信息分析机构，安邦的知名，是因为安邦咨询是国内最大的民间智库，而安邦信息科技则是历史最悠久的国内战略信息综合服务商。讲到安邦的知名度，还有一个人必然要提及，这就是安邦的创始人陈功。在中国信息行业里面，提及陈功说不知道的人很少，因为这是真正的网络达人。1995年，北京市电报局安装了中国第一套互联网设备，而就在这一年，陈功以及安邦公司就开始用互联网收发邮件了。从1995年这个年份上论及陈功是中国的网络达人，应该没人会反对吧，那个时候我们中的很多人甚至连自己人生的第一台电脑还没有呢。什么叫网络第一代？陈功是最有资格的，他是真正意义上的网络达人，物理意义上网络第一代。

主持人：您那时候的上网，好像要在北京长话局里面办个账号？

陈功：对！没错！那是相当早的事情了，1995年到现在，已经15年了。所以我现在一提马云、马化腾、李彦宏他们这一代人，我就特别的高兴，我看到后边的这一代人起来了，而且势头远比我们那个年代的人做得好。打个比方，我们那个时候，也就是刚刚在地平线上，露点小小的身影。而现在李彦宏他们，马化腾还有马云他们，已经像旭日东升一样，悬挂在东方的天空上，这个差别是很大的。我很高兴我们这样的社会能够有这样的发展，因为这表明虚拟社会越做越厚。大家必须知道，社会的虚拟化是一种社会进步，在我们过去的时代，社会的虚拟化程度还是非常、非常的薄，但无论怎样讲，至少从物理意义上讲，我们是中国当之无愧的第一代网民，是不是网虫，还谈不上。从物种发育来说的话，我们那个时代就很稀缺，没有多少物种，中国刚刚从封闭社会走出来，什么都不发达，想钻下去也没有机会，所以应该没有现在这样的“网虫”。

这些都是一些过去的回忆，我觉得今天跟你交流一下很令人高兴。每一年都有365天，大多数都是那种严肃的时刻，我们会把自己隐藏得很好，尽量让自己保持平静。但今天是一个喜庆的日子，是2010年的春节，所以我很高兴把我们真实的自我展示出来，把生活当中真实的一面展示出来，让大家看一看，也跟大家随便的聊一聊。

主持人：安邦成立得比较早，很多网民都知道安邦，而且很多网友、网民对安邦的程度，我都感觉奇怪，尤其是您的地位和影响力，您在信息行业和信息市场这一块，我实事求是的说，在中国的信息行业里面，还真是无出其右。我知道，作为安邦的首席研究员，您还带过很多国外的大学学生，做过他们的导师。回想起来，我还曾经有幸听到您对这些老外们指手画脚的指导他们，这也是您过去有趣的事情吧。

陈功：我想起来了，那个时候是带着几个研究经济的美国波士顿大学的学生去实地访问你。坦率的说，这点我觉得心里非常舒服，为什么？在咱们国人的概念当中，都是中国人到外面去学习，听到人家指手画脚说我们的比较多，尤其是在信息方面，中国算是绝对的后来者。60年代初期就搞出了计算机，但集成电路技术是相当落后的，所以整机也落后，我那时参加过154机的系统程序设计，所以那个时代是人家指导咱们，咱们指导人家的机会就很少、很少了。我记得前一段时间，就是今年，有几个经济学家，好像被请到华尔街去，媒体的报道说，在华尔街去给西方西方银行家们讲了讲中国的经济形势，网络上为此着实热闹了一阵子，这是多么让人兴奋的一件事情啊！我们也有经济学家开始到华尔街去指导人家怎么理解中国金融形势了，中国人也开始成为金融权威了，这事想着都令人兴奋。现在大家知道了，这完全是少见多怪。

有的时候，我觉得其实我们中国人，在这个信息这个方面的悟性，还是很好的，人才不缺，很多西方大学里面，一看读IT的学生，当中很多都是中国人，这在美国一点都不奇怪。实际上，如果你要是追寻“信息”这两个字的来源，据说都可以追寻到中国古代诗经。在这个方面，主持人老师是专家，我建议你从诗经去考证，当时就有“信息”两个字，李白的诗词当中也提到过“信息”。当然那个年代，“信息”这个词汇更多的是诗人们丰富的想象力，是艺术加工的需要，那是在很高雅的殿堂里面流传的一些概念性的东西，现在早就不一样了，信息社会已经摆在我们面前了，就像丰富的物质商品是实在的一样，信息社会也已经实实在在的跟我们的日常生活，跟我们工作的方方面面紧密的结合在了一起。所以我们现在对于未来的生活充满了乐观，充满了期待。

为什么这样说？过去三百六十行，假设三百六十行，在物质社会里面，在实体社会里面，就是三百六十行，但我们在每一个三百六十行里面，都会看到有权威的存在，都会看到领导者，所以我们已经养成了习惯，在物质社会里面，我们就会去寻找领导在哪里？似乎没有领导的生活，就是危险的生活，生活就会变得有些乏味。可虚拟社会与这个相当的不同，我们有很大的空间去创造。什么物联网，什么云计算……这些概念虽然挺新颖，不过当时我们就都有所了解，这些知识并不是今天才有的，但现在有很多具有才华的年轻人运用他们丰富的想象力，在这方面取得了成功的实践，我们发现，这个属于未来的社会，原来有这么大的空间可以让大家发展。

在虚拟社会里面，在网络空间里面，对概念的容纳量是相当惊人的。只要你能够想得出来，你不用发愁做得出来，还是做不出来。我相信有很多的老板们，还有商业奇才们，他们正在通过他们的商业实践，把这些概念逐渐的转化成了能够看得见、摸得着，能够感触到的东西，变成了现实的商业上面的成就。像马化腾，像马云，也许还有很多年轻人，他们都正在实践这些概念、理想。如果他们能够做得更好，那么中国的商业社会就会以另外的一种面貌屹立在世界的东方。

主持人：我早有耳闻，陈功先生是中国网络前辈中富有激情的人，今天一见，果然名不虚传。七、八十年代开始接触电脑和网络，这样的学者在中国本来就不多，作为网络前辈，作为中国最老、最老的网友和“网虫”，我觉得您从事信息研究，搞战略信息的分析，这是一个富有神秘色彩的高度。很多网友其实对“战略”这两个字总是有一种模糊的概念。战略信息分析是不是跟打仗有关系？我曾经听过别人这么问我。以我非专业的观点，可能给人胡乱解释了一番，所以今天我想把这个问题又带到您面前，实际上也是替网友们发问，在您的专业里头，中国所面临的未来经济形势和经济战略，到底是一个什么样的概念？

陈功：这个问题一下让人从一个轻松的话题又转向到了一个严肃的话题，我不知道今天是不是适合聊这么严肃的专业话题。大家对“战略”这个词其实并不陌生，读过《三国》的人都知道谋士和计谋，如果仅仅是谋略的话，那可能就不完全是我的领域，起码说不完全是我的研究范围了，那恐怕就是孟老师这边的研究范围了。因为您对历史，尤其是历史上面的很多的这种谋略都非常的熟悉。其实战略指的是一种框架，战略是一个层次的研究。战略本身相当于谋略，但谋略根本无法反映战略的全部内涵。战略远比谋略复杂得多，它是一种与资源紧密相关的计划，是一种带有强烈系统性的规划。所以说，战略的内涵是比较丰富的。也许我们用比较的方法来解释这个问题，可能更容易让别人去理解，如果说按部就班，一二三四五，开会加文件，这就是很多行政部门日常三百六十五天在做的事情。行政部门很管用，日常就靠这些部门来做事，但问题是战略从来都不可能出自行政部门的。我们都知道，三百六十五天当中，还有很多是有意外情况发生的时刻，那是计划之外的事情。在这种情况之下，按部就班就解决不了问题。比如春天我们突然遭遇了大范围的冻雨灾害，比如说突然之间，我们的四川盆地发生了汶川大地震这样的重大灾难。这些意外事件都不是按部就班能够解决的问题，所以我们需要在一个更大的一个范围之内，在一些更高的层次上，有人专门善于分析情况，善于协调和规划资源，这就是在搞战略研究了。

现在报纸上常常提到应急预案，一有什么事情，就有报道说启动了什么、什么应急预案。这种应急预案并不见得真的管事，我们在这上面的研究还是很初步的，很多还是出自行政部门，我们前面已经说，真要有大的危机发生，行政部门是不管用的。所以，战略研究在中国有很大的空间，但做好战略研究需要很多的信息分析支持。方向在哪里，定位是什么，目标在那里，协调资源，安排资源，这些东西都仰赖信息分析。我们都知道，诸葛亮是个战略家，为什么呢？他可以用非常小的资源，可以用一个非常明确的战略定位和一个战略方向，来赢得三国鼎立这样的一个战略地位。这种人，一定是战略上的大师。

主持人：信息与战略是关系密切的，在现今的网络世界里面，我们大家对专业领域关心的其实不多，更多的人只是对生活和消费关心的比较多，所以您的话对我们全面了解网络社会，有很大的帮助。我相信很多网友可能也会通过跟您的聊天，更全面地了解了信息，到时候也许可能会有更多的粉丝来跟您在这方面进行询问。说到粉丝，我有一些网友跟他们聊天的时候他们曾提起过您。因为在网上，您也是一个非常著名的网友，咱们刚才说了不少专业性的话题，咱们也谈一些轻松的话题。在网上，您有些比较著名的网名，比如说达人。据我所知，这个网名在咱们国家的越野圈子里面，还是很有名气的，您经常在中国的大江南北跑来跑去，我每年都会收到您一个礼物，就是过年前的收到的。这礼物是什么呢？每年您都有些从海外拍回来的照片，年年出一个很精致的自己摄影作品的台历，您可以说在世界各地，各个旅游胜地都走遍了。古人有讲，读万卷书，行万里路。我是万卷书读了一些，万里路走的很少。但是您不一样，您不光读了万卷书，您还走了万里路。所以我想咱们谈些轻松话题，看看您在网上生活的这一块，大概有一个什么样的定位吧。

陈功：我在网上的话有两个网名，轻松的时刻或者说像大家平常说的玩儿的时候，我就会用“达人”这个名字。如果是一些严肃的时候，我想表达一些自己意见的时候，会用另外一个名字，这个名字叫“陇上春树”，这个名字好像看着有点绕口。实际上我的这个名字就来自陕北，大家只要想一想，陕北高原上一棵孤零零的树，那种意境就是我追求的，所以那种情况、那种心境，也是谈严肃话题的时候了。

当然，更多的时候我还是在玩儿的，我在这方面的心态还是不错的，至少我自己认为是不错的。我是做得起，也玩得起。在玩的这个方面，倾注了更多的热情。在国外，十几年来，我已经走过了世界上的四十三个国家，三百多个城市？因为我始终追求的是一种体验式的学习。这个体验式这种学习方式很多人知道就是“游学”这个概念，对于游学，我实际是从上世纪90年代开始的，从90年代初开始，不停地挪动自己的脚步走向世界，向远方延展，能够走多远就走多远。我今后也不会停下这个脚步，在我力所能及的人生时刻当中，我还会继续走下去，因为确实在很多时候你会发现，你不到现场你就没有那种体验，你在餐馆门口，看见人家在吃饭与你自己真正进去品味这种美味，差别还是很大的。

在国内，驾车去越野是我主要的旅行方式。我曾经估计过，我大致上在国内走了又20万公里路吧。东北和新疆已经成系统的走过了，我穿越过中国大多数的沙漠，塔克拉玛干沙漠、巴丹吉林沙漠、腾格里沙漠、准格尔沙漠，去过罗布泊，走过魔鬼城。但印象最深的还是驾车穿越贺兰山，原来那里真的像古诗词里讲的一样，存在一个山口，沙漠之中可以看得很远，在几十公里以外，我就开始热血沸腾，想起了满江红的古词，举目远望，仰天长啸……驾长车踏破贺兰山缺。

这种生活，真的很有意思。其实，我们这个世界里，有很多人选择这样的生活方式。我在叙利亚的bosra古城，早晨起来到庭院里一看，停着一辆陆巡越野车，从南非一路开过来。车上贴满了标有记号的贴纸，注明了两位旅行者一路走过的地方。与登山一样，驾车越野，四处游荡，也是很多不安分人的一种生活方式。

主持人：我可不可以这么去形容您：您是互联网上的现代游侠徐霞客？在旅行方面，您是不是在这方面也有自己的人生规划。

陈功：我到不了那个程度！像徐霞客这样的伟大人物，他们与西方世界的达尔文等伟大人物一样，他们都有非常明确的历史地位和科学地位。旅行对于我个人来说，非常简单，一半是兴趣，一半是爱好。最多、最多也只能说是希望做一些有科学意义的事情，做一些跟专业有关的事情，与那些科学大师们是无法相提并论的。我这个人属于比较愚笨的人，我在四十岁以后，才有人生的规划。以前一直想有人生规划，但感觉资源条件实在太差了，即使规划出来的话，那个也不是个规划，应该是个漫画。所以我是四十岁以后才有的人生规划。但是我在四十岁以后，确实加快了自己的脚步，所以才走到了今天这样的一个地步。

主持人：今天我看到在您的办公室墙上有一个美国国家地理协会的会员这样一个证书，在中国能有这种证书的人也不多吧？

陈功：这个也不是一个很复杂的一个过程。主要是美国国家地理协会在我心目当中，有一个很神圣的地位，它倡导的一些理念也是我个人的追求，所以我非常希望能够成为他们中的一员，这始终是我的一个愿望。我如果有机会的话，我也愿意在生态、环保、低碳这些方面做更多的努力和做更多的事情。我也呼吁更多的企业家能够把自己的财富和自己的热情，当然更可贵的就是他们的时间，能够倾注到这些领域里面。对于未来来说，也许你的一生里面提了很多的这种想法，做了很多的概念，也许你在学术方面，有了很多惊人的成就，也许在商业领域里面，创造很多的财富，但是我想这些东西都不代表未来，不可能存在那么久远。真正跟未来有关的，还是环保生活和生态保护。

如果说，我们的社会真的能够在一些基本因素的支撑下延续下去，这些基本的因素就是低碳生活了，我们必须考虑给更多的生物以更大的生长空间和生活空间，我们彼此的人类生活，要能够做到更为宽容、更为和谐一点，这些东西才是支撑人类社会和人类文明能够进一步延展下去的关键的东西。我希望在这方面能够看到更多人的努力，我也呼吁他们更多的关注这些东西。

主持人：我可不可以这样的理解：您这个话是作为新年的一年里，对网友们寄予的一个新年祝福和新年希望，可不可以这么去理解？

陈功：当然！我希望所有的人都关注这一方面的事情。因为这是我们共同的事业，这是真正意义上跨越种族的，跨越知识领域的，跨越社会阶层的事情，关系到所有人的生存。

六、梨花教母的时尚风采，著名诗人作家赵丽华

三个女人一台戏，今天就是第一视频搭台，请来三位美女唱一出戏。台子上唱戏的主角都是谁呢？赵丽华老师，国家一级作家，著名诗人；朱俐安老师，文化学者，著名的专栏作家；邢艺老师，凤凰生活杂志副主编，时尚才女，三位美女的话题就是时尚、诗歌和文化。

主持人：三位女嘉宾来给节目添色不少，都说三个女人一台戏。时尚这个话题其实是很大的，互联网在中国十五年发展以来一直引领着中国的时尚，朱老师在这些年行走在网络你对时尚有什么看法？

朱俐安：我觉得时尚是先有主张，一群有主张的人通过不同的媒介传播这种主张，进而有一群人跟随，不管是着装上还是像我们赵老师的诗歌，我想以往靠诗刊传播就没有网上这么厉害，所以当纯粹精神产品的诗歌成为网上所有大众都热炒的话题的时候，时尚的意义就不太一样了。它可能形成了普及性的文化。

主持人：当年轰动网络一时的梨花体事件，一下子把赵丽华的诗歌带到众人面前，经过时间的沉淀之后，究竟应该怎么去理解梨花体？

邢艺："声势"是悄无声息的，就像梨花体一样。开始很多人会有疑义，历练后才明真相。梨花体是人创造的，然后这个人的人品、素质成就了"梨花"。开始大家可能是觉得梨花体是一种贬义，但是现在

大家都觉得梨花多好啊，它已经是诗歌的时尚符号，随意的轻盈的本真的。其实梨花体是很难效仿的，你可以模仿某个句型，却无法模仿他的整体。

梨花是很美的。

朱俐安：我的感觉，它不是贬义的“梨花体”，是一个很美的东西。

我自己理解这个诗歌，之前不认识丽华的时候，是邢艺把诗拿给我看，我就跟她说，非常好的诗。我看到的是特别简单质朴的语言，后面充满了对生命现象哲理的思考，反差很大，那么很多人只看它从馒头到表象的那种单词，但是一般人模仿当中的后面没有那种深度的思考，所以我觉得更重要的是这种直白的现象后面它那种哲理化的东西，可能是成为时尚和流行的根本原因。要不然光是顺口溜不会总是流行的，所以时尚的根本意义还是充满了对生命和美的那种见解，然后它能打动更多的人，就像小沈阳流行了那句“不差钱”，人和钱的关系在消费当中的那种思辨会带给人们一种觉察，我觉得丽华的诗呢，会在看似浅白的后面带来一种真正对片刻的思考，这种片刻可能颠覆了比较平庸的生活。

邢艺：我周围的一些朋友说，梨花体好写啊我来写，然后他们写了一些，我一看，不是，他们又写了一些，一看，还不是，这时候我知道，梨花体太棒了。绝对是无法效仿的。梨花的妙处就是“繁而化简”的智慧，所以会引发潮流，无可效仿。看似简单，但绝对意料之外，绝后空前。

主持人：这是连模仿都不可以。

邢艺：对，就是看似谁都能写。就同时尚的境界，其实时尚一点都不神秘，也不是奢侈的，每个人心中都有一个时尚符号，不是一件奢侈品就“时尚”了，能踩准时尚的那个点，需要很多很多的修为。

主持人：我总说邢老师是时尚才女，很有气质。时尚就是一种气质。这种气质有一种气场。

朱俐安：她有一种天真的力量。

邢艺：我们现在是表扬与自我表扬相结合。

赵丽华：邢艺有一种大智慧。她的名言我经常运用到我的文章当中。举两个最关键的：身体不行了，离啥都远点吧。

邢艺：有点色情。呵呵。但是跟色情无关。

赵丽华：还有：身体属于男人，精神属于“拉拉”。呵呵。

朱俐安：孟老师是文化人，一听拉拉和粉丝就晕了。

主持人：我觉得其实本身是女人的话题，男人尽量少插嘴，赵老师自己您对诗歌这方面的理解是怎样？

赵丽华：我对诗歌怎么理解？我觉得我好像就是那种去做这个事的人，我觉得去诠释这个事情，是读者和专家的事情。我只管把这个东西放在这儿，就像一个厨师一样，把这个菜放在这里，对对色、对香、对味、对整个这盘菜综合的评价还是交给大家。

朱俐安：其实最好的诗和时尚都是提出主张的人，凭借着天意或者本然的东西把它呈现出来。然后我们这些消费者不管是网络上的还是网络下的在从中赋予了不同的意义，我们喜欢它，就神化她，别人不喜欢可能就批评，我觉得这都不一样，只是见仁见智的问题，但网络确实提供了这样一个空间，它给所有主张提供一个特公平的平台。不过，我对时尚的理解像丽华的诗，越长久越有味道、越有价值。而那些山寨版模仿者只凭文字模仿只能是过眼云烟。后面还有思辨和哲理的支撑。能够穿透。而模仿者的诗不能穿透。

赵丽华：不是穿透，是穿越了。呵呵。

主持人：我去年年底的时候，有一次我参加一个所谓的诗人的宴会，我是被邀请。我发现我在这样一个场合我突然发现我是一个特别哑口无言的人，因为我周围坐的全部是现代的诗人，因为我本身是研究古典文学这块，我也插不上话，他们所说的每一首诗我听不懂。我突然发现我这个人是文盲。后来我在想，想赵老师的诗，炒得很热闹，但是赵老师诗我一首都没看过。但是网上炒个非常非常火热，后来我看了赵老师很多文章，我心里产生了很多反思。我觉得赵老师文字写的非常非常的漂亮，我就觉得如果再做成诗那肯定是另外一种感觉。我有一个朋友，著名作家大诗人周新京，对赵丽华的诗评价就非常高。

朱俐安：网络上很多人没有读过这个人的任何作品，却可以发出比那个作品更长的议论，还有人没有看过这个人，却可以评价这个人比看到的还真实，其实这些人让我们找到感觉，不要太相信所有人的议论和评判，因为太多的人并不了解却为了发泄自己的感觉去说，至少您是懂古典文学的，通过看到就闻到梨花的香味。而我们是农夫，摘了一个梨，说味道很好。

赵丽华：2006年12月30号萨达姆被绞刑的那天，我在几个大网站贴了我曾经发在南方周末的文章《萨达姆的绝望》。在小网站贴了两行诗，题目是《廊坊下雪了》，内容两行：已经是厚厚的一层，并且仍然在下。贴完就和几个朋友出去吃饭，回来知道凤凰卫视和央视新闻联播都报了新闻“赵丽华又出新作，仅仅两行”。各个网站的转帖和评论特别多。有的说可以这样写。有的说不可以这样写。

邢艺：这个可以有。

朱俐安：互联网提供了一个平台。让任何人发出自己的声音。别人可以参与。参与的人越多，这个人越是教主。

赵丽华：每个人都可以参与和质疑。每个人都有这个权力。正式互联网带给大家的。

主持人：时尚就是传播最快的，能把时尚传播这么快的就是互联网。

朱俐安：能流行的东西一定有出人意表的力量。才构成传播的要素。主张要短，还有情节，丽华的诗都有。它的流传时必然的，互联网就是这样热闹起来的。

主持人：就诗歌来讲，赵老师已经给很多网友树立了这么一个形象，如何在网上去写诗歌，甚至于说网上什么是很时尚和诗歌？

赵丽华：网络会影响诗歌的形式和走向。比如我们说诗歌的现代性，90年获诺贝尔奖的奥克塔唯奥.帕斯说从1840年以后，诗歌的现代性就是全世界所有诗人的上帝和魔鬼。就是我怎么用现代的语言切入当下的生活，而不是说像以前的诗歌一样，不是古体诗歌的今译文，也不是外国诗歌的翻译版本。我觉得很多人都在追求诗歌的现代性，互联网恰恰给这个创新提供了这个平台。

邢艺：就像流行的歌词它都有一个意向，诗歌一定有一个可以扩大的片段，然后在扩大当中看到生活被放大的那个美感，而不是连续的故事。

朱俐安：所以我印象可深了，赵丽华那首白杨树那叶子，《我爱你爱到一半》：“树叶的翻动，只需很小的力。你非要看看白杨叶子的背面，不错，它是银色的。”特别契合又极其简单明了，我看了这几句话我就跟刑奕说：好诗，真不错。所以我觉得诗歌带来的不是意向的堆砌。以前的现代诗歌就是塑造一个又一个意向，但丽华的诗不一样，它是在特别直白的叙述当中让你有陡然翻转或顿悟的感觉。

赵丽华：我们刚才说诗歌爱上了瞬间，使它脱离连续性，使它变成固定的现在，就让这个瞬间停在这儿。这实际上跟摄影是一个道理。

主持人：赵老师做饭也很好吃吧？

赵丽华：我做的馅饼比较有名。刚才朱教授说的这个时尚的概念有人拿出主张，有引领者，有追随者，但是现在我觉得就诗歌而言，实际上诗歌它应该是奢侈品。我感觉现在的手机短信，还有微博，微博不能超过140字，非常短小。发也非常方便，你有什么感触感慨，你对世界有什么看法认知，就随时发在你的微博上。我讲的这个微博，它最后会不会是新的诗歌的方式呢。它虽然说不敲回车键，但是它可能有句号和逗号。很短的几句话，大家很爱看，还可以挑着看。

刑奕：我觉得人们在消费时代欲望越来越强，牵扯注意力的事越来越多，他沉入心灵的可能性越来越小了。假如没有梨花体。过度的宣泄会让人在大脑的游戏当中越来越脱离当下。所以我觉得越短的东西越能影响深度。

主持人：现在很多人喜欢短小的东西，说句庸俗的，男人可能看女人衣服短小都觉得好看，因为她露出来的是非常美好的东西。

朱俐安：所以人们都各取所需。缺钱的一定喜欢钱，缺色的一定喜欢色。现在的文化形式，现在新的观念太多，人们的观念太快。比如说长篇小说，原来咱们可能最爱阅读了。

主持人：时尚的东西就像风水轮流转，像赵老师的，诗歌可能会被微博取代，但是我觉得这种取代的过程，它一定是一个上升的过程，早晚诗歌还会回到一个点，这个点可能会在年代的断代上提高很多。

赵丽华：我觉得所有的作品它改变的是形式而不是内容，对心灵表现的内容是不变的。

主持人：可能是赵老师的格和她对生活的态度以及对时尚的追求，使她在网上找到了非常适合的土壤。

赵丽华：我觉得是对生活的认识和对生活的体验，用它自然娴熟的形式表达了结果，恰恰切合了这个时代，而且又与众不同，我觉得时尚一定要与众不同。跟别人一样永远不会显露出来。

主持人：朱老师跟刑老师都是在中国时尚前沿阵地，接触了社会的潮流，您对时尚有什么样的预测？

朱俐安：我觉得时尚是领域，不排除媒体感兴趣和炒作的因素，更重要的是时尚背后，一定要有独特的主张和价值，价值观构成时尚的基础，表现形式构成时尚的手段，形式不出新没有办法吸引消费者，但是主张不扎实，不足以让它流行，我们表面的时尚，大部分都是从形式上做变换的，根本上的时尚主张比如说，你是反叛，有的时候是安逸，有的时候是田园，从文学到艺术，每一个真正时尚的大师的后面都有独特的对生命的认识，然后他用他独特的表现来体会出来。有的人一看他非常不同，别的人一看他绝对不一样，所以他构成了时尚的基础。那这个人的人格魅力和对生命的见解能不能比较厚实地让他自己坚持走下去，是他能否成为时尚大师的另一个原因。时尚永远是初生牛犊在做的，所以我说时尚是长江后浪推前浪，前浪永远死在沙滩上，时尚是死在沙滩上的东西，但生命力是我们真正追寻的那个规律。

主持人：我发现时尚生命力非常短，但是我觉得赵老师的生命力还是很顽强的，后浪永远没给您打死。赵老师现在又在摄影杂志上发表了新的文章。

赵丽华：我原来开过好多专栏，大概在2004年到2006年间开了十多家的专栏，那个时候我几乎不写诗，后来2006年诗歌诗鉴把我拽回来面对诗歌，不然我就不写了。比如中国摄影要一个稿子，这样我就不得不看一些摄影的东西。这样才能写出一些东西来，各种艺术是相通的，我发现支持我的人往往是从事摄影、绘画、电影的人。

1．朋友眼中的赵丽华

关于她的诗

朱俐安：她的诗已经是时尚了，这点毫无疑问。诗一定有出人意表的力量，才构成传播的要素，主张就是要短，短而干净还有情节，你看赵丽华的诗都有，所以我认为赵丽华的诗可以流传是必然的。

刑艺：她的诗有一个回归的过程。我是梨花的追随者，也是她的超级粉丝。

关于她本人

朱俐安：我觉得很多诗人的灵魂总是飘在上边。所以她写诗可以很灵魂，但是让大家觉得望而远之。赵老师的诗可以成为潮流，她很感染我，她的人比诗更能感染我。

朱俐安：她就喜欢很真实，其实她喜欢的东西都是很女人、很平常的。所以她能写出绝妙的诗。

2．赵丽华与朱俐安现场深情演绎《当一只喜鹊相恋一只喜鹊》

网络新闻说有两只喜鹊相爱，喜鹊也是可以相爱的，甚至一棵树和一棵树也可以相爱。这两只喜鹊是大连的。2007年4月20日9点57分，大连的王家桥、刘家桥地区，四千多用户突然停电，事故原因是由于一对喜鹊在附近的高压线上亲热所致。当然我看了这个故事我觉得可不可以用很当下的表现出来。想想它在说什么呢？我就随便写了一个，就用男喜鹊跟女喜鹊对话的方式写了这么一首诗。题目就是《当一只喜鹊相恋一只喜鹊》。我觉得在这样一首诗中，恰恰表现了诗歌的张力，就是两只喜鹊掉下电线这么一个瞬间，变成了又有对白，又有爱情，又有生死的过程。所以我觉得诗歌的创造性空间是诗人能抓住的一个点，在这里给填充了大量的感情。

朱俐安：亲，我爱你腹部的十万亩的玫瑰，也爱你舌尖上小计量的土。

赵丽华：爱情是世界上最没有把握的东西，如果我们都醉了？我们谁扶着谁？

朱俐安：我扶着你。

赵丽华：亲爱的，我们俩都害羞了。

朱俐安：没有任何鸟再能够伤害到你。

赵丽华：从此不再受伤害。

朱俐安：我的梦不再徘徊。我们彼此都保存着那份爱不管风雨再不再来。

赵丽华：亲爱的，您会爱我多久？

朱俐安：宝贝，我要把你带进坟墓！

赵丽华：亲爱的你爱我有多深？

朱俐安：你问我爱你有多深。我爱你有几分。我的情也真，我的爱也真，月亮代表我的心。

赵丽华：你问我爱你有多深，我爱你有几分，我的情不移，我的爱不变，月亮代表我的心。你去想一想，你去看一看，月亮代表我的心。亲爱的你为什么爱我？

朱俐安：我没有理由、没有空白、没有停顿、没有主题、没有说法、没有回头，没生没死的爱你。

赵丽华：我也一样，我无时无刻，其实是每时每刻地爱你，我前不见古人，后不见来者，其实是空前绝后地爱你，我尺有所长，寸有所短，其实是独一无二地爱你。

我之所以乐此不疲地想象这两只喜鹊死前的对话是因为我听从了奥帕斯的一句话：诗歌爱上了瞬间，并想在一首诗中复活它，使他脱离连续性，把它变成固定的现在。

七、网络文学的魅力，著名作家诗人周新京

在大家都期待着由第一视频呈现的“春网开元”首届网络大拜年晚会的同时，2月6日白天第一视频的直播间同样热闹非凡，上午聊了小年民俗文化，下午直播间再次请到三位嘉宾——著名作家诗人周新京老师，孟繁佳孟老师也从主持化身嘉宾，还有年轻文艺女青年同时也是互联网从业者的两之，聊聊互联网与文学之间的关系。

主持人：今天我们请来了三位嘉宾，周新京老师是写现代诗的高

手，孟老师是研究古典文学的，两之是80后的文艺青年，也是文学爱好者，这个组合非常有意思，先问问各位都是哪一年上网的？

孟繁佳：1995年，那时候还是买账号。我们算是中国第一代网民，最早在网络文学论坛，我跟周老师很熟，我研究的是古典文学，周老师研究现代文学比较多一些。

周新京：我是1998年。

两之：我大概是刚上高中的时候，应该是1999年和2000年之间吧，记不清了。

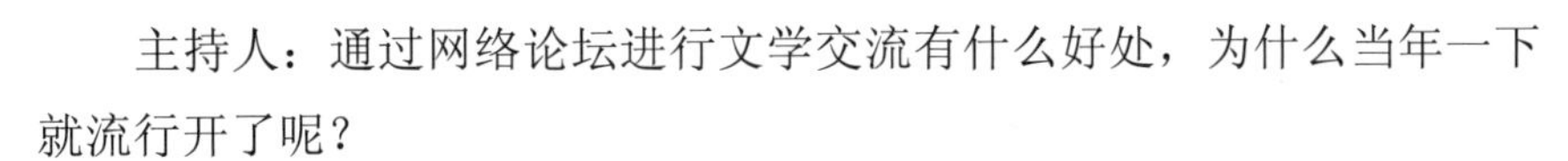

主持人：通过网络论坛进行文学交流有什么好处，为什么当年一下就流行开了呢？

周新京：空间大多了，交流的平台更便捷。你今天写一个东西，对方第二天就看到了。甚至对方能在网上参与你的创作，大家同时一起讨论，这种交流非常密切，就是这种网络的互动特点，让文学传播得更快更广。

主持人：我觉得三位肯定都有自己的博客，你们更新博客的速度是怎么样的？

孟繁佳：我是博客遍天下，至于更新还要看自己忙还是不忙。

周新京：我也是阶段性的，我还是比较倾向于文学这些相对安静一点的话题。

两之：我的博客也非常多，前两年博客最火的时候，我一天能更新两篇，现在我在不同的网站也有不同内容的专题博客，但是更新速度也要看自己的时间。

主持人：其实我想问周老师一个问题，你在没接触互联网之前，你写的诗可能只会在业内或者小圈子内传阅，现在在网上就会面向所有人，那肯定会有更多褒贬不一的声音，您会怎么看？

周新京：很正常，网络本身的文化特点就是真实直率，有年轻人不喜欢是很正常的，因为我写的偏于社会，年轻人喜欢的更多是跟自己个人生活有关。即使我的同龄人也未必都喜欢，也有喜欢个性抒情一点的。

主持人：在我印象中会写诗的人应该都是很浪漫的？周老师是从多大开始写诗的？

周新京：十几岁，我们那个年代没有网络、相机、只有通过文字表达，我很早就读了很多诗，没事儿的时候就写诗。

主持人：我之前采访写词的人，他说其实听多了，自然就会写出来。诗是不是也这样？

周新京：对，跟阅读关系非常大，还有就是你的生活态度。

主持人：我不太喜欢用电脑写东西，我比较喜欢用笔，你们是直接在电脑上创作吗？

孟繁佳：我以前写东西全是用笔来写，写完以后打出来再看，打印成稿子再拿笔改，有这么一个过程。

两之：我们现在基本上都是直接用电脑，基本上很少用笔，我觉得这和我们生活节奏很快有关系，对电脑的依赖性很强。

主持人：今天主要聊的就是网络与文学，那么在网络上有一个很著名的诗歌事件就是“梨花体”事件，不知道周老师熟悉这位诗人吗？

周新京：以前不熟悉，后来梨花事件在网络上出现之后就知道了，有人问我怎么看，我还专门写了一篇博客，评论梨花体的诗，我也写了一个类似于口语诗的东西，实际上我的态度就是没必要对这个事情那么激烈，我觉得她的诗有的写得挺好的。因为梨花体诗歌没有人分析，实际上诗歌有一个自己的发展脉络。她比较强调日常生活细节，在日常生活中寻找诗的立足点和生活的态度，诗歌其实已经很大范围地演变到这个阶段了。

主持人：我想问一个问题，比如说像我们大家接受的教育，我们上学的时候学郭沫若等给我们印象诗歌就应该是那样的，所以乍看起来赵丽华的诗用网友的话讲就是“恶搞”。从您专业的角度看，这是正常的诗吗？

周新京：很正常。梨花体一个是形式上的，一个是内容上的。有时候故意把平淡的东西经典化，因为网络文化本身就带有大众的、草根化的特征。她在网络上写诗就会很放松，我自己也是。如果对诗歌足够熟悉的话，你应该什么方式都能写。

孟繁佳：我觉得赵老师作为学者，她非常严谨，诗歌是很散漫的东西，但是研究诗歌要有一个非常严谨的态度，我们研究的只是诗歌本身，而不是诗歌背后的东西，我采访赵丽华的时候我研究她后面的东西，我不去研究她的诗歌。

周新京：刚才也提到过，2006年是网络暴增阶段，人长期封闭在小的环境里面，对环境充满了猜忌，2006年网络气氛非常恶劣，有的人也会炒，这几年气氛就好多了，一个人从小角落跑出来，网络就直接呈现出他的精神状态，就是攻击、猜忌不理解，让别人疼，他快乐。现在互联网有一个成长，这种交往会让人变得很讲究交际的秩序和规则，网民也很绅士。

主持人：如果我作为网友，看到这个诗的时候，觉得和我想象中不一样，因为我们印象中诗歌都是比较华丽的，如果赵丽华是个普通人，可能就没有人攻击了，关键她是一级作家。

周新京：跟这个反差有关系。其实赵丽华的诗是有回车诗来替代，它是阶梯式的。

主持人：我想问一下两之，以前我觉得写诗是很难的事情，你博客里有的诗，也跟传统意义不太一样，可能更加随意一点，有梨花体的感觉吗？

两之：如果这么看的话，可能多少有一点，但我本身并没有意识一定要写什么体。我更倾向于随心所欲的记录。

主持人：你觉得你写诗的灵感来自哪呢？

两之：有的时候可能是一件事给你很多感触，有的时候就是一瞬间的画面，对你产生一种影响触动了你的灵感。其实就是你生活当中的某一个片段或者画面给你带来了一些不一样的感觉让你想把它记录下来或者抒发出来，你可能会选择诗歌这种语言形式用很精练的三言两语，记录你当时那种转瞬即逝的心情。

主持人：孟老师您和周老师认识很久了，您怎么看待周老师的诗歌？

孟繁佳：诗一定要填，就是要翻来覆去地修改。古典的诗歌也是一样，以前有一个讲法，不能以韵以律害意，但是玩儿的时候可以。可能很肤浅的诗句当中隐藏着人生的哲理和道理，往往诗歌做得很华丽，但是让人看出来就是拿词堆起来的，所以我们往往看诗是看意境，我对周老师的诗推崇就推崇在诗的意义内涵。

主持人：以前背的古诗比较多，所以要我判断古诗我可能知道这是好诗，但是现代诗我很难看出来好还是不好，那我想知道，很多人会写出不同风格的现代诗，怎么来判断是不是一首好诗呢？

周新京：这个问题太大了，就是现代诗的价值。现代诗对尾韵一般不会太讲究，如果每个字都押韵会让人觉得很古怪。诗有时候考虑得必须细微，就是每个字跟每个字连接起来会构成音乐性，它要表达的内容和这句话的流畅和意思的贴切跟尾韵没什么太大关系。

主持人：假如作为普通人想学，应该从哪些方面入手？

周新京：大概可以归结为两个方法，第一就是收缩法，因为诗歌在各种文体里面是最精练的，你必须用最少的语言表现最多的内容，所以有时候解释半天抒发半天就显得很 嗦。然后是扩张法，就是一般不熟悉诗歌的，容易在一个空间贯穿到底，就是一个空间、一个动作、一个行为、一个事件，他从头到最后没完没了地说，这就显得很平面。收缩说的是行数字数、扩张说的是在既定的文字范围它的空间。

八、中南海摄影师，新华社资深记者刘卫兵

刘卫兵：新华社资深记者，从事摄影多年，此次做客第一视频，他为网友带来一本书——《回望20年》，此书由全国政协副主席，中国文联主席孙家正致辞。本书主要讲述刘卫兵做新华社记者这20年亲身经历的社会变迁和时代进步，特别是老百姓生活的变化。在中国经历了新世纪的第一个十年之际，我们有幸邀请到刘卫兵与第一视频总编辑荣松跟我们畅谈中国这一个又一个十年。

主持人：书中有很多采访实录，被网友称为“大腕”的采访，我觉

得从新闻方面不能叫大腕了，基本上都是领导人，甚至包括国际政要。您二位曾经是同事，荣松老师是怎么看待刘老师的呢？

荣松：从我们新闻的角度来讲，他是新闻的主体，他最大的特点就是经常跟我们新闻主体一道，跟随新闻发生的主要核心人物，所以他记载了20年的变迁，尤其是中国改革开放之后。作为一个曾经在新华社奋斗的人，读了这本书之后，能够感受到历史进程的发展，尤其是第一次的事情，这里面讲了很多中国改革开放第一次发生的事情。比如讲到的中国第一例试管婴儿。

刘卫兵：这件事情我确实记忆犹新，现在翻开我这本书，书里面的照片就是这个小婴儿，她当时只有两岁，这是1990年3月份我实习的时候在甘肃礼县拍摄的。我们通过网络了解到她的情况，她现在变成了大学生，是很漂亮的女大学生。我觉得20年过来，大家都在长大，国家也在长大，很多东西都在变，所以这件事，中国第一个试管婴儿给我留下很深刻的印象。

荣松：作为一个新闻从业者，这书记载着历史事件的第一次。作为一个摄影记者，他见证了整个摄影行业的变迁，从胶卷时代变成数码时代。

刘卫兵：第一次使用胶卷时，印象比较深。我是学新闻摄影的。1989年毕业的时候，我们这一批人号称中国新闻摄影第一批本科毕业生。到现在为止，我们班31名同学，只剩下28个，对我们来说，这是很遗憾的事情。另外，在一线天天拿着相机照相的为数不多。其实荣总也是专家，荣总写的关于伊朗问题的博文，在第一视频点击率很高。前两天百度被黑客袭击，其实网民看不懂，荣总第一个反应就是伊朗的什么军，因为写的是波斯语。刚才荣总讲到我作为新闻摄影的战士，我觉得这是对我的鼓励。我确实是走过了这20年的新闻历程，我确实经历了从传统的胶片时代到数码时代。

主持人：是什么样的趋势让您放下胶片摄影机拿起数码摄影机？

刘卫兵：不是趋势是大势所趋，是时代“逼”着我们这样。我早在1997年的时候，最初是试用数码相机。试用一段后大家对它有一些说法，褒贬不一，最开始数码相机只有30万像素。澳门回归的时候，我在北京天安门广场中国革命历史博物馆前，首都庆祝澳门回归，最后倒计时变成零的时候，当时没有使过数码相机，心里很打鼓，当时相机也很笨重，拍的时候速度很慢。整个相机的质量都是比较差，拍完之后的影像，颜色都比较差，但是不管怎么说，我在拍完几分钟之后传回了总社，这个也算是一个数码的胜利。我想荣总也有在伊朗使用数码相机的经历。

荣松：作为一个新闻记者，这东西应该是迫不得已，我使用数码相机那个时候因为在国外，1997年我在伊朗当首席记者，经常有总理级的人访问。出访的时候我们需要及时把照片传回来，我最早传数码照片也是这样。我记得唐家璇去伊朗访问的时候，拍完之后要传回来，印出来的照片还要扫描出来。在1998年回国探亲的时候，我说能不能改变一下方式，当时就说有一个新武器，所以那个时候我们就从国内带了一部，但是拍上照片之后非常慢，拍了一张之后要等一下。

主持人：其实您也算一个战地记者，如果速度这么慢的情况下，其实战地记者是不是要非常快？

刘卫兵：对，数码摄影在80年代就在国外先进的国家使用了。最早到了我们国家应该在90年代初，像我们这些专业的记者大部分都是在90年代末接触数码相机，我们正式换用数码相机大概是在2002年到2003年间。

荣松：数码摄影刚刚开始的时候有很多新闻不能接受，尤其是像素没有超过100万的时候，它的成像准确性非常低，很难表现层次感。

刘卫兵：我记得直到2003年前后，我们还有一个过去做照片的人。我也感觉他开始的时候不尽如人意。但是到了2004年我跟他说，过不了几年，我看数码时代就到了。现在已经很典型了。

主持人：所以不管是阿富汗也好，还是在伊朗也好，可能总是处在一个战争边缘，刚才为什么提刘老师的摄影呢，其实我前几年也曾跟新华社的朋友们问了问，学了一招叫盲拍，我把这招用在哪了呢？我在台湾拍了台湾大量的民生。所以我为什么说这个话题呢？我还是要引出刘老师的一本书，这个书我很震撼，网友们可以看看，随访连战的日子，我非常有幸得到了一本。我接触的是台湾的老百姓，您跟随的是连战，有很深的接触，您给我们讲讲吧。

刘卫兵：也没有很深的接触，我最早做中央新闻是在1993年，后来在香港住了两年回来，从2002年一直做中央新闻，中央新闻主要从事的是国事活动、国外活动，主要是拍领导人的照片，那么到了2005年就赶上了中国国民党主席连战先生访问大陆，这个任务就派到了我的头上。应该算是一个大事件，当时我心里也是咯噔了一下，因为毕竟我们平时是拍摄共产党的领导，突然让我拍国民党，你说小的时候咱们生在共和国，长在红旗下，咱们对国民党好像不是很了解。但是连战先生首访大陆前后是七天八夜，我是近距离的跟随。第一次是全程跟随连战，后来还有两次，前后有一个多月，跟他有一个近距离的接触。就像孟兄刚才说的，我们回头看这件事也算是一件大事。当时是轰动的事件，随着历史的推移，我们也会更加认识到连战首访大陆的价值。连战先生也非常喜欢摄影，而且连战先生曾写，他和他的妻子两个人也是游历世界各国。每走到一处都要拍很多照片。2006年，我跟他到了云南、广东、江苏，那一圈我们是跑了八个省市自治区，我就发现每走到一处风景秀丽的地方他都要拍照，拍完照以后还跟摄影师说弄好了。每一次回到台湾的时候，他都会过两天就催，照片弄得怎么样了？又过了两天照片怎么样了？连战先生不知道，我们为了他那个照片工作了几天几夜。实际上我们接触的很多领导人都是对摄影很感兴趣的。

主持人：作为一个网民来讲，爱好摄影，不光是拍摄风光，民生，老百姓生活状况，有一点感到比较神秘的就是中央新闻摄影。

刘卫兵：我讲回望20年，实际上我觉得我们不仅仅是记录20年，实际上我这本书里还讲了我对这20年的感悟。叙事是聚焦时代之变，实际上是我们通过新闻作品，给予读者和观众更多的启迪和启发。我们回望20年，我们需要展望20年。

主持人：所以回望20年其实跟互联网发展有很大很大的关系，基本上是并行的，所以刚才您说回望20年，我想了一个什么样的问题呢？自从数码相机进入了新闻行业，您属于主潮流这块领域，当然也有很多不入流的，比如数码相片有一种技术叫“PS”。很多摄影爱好者都知道，PS虽是为了美化，但是同时改变了相片要表述的东西。

荣松：所以这里出现了新的问题，就是新闻面临的问题：新闻造假问题。

刘卫兵：刚才孟兄讲的是新闻摄影人面临的普遍问题，应该说数码摄影给新闻摄影带来了革命性的变化，这种变化使新闻摄影变得越来越便利、快速、简单。现在数码相机，几乎是人人都能用。我有一次见到一个环卫工人扫雪，扫雪的时候突然从兜里掏出一个数码相机，不知道拍了一张什么。我当时太想给他拍一张了，一个环卫工人扫着扫着雪突然从兜里掏出相机拍照片，所以我觉得数码摄影使摄影越来越走向平民化，数码摄影使过去由专业摄影记者工作的舞台变成了所有的人记录社会的一个舞台。这个舞台越来越大，所有的人都可以参与到新闻摄影当中，所以说数码化给我们新闻记者也带来了太多的方便。

但是数码摄影也给新闻摄影带来一个问题，就是因为数码摄影太先进了，人们现在随手可以拍一张照片，拍下来之后觉得画面不太好看，就会修改，就PS一下。这种处理照片的情况，现在是非常普遍的。包括现在搞新闻摄影的专业摄影记者，有个别的他们已经形成了习惯，拍回来的照片偶尔要修一修。但是我认为，新闻摄影的基础就是真实，如果缺少了真实人物的活动，缺少真实事件的场面，那么新闻存在的基础就没有了。最近也是发现了多起用PS制作假照片的事件。大家都知道的“华南虎”事件，还有“藏羚羊”事件。除了中国记者制作了这些假照片，外国的记者，最早拍摄反应伊拉克战场的照片也有假的，美联社记者拍摄中国的洪水，他嫌洪水不够高，所以回去就PS了，这个照片就被发现了，后来被取消了。

现在这种假照片应该说是越来越多。其实我觉得这也给新闻摄影在进入数码时代敲了一个警钟，就是新闻摄影应该怎么走？应该说在摄影出现之后，一直是由图片组成的历史。我们现在看，比如一百年前的北京，一百年前的中国，很多都是由照片组成的。那个时候没有电视，文字看不到真实的场景。那么现在，实际上摄影记者手中的相机是记录历史的，我们给后人留下一个真实的历史还是虚假的历史，我跟很多朋友说这个基本的原则就是坚决反对新闻照片造假，因为这是我们的饭碗。

荣松：数码时代一方面给人们带来了便利，实际上就是让更多的人能够加入记录历史的行业里来，但同时也带来新的问题，就是给造假带来了方便，尤其现在数码时代，美感性越来越强。从美感的角度说他觉得照片这样看着不舒服，这一美化就带来了虚假的表现。所以说，数码时代一方面促进了社会的发展，另一方面也带来了负面的影响。最根本一点就是从我们专业者的角度来讲，我们需要坚持一点，也就是从新闻的角度来讲，就是事实的重要性，这是最核心的东西。无论科技怎么发展，从新闻的角度来讲，根基的东西不能改变，改变了就没有意义了。

主持人：通过我对二位的观察和了解，二位作为老牌的新闻人，新闻媒体人，“真实”二字在我心中就有一个印象，二位的人生是很真实的，对待人生的态度是很真实的，因为手中的相机记录的是真实的，所以这点会给我们的网友更深的启迪。中国的新闻摄影需要保持真实，需要保持一种纯洁。请二位老师给网友们谈谈在网络上，对摄影的未来发展有什么希望？

荣松：我是觉得摄影在互联网发展过程中，是伴随着互联网的发展而发展的，摄影是推动互联网的发展的，我们从文字传播的手段转为图片传播的手段，对互联网上而言，摄影照片很大程度地放大了互联网的功能。我相信摄影必将给人们将来的生活带来更丰富多彩的内涵。

刘卫兵：互联网是离不开摄影的，互联网音视频结合，是一个可以代替所有的图书馆，代替所有报纸的无限大的信息库，图片是肯定不可缺少的。图片本身是真实的记录社会，记录人的发展，真实是不可少的。第一我觉得应该大胆地拿起你们的相机，拿起你们的小型数码相机拍摄下你认为有价值有意思的画面，这些也许有一天就有大作用。我记得伦敦的爆炸案就是一个旅客拍的录像和照片，后来第二天西方的主流媒体基本上都是用的他的录像和照片来报道的，所以我现在一直传播这样的观念，所有的人一定要大胆地拿起手中的相机，把有价值有意义的东西拍出来。也许你拍的东西比我拍的还有价值；第二点就是现在的网络媒体，在过去是照片短缺的时代，现在是照片泛滥的时代。过去我们是一个信息贫乏的社会，现在我们进入信息过剩的时代。每天到处都充斥着各种各样的信息，各种各样的照片，看得你不想看了。所以网络也好，媒体也好，还是应该有一点节制，要体现出照片和信息的价值。

九、网络摄影的先锋镜头，第一代网络摄影大师王国梁、霄虹

互联网从文字时代发展到图文时代，又呈现出更加缤纷的色彩和丰富的内容，今天我们请了两位嘉宾，他们是中国互联网最早的一批玩儿摄影的专家，属于摄影界的大腕人物，而这个大腕人物恰恰是出自互联网。王国梁先生，网名叫“速度”，第一代版主；霄虹女士，网名“梦曦”。

王国梁

主持人：速度老师被网友私下称做“王爷”，名副其实的王爷，大旗一举，网友一呼百应。好多年轻一点的网友对中国网络摄影这块的发展过程不了解，您作为第一代的网民，尤其是摄影界这块，给大家讲讲当年是怎么开始玩儿摄影的。

王国梁：实际上互联网对摄影爱好者更能发挥长处，它受众面大，人人都能参与，因为纸媒毕竟局限性比较大，而网络是全民的，这样对大众摄影的热情提高很多。我当时是因为喜欢摄影时间不短了，但是进入网络摄影一开始是由于好奇，当时到中关村买了个笔记本，一开始也没上网，用这个从照片转成数字图，后来开始上网瞎逛。那时还是把照片拍出来，到外面冲洗。慢慢发展到现在，玩儿器材的和摄影的就分开了。就像金庸老先生写华山论剑似的，分成一个剑宗跟气宗，不同的乐趣。一派是专门玩儿摄影器材，一个是专门玩深邃的摄影影像这块。现在剑宗又组成了一个大的团队，叫色影无忌，关于摄影器材那里有一个

非常好的介绍。气宗也走了一个偏锋，主要是侧重于摄影的技巧，摄影的画面，思想这方面东西加深了，这样组成了中国摄影的板块。

霄虹

孟繁佳：霄虹老师是香港身份，去过很多国家，也见过我们很多“气宗”的摄影大家，您怎么看网络摄影这个发展过程？

霄虹：从新浪到江湖，我们现在是在江湖色吧，大家聚在一起学习也好，一起拍片也好，慢慢熟了都成了兄弟。在摄影的时候，我们也对器材进行学习了解，所以跟色影无忌这样其他的网络论坛也保持一个互联网上的交流。

其实这种东西我觉得是互通有无，可能最开始网民接触还是说想依靠摄影器材的优良，来达到自己的摄影效果，但是玩儿到一定程度的时候，可能就感觉到，还是如何把照片的内容，怎么样好好表达出意涵，慢慢又往气宗这边来转换。

王国梁：实际上是爱好不一样，有的人他就是喜欢器材，有时候听说喜欢到抱着相机睡觉，其实跟看片一样，有喜欢黑白的，有喜欢彩色的，有喜欢胶片的，也有喜欢数码的。

总之好的照片触发一个人的灵感。当时很多摄影家大腕在网络论坛里交流发片，我们看着不过瘾，就设想能不能做个影展。摄影界的包坤包老师，他从很早以前就关注江湖色这个网络摄影论坛，去年跟他一块商量，给江湖色办了个摄影展。我们是第一个会员制的网络俱乐部，注册要交照片申请来批准，所以相应来说，这里的摄影师有一定的水准。

霄虹：刚才速度说到包坤老师也是一直关注这个江湖色，一直在看片子，我们俱乐部的这些摄影师也是在推陈出新，包坤我们就切磋，怎么让网络摄影这个团队发扬光大，那么2009年就在798搞了一个影展，网上可以搜到，江湖色十人展。

主持人：这个摄影展当时的情况是怎么样？我听说还有研讨会？

王国梁：对，摄影展去了不少的专家，摄影家协会很多摄影家都去了，包括朱宪民老师。还有一些媒体，当时组织了研讨会以及观片会，包坤老师来主持，很多专家给我们提了建议。

主持人：就是说第一代摄影界的网民，从网上走到网下做了一个真正的摄影艺术展，这个摄影展基本上涵盖了哪些方面？

霄虹：基本上是考虑了十个人代表几个层面，并不是说这十个人就是江湖色摄影技术最好的，当然确实很好，只是代表各个层面组织这样一个活动，从某种意义上是凝聚江湖，代表所有摄友们的一个心愿吧。

主持人：您提到这个，我就想起我曾经参加的霄虹老师的个人影展，那是2007年在奥运会之前，后海一个咖啡馆里头。

霄虹：对，那是我去了西藏进行的一些拍摄，回来以后有一些前辈说他们去不了西藏了，很想看当地的一些风光或者人文的东西，我就有这个想法，弄个影展给大家一块看。正好那时候柏林社马总，他就来主持介绍这么一个影展，也是包坤老师做的策展，我记得包坤老师说他策展了这么多年，没有一次是像这次所有摄影家协会的领导，还有老师们都来了，当时有个领导说，咱们摄影家协会这次影展，好像个年会，基本上全来了。

主持人：我们从网络摄影到了现实当中，落地以后，有这么多摄影界的领导大腕来参与，这是对我们网络摄影的认可。

王国梁：是。其实认可不认可这些，我个人认为都是一个不太重要的事，重要的是摄影者能发挥他自己的想象和追求他自己的东西。

十、奥运书法大家，书法大使姚景林

国内的著名书法家姚景林老师，也是书法界唯一一个奥运火炬传递手。在第一视频的春网直播间里，他与网友们分享了他在书法方面的一些心得体会和对网友寄予的希望。忙碌的姚老师，随后飞往上海，卢森堡世博会展馆，那里还有书法作品等着他。

主持人：今年的上海世博会听说还有您的一个书法作品，这个大概是怎么一回事？您给我们网友介绍一下。

姚景林：起因是去年10月14日，我应卢森堡文化部和外交部邀请到

卢森堡搞了一个个人书法展，起初我有个想法，因为中西方文化有差异，对艺术当然也有偏差，我原来想像欧洲是中国文化的沙漠，但是通过此次展览给我一个新的教育，那就是：西方对东方的艺术格外的青睐。第一从我的展览当中看到，欧洲人是痴迷于东方艺术的。第二我现在又搞了一堂讲座，就是中国的书法艺术与我们中国的哲学，当然听课的人也是非常多，并且从头到尾没有一个人离席，展览也是受到了各界朋友的欢迎，销售也很好。这就证明我们东方艺术在世界范围内，特别是西方还是有市场的，有土壤的，对我也是一个新的触动。所以我个人观点未来的艺术是我们东方艺术，也就是我们中国的艺术，作为一个书法家我们也很光荣很自豪，它不仅仅代表了我们个人，代表我们中华民族，代表我们中国。

主持人：从奥运又到世博会，您可以说是驾驭东方与西方文化桥梁的使者。我们也很希望在未来国内能欣赏您新的作品。很多年轻人心里也喜欢书法、绘画这些中国传统文化，但是可能苦于拜师无门，求师无道。在这些方面还是有一定的困惑，而且现在的市场上充斥的一些图书介绍，也不是很完整，甚至比较杂乱。您对这个问题怎么看？

姚景林：随着时代的发展，现在叫光与电的社会，继续这样下去，不重视我们的传统文化，用不了多长时间可能很多人连汉字都不会写了，这是一个趋向，但是也有一个希望，前三年我看见《人民日报》有一条消息，就是广东省率先恢复了中小学书法课，这是一个好的兆头，我觉得作为我们中华民族最伟大的一点，不仅仅是它的思想，它的灵魂，最重要的是我们的文化，我们的方块字不仅仅是阴阳八卦，而且有哲学的理念，中国文字非常深奥。

书法爱好者怎么去领会它？学习它？我想无非要从以下几点着手。一要坚持，把个人的兴趣和爱好充分挖掘出来，然后去从事这项事业，但是首先要选择你的字体。比如说绘画，你究竟是画国画还是油画、还是水粉、还是素描？包括我们的书法，你选哪个帖？尽量还是要一些老帖为好，这样比较标准。倒不是说把新的字帖给否认了，但老帖必定它的传统意义、艺术和技法体现得很完美。把帖练熟了，这个时候需要一些老师给指点一下，变成自我的东西。

主持人：我听网友说，现在工作很劳累，他们也希望通过一种方式修身养性，有的去运动，有的去郊游，也有的希望在家里静静地写写书法。但是很多网友觉得，现在一笔一画好像非常困难，有的写着写着就开始龙飞凤舞了，觉得行书好写，上来就可以龙飞凤舞地写，您觉得真正开始练书法的话，是先从行书这样练呢？自己自娱自乐，还是自己以正楷的方式一笔一画的合适？

姚景林：简单一句话：艺术没有捷径，台上十分钟，台下十年功，绝对不能走捷径。因为我刚才讲了，要根据你自己的爱好去选择你的字帖，这个过程是很乏味，很枯燥的，但必须得坚持，爱好和追求你必须结合起来，光爱好你不去追求，那这种爱好没有结果，所以说艺术也来不得半点虚伪和骄傲。一定要下笨功夫，三天不写手生，三天不读口生，在艺术的从事道路上也是一样的，一定是在聆听的过程中去揣摩它的下笔和收笔，一个是等甩了帖以后，我们自己搞创作的时候去琢磨我们的章法，创作才是艺术的生命力，永远照搬照抄，你只能是一个字匠，不是一个艺术家。所以说无论爱好者还是想在书法界从事艺术想要成名成家的这些学生也好，要下真工夫，这是很重要的。

但是你刚才讲，从一笔一画起步，到我们最后能够成熟，是不是不用从一做起我就能达到十？从我个人艺术成长史上看，这个过程是达不到的，你必须得有这么一个过程。我原来也是业余爱好者，但是多少年来没有放弃它，我马上要六十岁了，我在读大学的过程当中，那时候没有人在写毛笔字，但是无论是我的思想汇报，申请入党，还是我们的各种化学报告，什么物理实验，只要有时间我通通有水笔写，学校里给我起了一个名字叫：复古派。

主持人：书法家都是有气力才能写书法，因为写了书法以后慢慢调节身心变得有气力，书法和强身健体还是有一定关系的吗？

姚景林：书法家本身在创作的过程当中，无论是写字画画平心静气都运用在你的笔端上，很多陪着我们搞笔会的人，我们可以在那里坐一天站半天，陪同的人恰恰不行。为什么？因为这个精力，你全身精神头都在你的笔端上。这个劳动过程就是你运用整个脉络和精气的过程，这样你就不觉得累。可是陪同的人就觉得很乏味，因为你的气力是分散的，你不够了。当然你刚才提到有关体育的东西，因为奥林匹克核心思想是和平、友谊、进步，作为人类要追求和平，追求友谊、追求进步，最核心的是文化。文化代表着什么，代表着我们整个民族和人类向前发展的一种精神，要传承这种奥林匹克精神，我想利用书法艺术去展现、去传承是最完美不过的。所以这次29届北京奥运会我作为一个书法界的代表，能够传承火炬，并且以中国书法再现了奥林匹克宪章七万多字，在奥运村展出，204个国家体育代表团都参观了，而且很多体育明星都留影签字。以我们东方书画艺术融入了奥林匹克殿堂，把奥林匹克的宪法展现出来，这是一个把东方艺术推向世界的机会，这个荣誉不是我个人的，是我们整个民族的，也是我们整个中国书法界。

所以书法艺术传承体育精神，是一个新的载体，也是一个新的认识。为什么有人说，这个字一看就给人一种振奋，它有气力、有精神。体现完美的艺术就是要把精气神运用进去，给读书和观者一种震撼和启迪。

十一、腊月二十三的民俗大家谈，赵书、高巍、常人春

常人春先生，今年78岁，从小就跟祖父、父亲参加一些年节、喜庆、婚丧这类的活动。由此产生了对传统文化的浓厚兴趣。改革开放以后，随着对传统文化的重视，常先生把他多年的所见所闻，包括他看书采访来的资料，进行了系统的整理。近些年出版了关于老北京风俗、红白喜事等内容的书、还有和高老师一起合作的《北京民俗史话》、《老北京的年节》等。一共12本专著。可以说这12本专著的出版，为系统地介绍北京民俗，起到了一个非常重要的奠基作用。常先生被民俗界尊称为泰斗。

常人春：今天我给各位朋友们介绍一下过去的老北京人是如何过大年的。腊月二十三，为什么说是过小年呢？因为腊月二十三本身是糖锅儿祭灶。这个祭灶在北京人来说是非常重视的。因为这个灶王爷在过去一般的民俗来讲，管他叫做一家之主。他监督一家人在这一年里的行为。你做了一件好事，我给你搁在善罐子里头。你做了一件坏事，我给搁到恶罐里头。要不过去总说怕恶贯满盈呢，这个典故就在这儿。所以过去一家一年的种种行为，都是由这个灶王爷给你记账。到腊月二十三这天，要上天去汇报。那时候叫奏本，就是像这个玉皇大帝来说这家子的表现怎么样。所以每家每户，都特别重视这天，就是要祭灶。本身来说好话多说，赖话少言，那怎么办呢？民间有个俗信，买点糖锅儿给他上供。因为糖锅儿本身是小糖子做的，它是黏的，把他的嘴给粘上。这样，它粘满口就不能多言了。再一方面呢，因为糖是甜的，所以他说话要甜言蜜语，说话都说好话，不能说坏话。所以这样两边占。

这地方我要插一句，各地的风俗不一样，你看南方它是二十四，而北京人是腊月二十三。这个二十三的晚上，上灯以后把炉火都填满，让它着得旺旺的，然后就开始摆供。就是把这个请来的灶王码，什么叫灶王码呢？就是那个神像，纸像，木刻版，你要到像喇铺一说，我请什么什么码，人家就知道这是什么什么像。你比如说娘娘码，那就是娘娘像，土地码就是土地像，灶王码那就是灶王像。这个灶王爷的这个码叫做司命之神的码。夹在木头的一个神指夹子上，摆在正堂桌子的正中间儿，摆上三碗糖锅儿，还得摆上什么呢？加上一节草料，一碗凉水，这是什么意思呢？就是给灶王爷上天骑的那个马准备的饲料，这是非常重要的。所以你看北京市所有的草料铺，就是卖饲料的门口都搁一个大的笸箩，里边装着草药。这是干吗呢？这是进行施舍，认为这是一种功德。用现在的话来说，这就是一种捐献，各家各户都可以随便到这儿来抓，晚上拿这个来祭灶。那一碗凉水实际也是给马的，不是给老灶王爷喝的。老灶王爷单给他沏一杯茶，就是说，三碗糖锅儿，头里是草料，茶水跟凉水，这就是简单的供品。当然还有富户搞一些其他的供品。无非就是什么糖饼，糖包儿或者其他的一些点心，不过这种情况比较少。

祭灶也分穷祭灶跟富祭灶。对穷人来说灶王爷本姓张，一碗凉水三炷香，这就算祭灶了。就供一碗凉水，烧三炷香就完了，这个简单。为什么说灶王爷本姓张呢？因为他的名字叫张自国，过去北京也有一本灶王经，就写灶王留下一卷经，念与善男信女听。我神姓张名自国，玉皇封我掌厨中。来到人间查善恶，为从做事我先清（节选其中的一段……下面就是说大家应当做哪些好事，不应该做哪些坏事。这就是灶王经。所以这个北京的老百姓，都说灶王爷姓张，就根据灶王经来的。当然了，道教里讲的灶王经就跟这个经完全不是一码事。道教也有灶王经，那个灶王经比这个写得深，是带有一种哲理性的。

咱们还说民间的祭灶，男家当首先点上蜡烛，燃烛，然后上香。上香可不是三炷，是一股。把香点着之后，在底下把它捻几次。为什么呢？让它着旺了，然后高高地一举，就插在香炉上，跪地三叩首，就磕三头。接下来他的家庭成员，男成员都按照尊卑长幼的顺序，进行三叩首，这就是祭灶的全部。香炉全着完了，请香根了，就把压在蜡扦底下的黄钱，千张，元宝，这个名字叫敬神钱粮。就是给老灶王爷的一份银子。千张代表天梯，黄钱代表零钱，元宝代表整银子，就是把它搁在院子的钱粮盆里头。钱粮盆是生铁铸的一个大盆，上面架上松树枝，芝麻秸，一把火，就是用刚才没着完的那个香头，把火点着了之后，瞧的是这个旺劲儿，就烧一把旺火。因为松树枝，芝麻秸本身来说是带声响的，啪啪小声的。但是后面还得放一个大声的，就是鞭炮，放一挂铁鞭或者放一挂小机器鞭，加上二踢脚，啪啪啪啪。这个祭灶礼成，然后把所有的糖锅儿撤下来，拿到厨房把它剁成小块，分给全家来吃。而且在这个分之前，有的时候，家庭妇女把它拿出一小块来扔火里头，粘粘老灶王爷的嘴，你好话多说，赖话少言，这也是祭灶的一种形式。

主持人：您跟我们讲讲除夕，大年三十晚上怎么过年？

常人春：老北京人非常重视每年的除夕，所有的庆典活动都集中在除夕举行。今天重点地跟大家介绍一下过去人怎样过除夕。

咱们先说说贴春联大体上的规矩。一般从颜色来讲都是红的，只有守制的人，什么叫守制的人呢？就是穿孝的人，爹妈去世不够一百天，那这个不能贴红的，要贴蓝的，这个叫守制。它的词语当然也不一样，红的不用介绍了，大家都知道。那个蓝的呢，在词语方面单有特殊的词句。庙有贴黄的，也不能贴红的，所以大体上来说分三个颜色。年画一般都是贴在屋里头，没有贴在院里头的，也没有贴在街门上的。街门上贴什么呢？贴门神。门神也是一种年画性质。过去的时候，有屋门的门神，街门有街门的门神。屋里就要贴一般的年画，当然都是带有吉祥意义的一些画。过去最多的就是贴杨柳青的。咱们北京打磨厂，也卖自个儿本身产生的一种年画。它都是非常原始化的，就是木刻版上的水彩，所以现在这种年画不多见。有的卖这种年画，认为好像是个文物。尤其是小孩妇女，这天都要盛装打扮。梳头洗脸穿上新衣服新鞋新袜子，都要一身见新，讲究戴上帽子。乾清宫的时候，讲究戴上官帽。官帽上有品级的话，上面还有点绫子。民国以后戴上瓜皮小帽，六块瓦的，缎子的，忌讳青布的，必须得青缎子的。鞋也是，必须得青缎子鞋，穿一双青布鞋不行。满人认为穿上青布鞋是穿孝，汉人穿上白鞋是穿孝。首先在正堂上，就是在你北房正中间那间我们叫正房，这要摆上天地盅。什么叫天地盅？就是供上天地神像的那个盅。这个天地神像一般来说，在北京，我所知道的就是供一份天地三界十八佛诸神，是一整张彩印的。上边是这个释迦牟尼，这边是太祖，这边是米罗，那边是文书，这边是普贤，上边完全都是佛教的东西，下边全是道教的。正中间是玉皇大帝二十四诸天，底下就是诸神的像，就是增福财神，文昌帝君就这个，像喇铺所卖的神码。只有这一张叫混合使用的。剩余的不管什么神码都是道教的。你说我请一个全神码，这个就给你拿出来。天地三界十八佛诸神，十八佛是十八罗汉，就是咱们现在在佛教寺院里边所看到的，正大雄宝殿里所供的那些个人。那些佛像还有的就是供一个诸神的相册子。这个没有佛教的，大概都是道教的。第一章就是玉皇大帝，底下就是玉皇大帝，所统辖的下边的诸神。它是整个这么一本装在一个红纸口袋里头，但是在供奉的时候并不把它打开，就是一整沓子插在那个木质的神仙夹子里头，我们管它叫薄份，写出来是百份，就是一百份，表示多，不见得是一百张，也可能当年是有这个说法，一百张，但是后来本身来说就几张也叫薄份。你看结婚的时候那个拜天地就拜的是这个薄份。供品来说，一般就是供一堂蜜供。那蜜供本身来说呢，都是抹成像小塔似的，也像一个中稻子似的。但是它没有大中稻子那么大，也就有一尺来高或者还不到一尺，五碗是算一堂。除了蜜供还有套饼，什么叫套饼呢？就是咱们那个八月十五供的，那个滋了红。滋了红是红月饼，滋了白是白月饼，这是红月饼。红月饼把它抹起来抹五个算一摞，底下那个最大，上边一个比一个小，一个比一个小，到上边最小，再摆上一个莲花托。莲花托上摆上一个面桃，再前面呢，供三碗面心。这是什么呢？什么叫面心呢？拿面做的五种水果型的点心。好比说一碗佛手、一碗苹果、一碗橘子。

主持人：一家人在一起坐着吃年夜饭是从什么时候开始呢？

常人春：这种团圆饭一般来说，都得是在上灯以后。因为冬天时间也短，也紧，到五点钟就黑了，所以那时候就可以开始吃这顿饭了，得吃到十二点。在十二点开始放炮，这个吃完饭以后，大家坐在一块来进行娱乐，这可不能睡觉啊，睡觉可不行。

还要补充一点，各行各业的人，有各行各业的守岁的习惯。比如说他是做买卖的，这个掌柜的本身他不琢磨别的，他琢磨我这一年本身是赔了？是赚了？拿算盘噼里啪啦来回打，计划来年怎么干。如果说真是赚了，这一年把这个账本，算盘都摆在正桌上，点上香给供着，跪在那磕头，谢这个财神，叩谢这个增福财神。如果说他是文人的话，他因为考试得中了，因为民国以后他晋级了，前清以后他升官，他晋了品级了，得了什么爵位了，这时候他就一定要把那时候当时他使的笔、墨、纸、砚摆在桌上点上香，供这个。那唱戏的哪出戏唱红了，他把那行头跟那个道具也摆在那桌上，给这个道具跟那个行头烧香，守岁有一种意义。年轻的是为自己健康成长，为我的父母祖父祖母增福延寿。那老年人这个守岁是为了自己长寿，各有各的意义，所以不能随便就睡觉了。到了十二点以后接神，接神怎么接？摆五碟素饺子，就是刚才我说的在设供的天地桌上，摆上天地三界十八佛的那个，或者是薄份的那个桌上摆上三碟饺子，也是由男家长上香，然后所有的家庭成员按照尊卑长幼的顺序三叩首，这个就叫接神。接完神了祭祖，祭完祖了团拜，就是自个家庭拜年。家庭拜年第一个先有祖父祖母的，让他在这个正堂的佛桌两旁坐在太师椅上，前面摆上红垫，让他的儿子儿媳妇儿，孙子孙子媳妇儿，孙子，孙女儿底下这一辈一辈那么排，给他各堪三叩首。但是磕完了头不能白磕，得给他一个红包。这红包我们管叫压岁钱。这个钱数不拘多少，只是象征性的。

主持人：一般来说，这个钱能花不能花？

常人春：小孩不愿意把钱出手，是当做纪念品的。在我们小时候，一人准备一个匣子，不管是谁给的钱，都搁在那匣子里头，看着有多少，等着过了正月十五再说。拜完年了就早上了，就该出门了。出门拜年去了啊，就到了大年初一了。这个大年三十熬一宿一直到天亮，干等天亮，大家冲着喜神的方位，磕三个头。或者是不磕头，作个揖或者什么都可以。大家分别到外面去拜年，这就等于三十这一天彻底地过完了，把年过完了。

高巍，北京民俗协会秘书长，在腊月二十三小年这一天做客第一视频，在春网开元首届首场网络大拜年的直播间里，向网友们讲述了咱们老北京过年的这些民俗历史。

主持人：经常在电视上看见您讲民俗，今天也请您给网友们讲一讲，咱们老北京腊月二十三这天都有什么讲究？

高巍：腊月二十三呢，咱老北京管它叫过小年了，也就是说，过去过年虽然是正月初一算正日子，但实际上它有一个序幕、高潮、结尾。中间它有一个过程，这就体现出这个年跟其他节日相比持续的时间长、内容丰富，所以成为咱们传统节日当中最大的一个节日。而且这个最大一个节日，跟咱们过去农业社会长期农耕，春天下种、夏天耕耘、秋天收获、冬天收藏，这么一个轮回是结合在一起的。所以这个年甲骨文上它是一个手捧了一个禾苗。你也可以说对这个农业生产的重视；也可以作为一个四季轮回结束，另一个四季轮回开始，这个时候的一种期盼、一种庆祝、有点祭祀的感觉。

主持人：您说的这个祭祀实际上在过小年的预演当中表现得最典型的，就是所谓的送灶王。因为传说灶王是腊月二十四升天，所以咱们北方是腊月二十三晚上祭灶。

高巍：除了咱们说有送灶王这么一个仪式以外，另外还有一些比如说晚上要放炮，吃所谓的贡品就是那个糖锅儿，关东糖。老舍先生就曾经在他那篇散文当中提到，他说腊月二十三灶王爷上了天，我落了生。因为老舍先生正好是腊月二十三出生的，所以他说那天晚上全北京城到处鞭炮齐鸣。皇家包括王府在祭灶方面都有很多仪式，曾经我就看咱们有一位前辈王左贤先生他们家晚上送灶，因为他们家比较隆重，还有什么奏乐的，还有太监传贡，还有非常烦琐的礼节仪式，当然也包括吃糖锅儿，还有关东糖，包括给牲口准备草料豆这些东西……反正比老百姓规模大一点，内容多一点，但这种祭祀的主题呢，应该说民间和朝廷都是差不多的。

我去查考了一些资料，在腊月二十三这天在皇家叫黄羊祭灶，皇上家在木兰围场，自己家这个打猎猎场，皇上带着阿哥们就开始打黄羊祭灶，这段历史在书上也有记载，而且这是皇家的一个典志，而且这个黄羊它一定是要在木兰围场，或者是皇家狩猎的这个地方，专门打来用于祭祀的，后来到了民间发展，一个是找不着那么多黄羊，另外也舍不得拿那么贵重的东西，所以最后就是简化成草料豆、关东糖了。

另外就是灶王爷在民间还有一点谐趣的一些异事，比如说他作为一家之主，这一家是否和睦，那么做好事往左边的罐里扔一签，做坏事了往右边罐里扔一签，到时候二十四上天时候向玉皇来汇报，这个实际上它是一个精神上的约束作用。

主持人：历史上咱们有本书，比如说像《搜神记》里头，尤其演义小说里，好像诸神啊都有他本来的名字，有他的来历，灶王爷大概是什么样的一个人物？

高巍：2009年的时候咱们北京市公布了第二批的非物质文化遗产名

单，其中就有一个灶王爷的传说。这个传说是由顺义区的张镇申报的，因为在历史上传说呢，灶王爷本姓张，家住河北张家庄，因为1958年以前顺义还都属于河北呢，所以据考证张镇算是灶王爷的一个家乡。但实际上在历史上灶王爷他不光是姓张，也有其他姓的，也有其他地方作为他家乡的争议，但是至少在北京关于灶王的传说已经有五六百年的历史了。另外实际上反映出一个什么问题呢？就是每到年节这种关键时刻，咱们中国人都有一种强烈的感恩的这种情怀，对给予过咱们帮助的不仅是大自然的神灵、家里的祖先、包括井、床、灶都要祭祀一遍，表示一下谢意。你想灶王爷他是管吃饭的，民以食为天，所以对他的祭祀显得比其他神隆重一些。包括还有厕神、初五初六还要祭厕神。

主持人：中国以前的社会也是个多神话的社会，有很多的神灵神旨，但现在好像在北京城里头，像祭灶的活动很少了。

高巍：对。主要是因为北京人的人口结构在发生变化，就是那种纯粹老派的北京人已经越来越少了，另外一个就是这些老派的北京人里面也是青年人占主流了，真正纯粹的那种老北京占的比例不是太多。但实际上即使祭灶的仪式不是在很多人家举行，但是吃关东糖、买糖锅儿这还是咱们在腊月二十三都会考虑的。另外政府也规定放跑也是从腊月二十三有些地方就可以放了，我觉得这也是考虑到民间过小年的这个习俗。

主持人：以前咱们肯定都是从古籍书了解这些历史典故，现在年轻人都上网去了解，像第一视频本身就有视频直播，想了解的话我直接听高老师在网上讲，您觉得网上的很多老北京民俗，像咱们过年习俗全不全，或者说记录得准确不准确啊？

高巍：网络实际上作为一个传播平台，也是多元的，这个传播的过程当中，我可能对亲眼见过的叙述得比较清楚，那您可能善于读古书，古书上记载的可能介绍的就比较多一些，可能有的人善于去理解，善于去发挥，那可能就有点水分，就是按照现代人理解方式去理解这些事。另外这个民俗真的就是一个见仁见智的东西，有人喜欢它、肯定它，有人可能就有一些反面的印象，所以当这些方方面面的意见，都汇到网上的时候，那实际上对这个东西的看法就是见仁见智了。但是有一点我想跟大伙推荐现在首都博物馆五层有一个民俗厅，民俗厅专门一个视频滚动的内容是我和一个民俗前辈一起来设计的。他真的是在20年代、30年代就在家里头老派的那个王府里面，祭典的仪式他见过，然后根据他的印象，做了一些局部的复原，那个应该说把握性更靠谱一些。

主持人：那您说我们现在年轻人在现今的这个社会，如果说在家里腊月二十三这天，还想进行一些民俗的活动，它的意义是什么？

高巍：现在我倒是觉得随着人们对传统文化的认识的回归，对那些传统的东西咱不说是多么重视，但起码是关注度越来越高了，我觉得先产生兴趣这个特别重要，因为咱们说祭灶王爷也好，过小年也好，它之所以能够延长那么长的时间，除了客观环境以外，它真的有很多适合于咱们的那种情感诉求，实际上通过一个非常生动的一种祭灶仪式，来强化你内在的自我约束。当年皇上他为什么把这个阿哥们都哄到自己家的围场去打猎呢，他可能还有一个含义，就是以前咱们古代有个叫因祭而狩，因为祭祀我去打猎去；因狩促健，因为我狩猎我促进健康；以健兴邦，你身体健强了就可以保家卫国。所以咱们以古意建今，就是我们现在网民很多都是趴网上天天看电脑，这样可能对身体影响太大，活动得不够，所以今天提倡网友们，就是多起来运动，多了解文化，多接触外界，对我们都是有益的。

赵书，北京文史馆馆员，民俗专家。和一直在宣武区做文化宣传工作的白老师一起，在腊月二十三这天春网开元上午的直播节目中与网友一起聊民俗，小年由何而来？腊月二十三玩儿什么？宣武区的牛街有什么特别风俗？庙会哪儿好玩？他们给网友们上了一堂生动的小年民俗课。

主持人：赵老师您给网友们先介绍一下，腊月二十三怎么来的？年轻的朋友可能对二十三民俗这块还是了解很少。

赵书：二十三是我们农历二十三，俗称叫小年，为什么叫小年呢？因为在远古时期，春种、夏管、秋收、冬藏，到了腊月就是冬藏季节，就需要总结一年的农业收成，所以叫腊季。什么叫民俗呢？第一就是远古人类，活态文化的遗存，那么腊八节就是最典型的古代遗留下来的。因为远古时期要祭八个神仙。这样由腊八一直到二十三，为什么叫小年呢？小孩小孩你别馋，过了腊八就是年，腊八粥喝几天，哩哩啦啦二十三，因为小年以后是我们要正式进入年禧期了。要求小年做三件事，第一债务要清，你别把还债拖到过年。所以腊八的时候人家要钱的人给人送蒜，希望算账。实际北京比较含蓄，送您蒜就是说咱俩该算账了。意思说二十三之前算总账，你到底是赔了还是赚了。因为我们所谓的年味，过年就是要有声有色，声就是炮仗，色就是大红灯笼，关键是味儿，味儿是人情味，你要心里有准。这也是很有讲究的。

主持人：过年当中在腊月二十三这天把要过年的东西都准备齐全了，白老师从您研究这块，宣武区作为老北京的历史名区，也是老北京的发祥地，这块有很多的场点，牛街等，这些地方老百姓一般到了腊月二十三这天都有哪些讲究？

白老师：宣武区是北京的发祥地，因为在清代这里成为北京文化的聚集地，在这里老百姓的生活在年节期间，比如说我们厂甸庙会，到腊月二十三就开始准备了，我们牛街主要还过开斋节，但是大量的回族群众和汉族同志一起在欢庆春节。我今天给大家带了一个小物件是空竹，大家都知道宣武医院，宣武医院历史上是一个土地庙，北京有大大小小很多土地庙，只有这个很重要，因为这个土地庙有一个特别著名的集市，就是它卖南方来的竹木制品，所以这个庙会非常有名。每年的腊月二十三是全年的最后一次庙会，这次来的南方所有的产品都要在这次庙会上卖，这个空竹是北京的民俗玩物，所以现在大家过年的时候买空竹送空竹也是一个民俗，现在当地老百姓还有过年抖空竹的习俗。

赵书

主持人：抖空竹有没有什么寓意？

白老师：空竹有各种形状，北京人以玩双轮空竹为主，空竹的两边是圆形，双轮相照，吉祥、团圆、圆满的意思。而空竹的鸣响声是一种吉祥的象征。所以这个声音一旦鸣响代表一种节庆的气氛就要来了。大家通过这种声音来传递一种幸福。

赵书：二十三是土地庙，二十四叫花市，所以老北京有一个歇后语，土地庙赶花市，一天一个集，但是二十四花市叫连庙，一直过到正月初三。真正年的庙会是在花市。二十三糖锅粘，它粘谁呢？是给灶王爷嘴上要抹蜜。我现在跟大家说，封建迷信是政治词汇，那是政治，我们现在讲的是民俗，民俗是文化事项，它是人民的创造，是远古文化的遗存。灶王爷在我们北京，北京顺义张镇是灶王爷所在地，我是收集民间故事从事民俗研究，我现在手底下有三个张镇灶王爷的传说。姓张名丹，爱人叫郭丁香，第一个是顺义过去有一座山，山里面是神仙在那放着一把火，火把山给烧了。烧死了很多动物，很多人到那去吃，结果张丹冒着风险把火种保留下来，所以我们以后才有了熟肉可吃，为了纪念他，所以认为他是北京的火神。第二个是张丹跟他妻子逃难，外面下大雪，别两人一块冻死，让他爱人出去要饭，他爱人走着走着走不动了，被人救起来了，给吃给喝，养起来了，就嫁给这个男的了，没想到张丹晕过去了，不知道多长时间，一个雷惊醒了，他也要饭，一敲门，郭丁香一看自己丈夫就给他吃京东肉饼，结果给撑死了。第二天丈夫回来了，她想张丹每天吃饭之前在锅台上放一碗面。二任丈夫非常大度，把他画像贴在灶台上，每天有饭吃。第三个新中国成立以后听到的，张丹是一个赃官，在老百姓里抢吃抢喝。结果让人劳动人民大手一巴掌打墙上去了。玉皇大帝封他为灶王，不管怎么说这三个版本都代表了一个老百姓的愿望。感谢当时为人类能够拿来火种的人。

主持人：咱们看到上海的庙会，我感觉跟咱们也是大同小异，说明咱们中华民族的传统文化是不分南北的。

赵书：庙会是专用词是为看花会而逛庙，其他的叫庙市，我们现在北京的庙会在春节期间在公共活动场所，有内容、包括商贸、娱乐、体育和宣传的群众游园活动，所以我们新时代的庙会不是在庙里举行，是在公园里举行。宣武两个庙会一个是厂甸一个是红楼，两个都不是庙，厂甸是一个街道。

白老师：宣武研习了它的传统，就是我们的大观园红楼庙会。现在目前它也是著名的北京旅游胜地。利用大观园的园内设施开展活动，这些年我们还把一些公众参与进来。厂甸庙会因为厂甸是第一批的非物质文化遗产，这是历史上非常有传统的庙会，这些年宣武也一直在坚持在这个地方办庙会，而且每年都是人最多的庙会，这个也给当地的治安和交通带来了压力，所以今年考虑和陶然亭的合作，所以现在区政府正在和陶然亭公园举办一些庙会的活动。当然在厂甸还有一个传统的仪式。

主持人：咱们很多年轻的网友，对过年的气氛感觉很淡，您觉得我们现代中国人过年的年味儿在哪儿？

赵书：我们物质生活很丰富了，过节跟不过节没什么区别，但是精神追求还没有满足。年味是人情味，正因为我们现在物质丰富了，所以过节怎么过，人情味很重要。四亿多人要回家，这就是年味。年就是调节人们生活的。所以你到图书馆去充实自己，放松一下玩一玩也是对的。北京有一个习俗跟外地不一样，昨天有一个专家说，还有这个礼节呢？就是北京大年初一辰时起床，四时拜年，不用带礼品。我们过节的时候，春节有四大情感支撑，第一叫做伦理教育，春节要体现孝顺，年轻人要尽到孝。第二生命教育，热爱自己的生命，知道我的祖先是谁？我继承什么？第三审美教育，为什么要挂红灯啊？为什么要贴对联啊？各种剪纸什么用意？第四道德约束，利用春节调整我们的心态我们的思想，用很好的精神面貌进入新的一年，这是四大基石。通过节日凝聚我们的人心，所以要记住这点，同时春节也是祖先留给我们的文化财产，要我们享受四大文化：第一历史是我们的根，你到哪去？地坛怎么来的？第二哲学是我们的魂，春节是要求我们既要欢乐，又要想着我们的祖先，文化艺术是我们的脸面。刚刚改革开放的时候，大陆、台湾、香港、澳门大家中国人都是聚在一起，大家联欢，唱这首歌，跑马溜溜山上，那代人都会唱这首歌，有一个共同的文化素质。

十二、漫谈80后的网络文化与生活，跨界才女田原、短片导演李小名

互联网给我们带来很多方便之处，近年互联网有两个东西特别火，一个是博客另外一个就是视频。而这两位80后嘉宾，就是这两种新兴

网络文化的代表。田原，被称为跨界才女，身兼作家、音乐人、演员多重身份的她，在网络上的博客人气十分火暴。李小名，网络知名短片导演，他拍的视频短片贴近年轻人生活，同时带有社会思考，经常占据各大视频网站首页。这对帅哥美女的组合在春网开元直播间里和网友们交流了关于年轻人的网络生活和成长故事。

主持人：两位都是85后，非常年轻，我们今天 跟大家聊的话题就是年轻人很感兴趣的。田原来之前我们就看到很多人在网上留言，田原会来吗？人气真的很高。我特别好奇，你本科学什么的？

田原：我本科是学英语的，但是我干的很多事情跟英语关联不是很大。

主持人：那你怎么有机会从事这么多种不同的行业？

田原：我觉得我是幸运的人，我在上大学之前就已经出了第一本小说和唱片。其实也是一个偶然的机会，从初中考高中的时候，我妈妈答应我如果考得好就给我买一把吉他。当时考得不错，她就给我买了一把吉他，当时教我吉他的老师有一个乐队，这样就认识了。结果两年之后突然给我打电话要我去当主唱，没想到大家觉得不错，这样就出了唱片。其实我一直都喜欢写东西，那时候我写了一部小说，发给了同事看，就是觉得好玩，没想到就拿到出版社出了。

主持人：今天我做了很多节目，觉得每个人都很传奇，为什么这个传奇就不会落到我身上呢？随便发一下就可以出本书。

田原：我身边还有很多朋友比我更神奇。我觉得还是你有一些准备，不管是天分还是从爱好出发，虽然讲起来轻描淡写，但其实我从小都有一些准备。

主持人：那后来怎么又接触到拍电影？

田原：也是偶然的机会，有一个导演喜欢我的音乐，他从香港找到我，希望我出演那部电影，我想我什么也不会，也没有上过表演类的学校，只不过我喜欢看电影，我从10岁就开始看电影，当然我也没想到有一天我会去演。第一次拍戏我觉得导演有很大的作用，其实我当时好多东西都不懂，甚至不知道机位在哪。

主持人：第一次触电演一个什么样的角色？电影的反响怎么样？

田原：简单地说，是一个女孩从外地到香港，寻找自己和自我的故事。也不是纯商业片，有一些文艺的气息，导演会给演员一些空间。当时那部电影有三四个提名，最后得了香港金像奖的最佳新演员。

主持人：我也看了你的书，很文艺，很小资的那种感觉。

田原：这本书从13岁写到19岁，其实它讲的是少女成长的经历，就是我们在成长的过程中经常会遇到一些问题，也不知道怎么去解决，可能每一岁都会有一个钻心的问题，13岁写到的是自闭，14岁写的是校园暴力，15岁写的是偏执……一岁一个故事，用这种叙事的形式写成完整的豆蔻年华。我一直觉得文学作品在中国来说有一类非常现实。所以今年我也会跟出版社有一个合作，明年我们会做一些带有幻想色彩的文章。我希望把很多东西融合到一起，可能很多人了解田原是从不同的方面了解到，当最后发现田原是一个综合的东西。就是通过不同的方式把自己的想法和观点传递给大家，我们要做的就是在大的环境下，把自己的内心世界展开传达给大家，其实方式和方法不是完全界定的。

主持人：有没有人说你以后会成为第二个徐静蕾？

田原：会有人这么说，但是我觉得人和人是没法去比较的。就是大家在的社会环境是不同的。

主持人：你以前就会特别喜欢写东西？

田原：我从小就喜欢写东西，就算我不是一个作者，那我也会不断地写东西，我每天都会写日记。我觉得这对我来说是一件很享受的事情。

主持人：那我们今天就是演员和导演的结合了，李小名本科是学什么的？

李小名：我本科是学机械自动化的。上学的时候有个偶然的机会，学校有个话剧社招演员，我认识的一个学长说，你帮我救一下场，没想到接触之后特别感兴趣，后来就对这个行业一发不可收拾。

主持人：你以前没有什么兴趣吗？一般的短片导演会说，我从小就有电影梦想，很小就看很多的电影。

李小名：我对很多事情都很有兴趣，很有热情，但是我觉得对80后来说，看电影是很正常的一件事，因为我们有这个环境，不会说因为我以后一定要做一个导演，我从小家里有电视的时候，就开始看电影。

主持人：我知道你有一个短片叫《熵》，是关于当年特别火的HD90事件的一个故事，除了搞笑之外，其实给我们带来很多思考，但我不明白为什么叫做《熵》？这个好像是物理上的词？

李小名："熵"是一个物质混乱的一个程度的量度，当时做片子的时候，假钞引起了我的想法，我写剧本的时候跟我朋友讨论，突然就想到熵的意义跟这个片子的意义很像。可能一张假钞在社会的人际关系之中引发很多混乱的关系，是物质社会的一种现象与反思，所以就用了《熵》这个名字。

主持人：我们这次春网开元也有一个线下的晚会，我们向网友发了征集令征集网友节目上"春网"，也有很多网友上传视频，你当时是怎么来选演员的？

李小名：其实这是一个特别偶然的机会，当时我在设计剧本的时候，第一反应就是这个人物必须是一个特别憨厚老实的形象，有一天正好在我朋友的空间里看到一张照片，我说你一定要把这个人介绍给我，他给我的印象就是很不错，所以也没有费特别大的劲。

主持人：那个主演也是第一次拍戏？

李小名：对。他现在在银行工作。当时片子出来以后影响很大。每天都有人问我关于男演员的事情。我们一直想说服我这个朋友，你以后就在这条路上发展吧，但是他自己不太愿意。

主持人：拍短片现在是你的专职工作吗？

李小名：对，我们成立了一个环宇映像工作室，就是我们拍这个片子的时候，志同道合的一群朋友决定成立这个工作室，我们陆续做了一些短片上传到网站，得到了好评，随后也有一些网站、广告找我们拍一些短片。希望有一天我们能有机会做自己喜欢的电影，所以我们需要去努力的还有很多。

主持人：我问一下李导，你现在已经发现视频短片的商业价值，在你拍了这些短片之后，接下来你会怎么做？

李小名：做短片可能是一个前期的铺垫，我们的想法就是在能力承受范围内我们一定会去做电影。对于我们来说做电影起步很难，首先我们不是专业去学，相对来说我们可能会遇到困难更多。但是现在网络很多元化，你做的东西可以让无数人看到，网络这个平台让你有更多的机会。

主持人：你们完成学业后都没做和专业相关的事，而是去实现自己的梦想，你们觉得80后生活或者做事的一个模式是什么的？

田原：我觉得我们这代人跟前一代人不同，前一代可能都是服务性质的，就是你有这样一个事情在这，我按照你的目的去服务，但是我们这代人好多是我先做一个事情，然后你发现了我的价值，寻求一个合作的关系，我们是希望自主地发挥自己的一些东西。

李小名：我更倾向于按照自己的意愿做自己喜欢的事，但并不像说起来这么简单，需要你付出很多，但是现在的80后很多都更渴望颠覆传统的价值观，我们眼中所谓的成功，可能是实现自己。

田原：我觉得有两类人，有人很拧，但是还有很多人，比如平常是做一个普通工作，几个成员都是白领，但是会做一些音乐，周末会去演出，我们这一代实现一个事情的方法更容易，比如说做音乐，十年前招一个吉他手还要排练，现在只要有什么想法就会有很多东西，达成你的渠道和目的更加简单。

主持人：你们都没有按照家长那种传统的理念去就业去选择，家长有没有反对？

李小名：一开始会，我在大学毕业之后也找了一份工作，做了两三天，心里特别不甘心，我觉得上班挺对不起自己的，后来就上网看到一个联系方式，我跟他联系，给他看一些我做的短片，当时他们觉得我拍得还行。后来我就跟公司的领导请假，和那个人聊了一下午，聊完之后我就辞职了。我跟我妈说的一句话就是说，我考上了大学，只要能毕业，你不要管我做什么，我觉得我妈挺开明的。

主持人：你们每天都在和网络打交道，你们觉得网络带给你们最大的是什么？

田原：就是生活改变了，可能更容易沟通和联络，其实人跟人之间的距离，可以说又远又近，同时你也更加自由，你有更多的机会可以不通过主流的渠道实现，你更加有主动性。原来我们可能是被选择，有了网络之后，我们最大的好处是我们也开始去选择了。

李小名：我觉得最大的收获其实是信息，我觉得上学也好，还是看书也好，得到的那些讯息，局限性太大了。我觉得网络的信息量很多，上网最需要学会一件事就是要学会选择。不要浪费时间，我觉得这是最重要的。

主持人：你们下一步的目标都是什么，李导下一部作品有什么打算？

李小名：在酝酿，准备拍一个喜剧。明年是我本命年，我想做一个比较完整的。

田原：我要很努力的，明年有一系列的计划，引进好的书的版权，我的下一本书也在酝酿之中，然后我们会发觉很大一批宝藏，但是可能自己还没意识到很好的作家。然后还会出唱片，三月底肯定会出下一张唱片。

80后：这个时代我们很难专一。

主持人：你们给人的感觉是生活很丰富，从事很多的领域，这好像正在成为年轻人的一种现象，一种趋势？

李小名：其实可能是同龄人都有这种想法，我也不光是单纯地拍短片。我透露一点我原来是学美声，我高中学了三年的美声，后来也组过乐队，我也摄影，现在还会给杂志社拍一些照片。我们可能不能把每一项都做得特别好，但是只要我有兴趣我一定去做。

主持人：那你也写作吗？

李小名：其实自己也写小说，之前也跟杂志社联系过，但是没像田原那么幸运，没能出书。

田原：就像我特别早的时候去国外，我说我做唱片、写书、演戏，他说你是个骗子吧。但是我觉得真的是环境不同，我在想因为有很多长辈会跟你提意见，你是不是在一方面更专业一点，是不是能把它做得更好，我曾经为这个很苦恼。后来发现完全没有必要，因为这个社会环境已经发生了很大的改变，其实它更多程度上是回到最初始的状态。其实人类经历了分化的过程，把好多东西都细分，但是现在我觉得又走在整合的路上。我觉得完全没有必要说你一定要在某一方面走得很成熟。我最喜欢的是做一个多媒体的工作，我今年会做一个工作室，其实最重要的是人的内心你想给大家表达什么。我希望做的是把自己的想法用不同的方式表达出来。我们能把好玩的东西传递给大家。

十三、带狗去西藏，小U一家的浪漫旅途

在“春网开元”的视频直播间里，有一位主人公很特别，它是一只叫做小U的狗，它随着它的两位主人往返于北京和西藏之间，曾在西藏待过6年，在它身上有很多特别传奇的故事，而且小U还有自己的博客。我们请到了小U和它的“爸爸”、“妈妈”——宁心、崔忆来跟我们一起聊聊小U的故事。

主持人：介绍一下小U的“爸爸”，宁心是一位自由摄影师对吧？

宁心：对。其实我就是一个司机。

主持人：小U的“妈妈”，崔忆也是一个自由人。我觉得你们俩的名字换一下更好。

崔忆：反正都很中性。

主持人：小U它现在有几岁？

崔忆：我们不知道它准确的年纪，估计是八岁左右。它跟我们在一起六年了，我们买它的时候狗贩子说它只有七个月大，但是我们买回来以后，医生说它绝对不是一只小狗了，估计那时候它该有一岁多了。

主持人：你们是在哪买的？

崔忆：去拉萨旅行的时候，我们每年都是半年在北京，半年在西藏，那次去一个地方帮17个小孩子定一些棉鞋，结果在狗市发现居然有一条可卡，很难得，然后我们就把它带回家了。

宁心：我们买它的时候它正在跟一只藏獒打架，脸上还有血，因为拉萨的狗市是自由养的，大狗小狗在一起，所以难免会打架。

主持人：我对你们二人的经历非常感兴趣，今天“春网开元”白天的网络直播我采访了有十位嘉宾了，每位的故事都很传奇。刚才说到你们两位的工作，都加上了“自由”，我觉得你们这种生活和工作方式是很多人向往，但是不敢去尝试的，你们把旅行作为自己的工作，是这样吗？

宁心：我们有诀窍。

崔忆：我们刚开始这种生活的时候，身边的朋友都说：你又去西藏了？很羡慕，我就说那你也去呗。

主持人：所以很多人都是很向往，但不一定都敢尝试。你们在西藏与北京往返之间就是通过写稿、或者拍一些照片作为自己的收入？

宁心：一开始有一点积蓄，后来在西藏时间长了以后，我们做的很多东西比别人深入，觉得如果自己不坚持下去很可惜，所以现在以这种方式一直在延续，每半年去一次西藏，大概拍两个专题，最近两年的计划是在山南找一些寺院拍。因为时间长了有很多优势，也确实发现了很多文化是值得去寻找的，所以我们就决定以这种方式生活下去。

主持人：接下来聊聊你们的相识跟相恋。我们先从小U的爸妈开始聊起，然后再聊小U。你们的生活方式相比普通人来讲很特别，而你们又结合了，我觉得这应该说是一种缘分。

崔忆：我们的观点是这样，要成为夫妻，必须要有相同的生活理念，如果没有这个前提的话共同生活很难。

主持人：你们是在拉萨的大街上认识的吗？

崔忆：对。那天我们在一条街上遇到了三次，就觉得很不可思议，其实拉萨很小，在八角街认识相遇也不算偶然，但一天遇上三次还挺有意思的。

主持人：当时是不是觉得真是天赐的缘分，两个人从北京到拉萨，在一条街上遇到三次，我不跟你结婚跟谁结婚！

崔忆：其实我们一起生活了很多年，因为家里有些事情又回到北京住了近两年，我们才结婚的。我们就发现在拉萨认识相恋很容易，但是真的要长期生活在一起是很难得，尤其是在高原的时候，你的整个心跟你在平原的时候是不一样的，在高原是比较容易冲动。

宁心：我们俩现在七年了，到现在为止身边只有三对还没离婚呢，包括我们两个，其他见过无数的，都是在西藏好得一塌糊涂的，然后回来就不一样了。

主持人：很多东西太现实了，不像旅途中的那么浪漫，所以我觉得你们俩走这么长时间很难得。

崔忆：后来我给小U出了一本书，讲的不只是一个故事，其实是想说我们的生活理念，人怎么生活都是一生，就是说我们只要明白自己要什么就可以了，我明白我们俩要的就是这种四处奔波的生活，但有些人也是很喜欢自己的工作，稳定的生活的。

主持人：我们来说一下小U，我特别好奇你们两个人行走在路上的时候，怎么会想到用小U的口吻来写一些游记呢？

崔忆：我们之前给它做了一个博客，后来因为这个博客小U有了越来越多的网友，我们的博客就是用小U的口吻写的原创，因为它有很多很多的故事。

主持人：你们三个人之间谁的地位高一些？

宁心：那可能我是老大。

崔忆：小U比较怕他，所以在小U的心目中他是老大。

主持人：为什么怕你啊？

宁心：我们买到它的第一天，它在家里撒了很大一泡尿，我当时打得比较狠，那天晚上我也没理它，第二天才知道它生病了，事实上它从来不在屋里大小便。我们在拉萨医生说不能再打点滴了，必须回到平原，它当时是肺炎，我们两个收拾屋子的时候，它很害怕是我们不要它了，我印象特别深，小U到处找我们。

主持人：现在很多网友说想看看小U，我们来看看小U拍的照片吧，这是在哪里？

宁心：阿里。

主持人：阿里那边的海拔有多高？

宁心：平均海拔4500米。我到了高海拔会发高烧。

主持人：你去西藏那么长时间还是不行。

宁心：因为我回来待的时间比较长，然后再回去还是要重新适应。小U一点事儿没有，她也一点事儿没有。

主持人：你们行走的过程中有一只狗会不会有很大的帮助？

崔忆：自从养了小U之后，小U教会我很多东西，在旅行当中小U比我更坚韧，有时候一开车就20多个小时，它从来不会在后面哼哼。到了服务站让它下去跑一跑，它就很满足。

宁心：她说要开20多个小时原因是这样的，在进藏区之前不能去酒店，因为带一条狗进去还是很麻烦的，但是一到藏区里一般大家看到一条这么可爱的狗就不会说什么。

主持人：你们以小U为名的博客受到了很多网友的喜欢，我记得有一个网友给你们寄了礼物，落款还是小U收？

崔忆：去年大概秋冬季的时候，小U在拉萨生病了。网友给它寄了一个礼物，收件人写的就是小U。拉萨的包裹都是送到家里的，早上来敲门的人说，你们这有一个叫小U的吗？我一边刷牙一边跟他说有，他说拿身份证出来要签字。我指了指说，它就是小U，那个人一脸茫然。

主持人：是一个什么东西呢？

崔忆：是一个摆件，还有人给它寄牛肉干，每次拿来东西的时候，是让它先看的，还有人给它寄围巾等。

主持人：你们会经常跟它说：小U你特别棒，你现在很有名，很多人喜欢你，会这样跟它说吗？

宁心：我说的不太多，我们提这种感情的东西好像不是很多，我们会跟它说，六月份回阿里，我们比较愿意告诉它下一步行动是什么。

主持人：它更喜欢在北京还是在外面？

宁心：当然更喜欢出去，我们从北京到西藏全是开车，有时候一路开一路玩儿。

崔忆：小U在拉萨很幸福，不管去哪里都没有人管。

主持人：拉萨本身对狗就特别喜爱，还是钟爱小U？

宁心：藏族人对任何生命都比较平等。

崔忆：尤其是狗这种动物，在他们的观念当中狗是最接近人的一种动物，比如说带小U去寺院，那些僧人会送给我们礼物，同时也会给小U。

主持人：你们觉得小U给你们带来的最大的幸福是什么？如果两个人吵架的话，小U会向着谁？

宁心：小U会躲开。我们两个好像没有时间吵架，我们各自有各自的事情做，我负责器材、车，她要负责整理资料，因为我们现在做的资料非常难找，她要想尽各种办法整理资料，我们做的这些都是为我们的生活方式，所以我们现在没有时间考虑。

崔忆：在行走的过程中吵架是很难发生的事情。

主持人：小U是一条公狗，差不多有八岁，它现在有没有小小U？

崔忆：有。

宁心：在北京。

主持人：小U很听话，它有没有做过让你们特别生气的事情？

宁心：几乎没有，但是小U有一个习惯，就是必须和我们睡在一起。

崔忆：有一次我们去一个酒店，已经住进去了，第二天总经理说狗不能住，他说狗有专门的笼子，但是不行，后来我们只有退房。

主持人：如果不跟你们一起住，它会怎么样？

宁心：这种情况还从来没有。

主持人：好多狗如果不正常遛它，它就会有点自闭。我觉得小U看起来也有点内向，是不是也有这种感觉？

崔忆：它在房间里通常很安静，但是只要你把它放在草原的地方就完全不一样，我们在拉萨住的房子都有院子。

主持人：小U有什么特长吗？

宁心：我们从来不去教它。

崔忆：有一次朋友一起吃饭，他给小U一根骨头，我们当时想气气那位朋友，跟小U说吐了，它就真的给吐了。

主持人：我们节目马上就要结束了，你们什么时候再返回西藏？

宁心：五月中旬到六月中旬在阿里，然后在山南要拍三个月。

主持人：我们再说一下你的博客，大家如果有什么问题或者想再看到小U可以登录小U的博客。

宁心：只要搜索“走，出去玩”就可以了，博主的名字就是旅行狗小U。

十四、爱心事业网聚网友力量，网友公益代表木狼、韩靖

越野一族的木狼，和网络公益组织的代表韩靖，这两个人都是资深的网民，他们用自己在网络上的号召力从事着一项事业——公益慈善事业。随着网民数量的扩大，网友素质的提高，网络环境的净化，互联网上民间自发组织的公益事业越来越多，影响力也越来越大。我们请到的两位网友，将会和我们聊聊他们作为网民参与慈善公益事业的心路历程。

主持人：二位都是资深网友，而且这两个论坛做的事情都是关于慈善的，一个是公益圈，一个是越野一族。先各自来介绍一下自己的组织是在做什么样的活动吧。

韩靖：公益圈是一个公益的网络社区，我们希望通过互联网媒体这种载体，为希望参与公益的人提供一个平台，让大家获得更多的参与机会，在这个参与的过程中获得支持，之后能够获得社会价值的认同和他

们的心理满足。我们希望能够搭建这样一个平台，帮助老百姓更多地去做好事。

木狼：我觉得主要是因为他这个平台有了我们，他们需要车，比如说沙漠里边，或者是灾区。普通车是进不去的，我们越野一族拥有的全是四驱车，我们可以帮别人完成这个项目。我们自己也会组织车友做一些公益活动。

主持人：你们现在注册的有多少人？一般参加活动的情况怎么样？

木狼：北京大概有20000多会员。车应该少说也得15000辆吧。像我们前两天去一个地方，应该是北京去了50多辆车，活动每年都会很多，规模大小不一。

主持人：我们今天聊的是跟网络有关的，两位是哪一年开始上的网？

木狼：我是2004年正式参加这个越野一族。

韩靖：我比较早，我1997年开始接触互联网，那个时候新浪网叫四通利方，我还在四通利方上当过版主，那时候20块钱1小时，拨号上网。

主持人：那我想问一下，你们什么时候开始觉得，我们可以利用网络这个平台来召集大家一起做善事，最早是什么时候参与的呢？

木狼：最早应该是2006年，2006年杭锦旗鄂尔多斯市有一次黄河泛滥，那次是北京大队组织了40多辆车，那是我第一次参与大型活动，全部是自费的，而且是从北京带着物资去。

韩靖：我是从2006年开始的。因为我也是一个资深车友，爱玩汽车，摩托车，有过很多玩车的经历。2006年的时候我自己组织了第一个大型活动，是摩托车领域的。

主持人：你第一次就开始组织？

韩靖：对，那次经历比较奇特。在2006年春节的时候，我看了一个美国宣传片，是非常著名的摩托车品牌当时组织车友去贫困小学看望孤儿。有几个画面让我印象特别深刻，一个是刺满文身的白人，抱着一个黑人小孩，还有一个人骑了一辆特别酷的摩托车，后边拴了一个特别大的玩具熊，让我印象特别深刻。因为我以前老组织摩托车车友去玩，我想大家玩也是玩，干吗不做点好事呢？在2006年5月份的时候，我们就做了狂欢节的活动，当时我们提了一个概念，叫欢乐公益，我们希望大家在玩的过程中去做好事，开启每一个人人生的另一扇门，让大家觉得做公益其实并不是那么难，结合自己的兴趣爱好，也可以为社会作贡献。这是当时我们的一个初衷。

我们第一次组织活动去了很多越野车的车友，当时交通台做了全程转播，去了200多辆车，1000多个车友，我们在北京的郊区一个打工子弟小学，把几所打工子弟小学的孩子聚在一起，给他们开了一场演唱会。

主持人：我们刚才说到了韩靖和他的公益圈，包括两个人第一次参与这么大的公益事业，两个人的经历特别传奇。但是我有一个疑问，你是要给予他人的，当然从精神上是收获最大的，但是从物质角度来讲，我们是要帮助他人的，你们做这个事情是全职吗？

木狼：我不算全职，我做一家食品公司。

韩靖：我有一家影视公司，这基本上是我目前生活的主要来源，但是我现在几乎90%的精力，都会做慈善事业。因为那个公司我们开了有六七年已经能比较好地运转了。

主持人：你们现在网络上这个组织各自的工作人员有多少人？

韩靖：现在我们有4个专职的，还有4个兼职的，有8个人。

木狼：我们很多。但没有像他们那样专职的，就是临时有事召集到一起，有急必应。

主持人：你有专职的肯定得给人开工资，就是做公益也是需要成本的，这个运作的费用来源从哪来？

韩靖：目前是这样的，我在创办这个公益组织之初就在思考，这也是大家都要思考的问题，就是如何可持续发展。现在我觉得我们找到了比较好的答案，就跟做生意一样，开始需要投资，就像开一个饭馆，开始你会装修、请厨师、买灶具，慢慢地客人来了，就可以把这个公司运作起来。我们现在开发的第一个产品，是一个培训产品，这个对所有公众是免费的，是希望每一个人希望参与公众的人，来我们这个网站先学习，看看怎么样做公益，你在和弱势群体接触的时候，你需要注意哪些问题，哪些话有可能伤害到他们，我们会做这样一个导向。会有很多其他的基金会来支持我们做这件事，慢慢地我会得到一个收支的平衡。但指着它发财肯定是不可能的。

主持人：网友如果愿意的话怎么来加入你们？有没有一些前提？比如第一个要有越野车是吗？

木狼：那不是，越野一族有很多条例，一是得有爱心，二就是喜欢越野，就表明这个人很豪爽的一种性格，第三就是不谈政治。没车可以搭车。

韩靖：我们只要注册就可以，这个门槛相对来说比较低，我们一直把自己的组织叫做降低公益门槛，降低公益参与门槛，提高公益运用门槛，这是我们组织的使命，我们希望能够让大家最简单地参与公益，开启一个公益人生的门，让大家认识到做公益非常美好。

第四章

“春网”项目组工作人员幕后手记

关于春网开元——首届首场网络大拜年春节联欢晚会，每一个人都留下了特别的记忆，这些记忆成为每个人对这次盛会独特的注解，也凝结成了独一无二的幕后春网日记。现在，就让我们打开这些“春网日记”，看看他们彼时的心情，还有传说中的“春网七仙女”，从她们的日记中，你或许能看到一个不一样的“幕后春网”……

春网开元幕后创作故事

文/ 孟繁佳（总策划）

第一视频楼旁就是当年海淀镇赫赫有名的基督教堂。教堂下有一间不大不小的咖啡馆，权当它是食堂了。策划笔会时，财神奶奶林莹找来一幅画，她博客上有一张当年海岛女民兵的宣传画，1972年时的芙蓉姐姐。全体观画人员集体被雷倒。陈亮说，给芙蓉配上海岛女民兵一段悠扬的乐曲。洛兵说，声音戛然而止换上壮男，这时背景上岩石雕刻般的芙蓉冲下舞台，大跳S舞，壮男们狂扭配合。陈亮唱，织呀嘛织渔网。洛兵说，就给芙蓉一张渔网。陈亮说，这叫1972年的芙蓉织渔网，10年的芙蓉跳上网。一群人当场笑翻了天。我说，你们这俩家伙，还有没有一点同情心。他俩一起问我，芙蓉是你姐姐？

孟繁佳

这居然是这台晚会第一个被具体策划出来节目，我想此刻芙蓉看到这里，不知道是该哭还是该笑。

区别于山寨草根之类的低档走穴演出，最根本的是，不要粗制滥造。脑袋里不挂这根弦儿，这就跟遇上鬼子进村一个道理。烧纸的不怕纸贵，烧钱的就未必了。替老板烧钱的事最好别干，晚会的形式与演员的构成，决定了晚会的含金量，但晚会最大的框架是不能偏离中轴线的。否则摇摇欲坠的舞台，只能是一次性临建，拆迁办不来找麻烦，网管办也不能坐视不理。更何况，这是首届首场的大联欢，玩儿的可不是心跳。

闹归闹，不折腾的策划和中规中矩的音乐人是没办法创作出激情。洛兵让我写歌词时，就撂了一句话，你别文绉绉的，那玩意儿记不住。

我第二天早上醒来，梦的残余部分，就只剩下两句话跟口水一起流出来。“天上星辰，地上草根”。

发给洛兵一条短信，他立刻回复：牛，太牛了，就照这路数写。

靠！这是不是说晚上接着梦周公？周老爷子作古可不作曲。

第一回第一视频集团董事局主席张力军皱着眉头说，这台晚会的基调太灰色了，看不到互联网上有什么值得人称耀的，还是一台杂烩。节目单被毙是我早已预料到的事，否则，这就是一台真正的央视春晚了。其实就算是央视春晚，也未必能让张总满意，张总的头衔不是中宣部部长，他是一个名副其实的盘卧在互联网上的理想主义者。

在电梯里，我曾跟第一视频集团执行总裁王淳说过，恰好我也是个理想主义热衷派。

两个理想主义的最终碰撞，产生的热力足以把后来筹备工作燃烧到极致。张力军董事长一句互联网上的喜怒哀乐，直接引发了当晚重新调整节目的血案。满眼血红的一群人走出第一视频大楼时已经是凌晨三点。好在第二天再次给张力军董事长做汇报时，张总再次通过互联网改变中国、引领中国、创作中国、感动中国四大板块的策划，这决定了整个春网开元的总框架。有了骨头架，再添加血肉，形象就没那么木乃伊了。节目顺理成章地排列下来后，芙蓉竟成了无足轻重可有可无的仅在考虑范围的节目。最终圈定的演员名单里，从韩红那英到孙悦孙楠，乃至台湾的信，都成了猎物，按陈亮的话说，这时简直就是抢人，我说抢亲比较合适。本来就是春晚嫁给了网络。有人说，强词夺理，是春晚娶了网络这个少年美娇娘。

这话我在五洲大酒店的新闻发布会上，用比较严肃的说法，委婉了一下。

少年美娇娘都在春网项目组里，领导们最不地道的一件事就是把一群漂亮ＭＭ塞进项目组。就连这些丫头的名字都让我眩晕，武桓的名字不是让人念成五块钱的五元，就是总别扭地想起了飘扬在鸟巢上的旗。叫姗娜很普通，偏偏有个郎任的姓，像美玉样的长腿MM又姓个绳，总飘在诗韵里的眼睛，感觉有些花。炫粉的感觉还没等缓过神儿来，就开始昏天黑地地进入晚会最白热化的阶段。

脑袋里充斥着洛兵一天一个电话的催问，歌词歌词，《风景这边独好》终于反复磨合出来了，杨洪基的《大爱》也一挥而就，采访中国摄影家协会副主席张桐胜时，再回顾历史带来的惨痛，一时间，竟无语凝噎，这个词用在这里很恰当。再后来洛兵再次挑战我的文字极限，他说，老孟，你写个北京琴书吧，然后把《生活就是网》很RUAPO的词中间塞进去云云。

我真的快疯了！十多年的友谊，就这么毁我啊！

脑袋清空了乱七八糟的歌词以后，正式回归到填古体诗的境界，那感觉真是前有古人后无来者的寂寞，组里的小丫头们自然就成了我开涮的对象，一人一首，嵌名镶姓的每天好不快活。说起来这个时候的我是整个春网活动中最可恶的一个，每天游手好闲，东屋窥美人，西屋偷美食，只不过请缨自战的演播室录节目时，稍微收敛，装出一副嘴脸，好让自己看起来在这紧张的气氛中，显得入了格格。

就这样接连把民俗专家、信息专家、网络红人、摄影大师、易学大师、书法大家、著名诗人、文化学者、戏剧大师等统统拉进摄影棚，天南海北地神侃一通，终于把自己装扮成个学者模样。直到我在项目组的白板倒计时牌上写上0.5天的字样，我才兴奋地第二次跑到晚会现场看彩排。

没有谁能这样如入无人之境地回顾自己短短一个月的历程。

当飞机的机翼下挂着初升的旭日，昨日白皑皑的飘雪和跑道上灰蒙蒙的晨雾已经成为记忆。雪在这一刻又一次掩盖了一切的颜色，如同当初我第一次踏进第一视频大楼前的感觉。

临行前，我的右耳朵又传来荣松的告别声，老孟，一路平安，早点回来，三月份SHE的演唱会策划草案马上email过来……

我的左耳朵在云层之上聆听着神仙对我说，你还有完没完！

附：孟繁佳为工作组四大美女作的诗：

赠——工作组郎任姗娜

健郎催马上
胡任缰儿长
红珊瑚短笛
婀娜曲霓裳

赠——工作组两之（绳珺）

云鞭绳月短
远故珺鬓长
帐下两烛暖
案前之笺黄

赠——工作组徐彩虹及爱人远华

远华黛碧融
（远华是彩虹的老公）
落影醉溪濛
飞瀑三千尺
斜阳弄彩虹

赠——工作组张鑫

张弓大漠风
金马塞城空
商曲不知恨
钿酬赠侍童

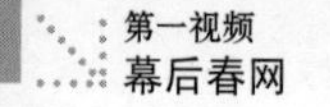

《风景这边独好》音乐总监手记

文/ 洛兵(音乐总监)

洛兵，藏名扎西茨仁，著名词作家。从事流行音乐创作，首攻作词，为国内几乎所有大牌歌星写过作品。后专攻作曲及制作，为三十余部电影、电视剧和专题片创作歌曲和背景音乐。在此期间历任恒星影视广告公司、大地唱片公司宣传总监、音乐总监，被誉为中国流行歌坛新生代最重要的代表之一

最早被老友孟繁佳拉过来，参与这场网络春晚时，我并不是很兴奋。给央视春晚和其他晚会做过各种音乐，这些年又涉足于文学、影视诸多事业，自认为见多识广，心想，所谓首届首场网络春晚，可能只是为了吸引眼球，真要做，照着以前的样子，完成任务就是了。

但是，从第一次到达第一视频公司，我就有种感觉：这一次，将是一个创举，更是一个奇迹。

雄踞北四环，一个恢弘气派的IT公司，一种朝气蓬勃、灵意迸发的文化气氛，深深感染了我。两位雄才大略、大局在胸的老总——张力军先生、王淳女士，一位儒雅斯文、下笔如神的总编辑——荣松，加上一大帮美丽而勤奋、精明而温柔的员工，一套班子很快形成，一切资源都围绕着首届首场网络春晚这个主题来进行调动。七大网站同时并行，又是第一场，小年夜。这是一种荣誉，更是一种责任，一副重担。

时间如此紧迫，让我感觉任务十分沉重。央视春晚半年前就开始筹备，并且做好了各种宣传准备活动。而现在，要从头开始，打理出一台只许成功、不许失败的大型晚会，绝不是一件轻而易举的事。

我决定，不要多想，全力以赴，去完成自己的分内工作，用激情感染所有的同事，这就是我能做到的最好一步。

第一次见到总导演陈亮，是在那间环形坐椅的工作大厅里。他站起

来，握着我的手说，1994年，我们见过面。我一怔，说我没有印象。他说，你那次获得中央人民广播电台全国十大金曲和最佳作词奖，那场晚会，就是我导的。

我顿时感到了亲切。世界如此之小，朋友早已遍布四方。这样的团队，合作起来，让我更愉快、更有信心了。

歌手刘媛媛、杨洪基确定之后，老孟负责两首歌词的创作，我负责作曲和制作。经过和第一视频集团董事局主席张力军、第一视频集团执行总裁王淳、总编辑荣松一起探讨，大家一致认为，由刘媛媛来演唱主题曲最为合适。几番争论后，歌名干脆确定为《风景这边独好》，既符合了上级指示，又展现了这一场晚会的独到之处。

几天之后，我们正在工作餐，老孟沉吟片刻，说出了《风景这边独好》的头两句：天上星辰，地上草根。我愣了一愣，旋即拍案叫绝。这两句如此朴实，却又如此精妙，这首歌，我已经有了六分把握。

接下来的几天，我却陷入了痛苦的创作过程。写了起码七八稿，却一会儿是蜻蜓点水，一会儿是隔靴搔痒，总是不能找到最佳的方案。灵感似乎就在不远处，等着我去发现，我眼前却有着一层迷雾，阻止我全身心地拥抱那道最美的风景。

一天深夜，我枯坐半晌，脑子里突然出现了几个淡淡的音符。这种音程在中国民乐中很常见，但如此安排，起承转合的方式，还是很有新意的。我很快捕捉到了它们，并且运用各种技法，把旋律动机牢牢控制在整个意境和氛围中，每个音，每个时值，每个和弦，都结合着刘媛媛大气而温婉的风格，细细调配，宛如烹制一席清淡而典雅的盛筵。

天色蒙蒙亮时，《风景这边独好》终于完成了。

必须感谢张力军董事长和执行总裁王淳，在整个创作过程中，没有对我施加过多的压力，而是给予了充分的信任。老荣、陈导和其他工作人员，也在方方面面无条件支持我。所以，这首歌的录制，才如此顺利，成为了一种享受。

这台晚会的音乐制作，在成功之中，也有微小的遗憾。比如，整个晚会如果全都用“风景这边独好”的各式变奏，更能从音乐上带来更多的统一之感；又比如，在芙蓉姐姐那个节目中，如果采用了我原先设计的第一版，在后半段，抒情慢板突然变成刚劲迪斯科之时，加进那个诙谐奔放的男声，那么，结合芙蓉姐姐无比忘我的表现力，效果就要比现在好很多。

当然了，这一切，都在可以接受的范围之内，并不能掩盖住成功的辉煌。我有一个想法，将来，在下一台网络春晚之中，我将和老孟这样的才子合作，在领导们强有力的指挥之下，创作出更多贴近生活、贴近网络的力作，让美丽的音符，充满网络的每一个空间，让更多的人，为我们的作品喝彩。

花絮：

洛兵老师讲述刘媛媛、杨洪基录音过程

早在2001年，我就给刘媛媛写过一首电影主题曲，用她自己的话，那是她“第一次唱通俗歌”。美声虽然华美亮丽，但通俗却更加直指人心。

刘媛媛听过小样，马上表示很喜欢这首歌，无论是漂亮的歌词，还是美丽的旋律。

开始录音了。刘媛媛准备十分充足，一进棚，就演唱得声情并茂，如痴如醉。我和录音师在外面，听着她那磁性而强劲的声线，都很是陶醉。她有雄厚的功底，所以比一般流行歌手有更强大的气场。她又有演唱通俗的经验，所以，比一般的美声歌手多了很多魅力。

一唱完，刘媛媛走出录音间，一把抓住老孟，看着我，说，这歌火了。怎么火？我们都兴致勃勃地问。我觉得这歌的前景，应该不比《国家》差。刘媛媛郑重地说。

我们希望这歌能火，因为这是我们的目标：要把这首歌写成一个经典，让以后的网络春晚，不管是哪家公司办的，只要一开办，就想起这首歌。就如央视春晚的《难忘今宵》一样。或许，朝那个方向还有一点距离，但是，我们一定会努力去做到。

录制杨洪基老先生时，也很令人激动。杨老先生一身戎装，十分庄严地来到录音棚。他拿着谱子，我们在台子前，稍微修改了几个地方，他就昂首挺胸进了录音间。杨老先生一开唱，金属般的嗓音，极富磁性的质地，顿时吸引住了棚里的所有人。整首歌，大气恢弘，一气呵成，

唱完后我们都觉得很不过瘾，想要再多听一听。但是老先生说，马上要去参加一个很重要的晚会，胡主席要接见。只好让他走了。

半路上，杨老先生给我打了个电话，说，很抱歉没有唱出这首歌的最佳感觉，要是换成流行和摇滚的唱法，更能体现那种气势。我听着，十分意外，也十分感动。杨老先生如此大牌，却如此谦逊而平易，让我感觉温暖，这样的艺术家，才是真正令大众信服的，才会一直红火许久。

紧张跳动的心

文/王宇飞（技术总监）

王宇飞：十二年互联网工作经验，多家互联网公司核心创业团队成员，一直从事社区类产品的技术、管理、运营工作，精通各种互联网应用的设计思想，拥有大型网站设计思想及运营经验，现任第一视频集团CTO。

“春网”谢幕了，悬着的那颗心也恢复了平静。在“春网”启动的那天起，我和我们的团队就没有轻松过，特别是与海地和汶川的连线。在头一天的彩排过程中，突然发现与海地连线的QQ视频出现故障，只能看见画面却听不到声音，假如直播那天再出现这种情况该怎么办呢？而最重要的是这个连线环节是“春网”的重要组成部分，张力军董事长和执行总裁王淳王总也极为重视这两次连线。整个晚会都在顺利地进行，而偏偏在这个环节出现故障，那将会使“春网”不完美，留下深深的遗憾！那天要求团队的所有人紧急召开会议研究应急预案，势必要在直播当天给集团，给全体网友一个满意的答卷。已经是深夜了，成员们还在讨论方案，而其中一位组员的电话不知响了多少遍。在电话那头，他的弟弟一直站在家门外，他没钥匙开房门，而哥哥正在紧张地开会。北京的冬天在春节期间是最冷的，就是在这个时候，那位组员也没有离开工作岗位，只是给他的房东打去电话甜言蜜语地请求他帮忙去开下门。看起来这是一件小事，但是从这件事能看出在面对难题，面对困难面前，所有的人心都连在了一起。不为荣誉，只为“春网”的顺利进行作出自己的贡献。

经过大家紧锣密鼓的商讨之后，方案出来了。原本是汶川通过MSN连线第一个先进行，放在一号机，海地连线放在二号机，但考虑到海地连线的不稳定因素，临时决定海地QQ连线提前在一号机运行，将汶川连线放在二号机。

“春网”正如火如荼地进行着，汶川连线已经顺利地结束，接下来就是海地连线了。导播室里气氛异常的紧张，除了机器运转和人的呼吸声音甚至可以听到心脏在跳动的声音。当听到连线的口令下达后，全体导播间的人员屏住了呼吸。紧张，期待，担心……所有的表情都写在了每一个人的脸上，就连空气在那一刻都凝固了。而当海地连线的画面出现的一刻，大家更是把心提到了嗓子眼，耳朵竖得直直的。“喂……”导播室里沸腾了，这是灾区海地发出来的声音！成功了！连线成功了!紧张的神经终于得到了释放，绷得青红甚至见不到皱纹的脸颊，此刻堆满了笑容。

虽然“春网”结束了，但是这段经历，却是所有技术组成员最难忘的。2010“春网”别了！2011“春网”再见！

小时候不懂你的宠 是多么温暖的感动

文/小刀断雨（互动板块负责人）

小刀断雨，本名朱子业，山东人士。年少时喜好路见不平立笔为刀，血雨腥风直求快意，年长后开始低调隐忍静水潜流。传说中的京城四大网络策划人之一，率先在业内提出网络话题5C操作法及HTTP网络传播效果评价标准；十年来和中国的互联网一起茁壮发展，深度周游全国各大社区，曾在天涯社区、新浪论坛等重点论坛担任版主；个人及各类策划如“偷听城市”“奸臣纪念馆”“丛飞之死”“熬熬族”等被《中国青年报》、CCTV等国内外千余家媒体所报道。

连日的累，让脸色灰色一片。小也说，你又瘦了。我记起来，我曾经没心没肺地胖过，但只是那么短暂的一些时日。

2月5日凌晨2点忙完所有事情，石景山的天上闪烁着星星，在这个城市里，很久没见过它们了。从西五环的亚视基地大越城般地回到东五环的定福庄，一路畅通，车里放着王菲的《红豆》，我一支接一支地抽烟。一个小时候后的3点，到家开门，倒床睡着，没洗脸没刷牙。

2月6日的凌晨3点，忙完所有的事情，天空中飘着雪花，白茫茫中，我躲开即将拉开的盛宴，和塞北、纳兰、小也、阿红回到他们住的宾馆，火腿肠、鸡脖子、好多鱼等几乎扫荡完了宾馆前台仅有的一点东西，外加上一瓶牛栏山，喝了一小时，回家，在车里睡着了。

2月6日的早晨7点，被闹钟叫醒，挣扎着起来，我承认，当时让我多睡一小时，我宁愿支付一千块钱。从东五环奔到西五环，把塞北他们送到机场。12点，他们都飞走了。再折到回中关村拿到回家的车票。

下午四点回去睡觉。傍晚六点再次被叫醒。

……

累吧。除了身体上的，还有精神上的。

总想把事情做到最好，给自己加了那么多东西。

我一遍遍地听着听着西单女孩的《外婆》，想一些事情。“蒲公英的花我的话/ 请带到外婆她的家/ 她是否能够感觉到听得到/ 我正在祝福啊/ 小时候不懂你的宠/ 是多么温暖的感动……”

当时光长成大树，那些宠你的人都去了。

内心捏着一张回家的车票，颤抖。

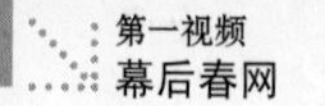

见证奇迹的时刻

文/王丹（视频组负责人）

王丹，江西人，好性格，人缘颇佳。为人善良真诚，典型的内敛型男生，做事踏实认真，在第一视频任直播部副总监，在春网项目组中担任视频组负责人。年轻有为的他是春网组办公室里为数不多的男生之一，被公司的女生们称为“钻五”人物。

2010年1月9日中午12点30分，正在享受美食的我，突然接到了公司执行总裁王淳王总发来的短信“下午14：00到董事长办公室开会”，当时看到这条信息，我心里就有一种预感，难道公司又有大事要做。

14：00点整，我怀着一颗好奇心准时来到张总办公室门口，看见了荣松总编、丹阳、武桓都早已在此等候了，他们的出现更加验证了我的预感，果真张总在会上隆重地向我们宣布：“第一视频要举办中国首届首场网络春晚，这将被载入中国互联网史册。”听完这一席话，我激动不已，举办网络春晚这事太有吸引力了！虽然很开心，但是离举办晚会的时间还有一个月不到，这让大家都感觉压力很大，20多天的时间要举办一场中国史无前例的网络春晚，这简直就是一个奇迹。开完会出来，我就告诉自己，这一个月不要想有休息了。

时间紧迫，公司迅速组建了第一视频网络春晚组委会，并邀请来了大才子孟繁佳老师来担任晚会总策加入给我们增添了不少信心。2月10日，各岗位人员都已到齐，大家各自开始紧锣密鼓地工作，我代表的是宽频直播部，我们部门这次主要工作有两项，一个就是2月6日零点开始至晚上8点晚会开始之前这20小时的直播节目制作，另外就是配合晚会导演组那边制作一些视频节目。

由于之前领导要求对此事进行保密，所以我也一直没有把这个好消息告诉我部门的同事们，说实话这么大一好消息憋在心里真挺难受的，所以工作任务布置下来以后，我立刻召集了部门所有人开会，他们和我一样在听到整个消息的时候非常激动，甚至还半信半疑，在我的详细介绍下，他们才明白了他们将要谱写中国互联网历史。

时间一天一天过去，工作的压力越来越大，每天大家都忙得晕头转向，由于前期录制的节目量大，殷志航、张传杰和罗丹3位编导每天在演播室和后期机房之间来回穿梭，王江鹏、左文亮、陈陆、付强、王泽彪5名摄像们扛着机器跟着孟老师和编导跑遍北京各个角落进行采访，同时他们也自愿地参与了很多节目的后期制作，另外，我们的“速编”蔡东旭也积极地协助编导一起来完成了大量的工作，这一刻大家的工作态度热情高涨。

还值得高兴的是，我们在网上发出通吉令后，很多网友对我们的春网开元活动非常的支持，大家积极地上传与春节相关的原创视频作品，有的还是专门为我们的春网开元策划制作的，内容十分精彩。得到网友的支持和关注，我们就更加有信心，更加有激情。

除了网友提供的节目和我们提前录制的节目以外，2月6日白天其实还有一个重要的环节就是早上9点到下午5点这8小时的直播节目，这是最我让头痛的，说实话工作这么多年，还真没有直播过这么长时间的节目，而且这8小时的节目非常重要，它在整个24小时春网开元活动中，起到承上启下的作用，它不仅要把春网开元整个活动各项内容和环节紧紧扣住，还要带领观众参与我们的活动，一直延续到晚会开始。所以这8小时节目的编排，嘉宾的邀请，网友互动的设置等一系列复杂的工作，策划方案我就和孟老师和荣松总编辑商讨了好几次，嘉宾的邀请也是左挑右选，希望能邀请到在互联网界最具有代表意义的人物。

20多天就在没白没夜的工作中一晃而过， 2月5日那一天网络春晚进入最后的倒计时，中国首届首场网络春晚真的就要来了，所有的人都开始紧张起来，所有的工作都在作最后的准备。由于6号早上的直播工作烦琐，很多工作还要提前准备，所以编导和摄像只能留在公司，王总在百忙之中还抽空来看望我们，并特意让办公室的余主任在公司附近的宾馆给我们安排房间休息，我们都很感动，非常感谢领导对我们的关心，但是由于准备工作繁多，大家确实没有时间离开工作岗位，直到凌晨5点，大家才陆续地去休息了，因为公司都是办公桌椅，唯一的沙发就是演播室的那两把，几个男孩子只好一起挤在上面，泽彪和志航很快就进入梦乡，也许是太累了，他们的呼噜一个比一个响，把我折磨得不行，还好他们的呼噜声还是败在了我的困意下……

早上7点，我被一股脚臭给熏醒了，原来泽彪后来鞋给脱了，我汗……不让我睡，我也不给你睡，哈哈，我挨个把他们从梦中叫醒。再有一个多小时，直播就要开始了，我们要上战场了……

早上的第一组嘉宾是网管办请来的两位民俗专家一老一少，年长的赵老师年岁已高，但是很有激情，他声情并茂地给网友讲述着老北京的春节民俗，听得我津津有味。孟老师和荣老师的第二场节目最为吸引眼球，因为他们俩可以说是整个春网开元活动的重要人物，他们手里掌握了太多的“机密”，很多网友都期望他们能在节目透露些许，可是“狡猾”的两位还是利用各种手段吊足了网友的胃口，一切悬念晚会再——揭晓。

下午的嘉宾除了我们的总策划孟老师和文化学者周新京老师以外，其他的都是年轻人，对于中国网络的发展他们都有发言权，他们中间有网络红人、网友、名人，网络视频短片导演等，另外，还有一位特别来宾就是在网络上具有超级人气的狗狗小U和它的主人“爸爸妈妈”。它的登场可是吸引了不少的网友，大家对它的喜爱从留言的数量就可以看得出来。除了感谢这些嘉宾以外，我们还要感谢我们的美女主持明宇，她从上午10点一直主持到下午6点，这也是她从业生涯中，主持时间最长的一次，而且还是直播，真的很感谢她。

8小时的直播就在不经意间悄悄地结束，感触很多，但是没有时间回味，因为我们紧接着要从公司赶往晚会的现场，参与最后一场战役……

花絮：

王丹自画像

由于在春网开元24小时直播中一直负责演播室的工作，王丹同学深受节目内容影响，受到了传统文化和诗歌的熏陶（具体内容请关注第一视频春网开元专题页），于是在这次活动结束之后，王丹同学的简介也充满了阶梯诗的风格……

本人是王丹，
长相养眼过度，
天赋过人又无度。
为啥没有姑娘眷顾？
怪也怪女人们过于世故，
对金钱和地位都趋之若鹜。
只知道花园洋房和庄园别墅，
早把人间真情的概念彻底颠覆。
我有很多的优点可以列举和陈述。
我的爱心彰明卓著热心于公益捐助。
为了向世人体现优越的社会主义制度，
及在党和国家的领导下我们小康的程度，
我毅然增加喝酒次数，练出富足的啤酒肚。
我坚持为人民服务，用我的热情给别人帮助。

不仅仅是网络春晚

文/ 武桓（公关负责人）

武桓：尚人文精神，热心公益事业。厦门大学新闻与传播学院毕业，在央视工作多年，曾任央视品牌栏目品牌发展与对外宣传，收获了文化品牌发展的宝贵经验；因参与央视2008年奥运网络直播工作，涉足新媒体领域；始终怀揣着媒体对人文关怀的使命和责任，在本次网络春晚活动中担任策划和公关工作。

武桓

10、9、8……3、2、1 ，音乐起——，大屏幕，好，主持人上场……

2月6日晚亚视1000平方米演播室灯火辉

煌、群星璀璨，绚烂的舞台灯光闪耀，现场近500名观众热烈地鼓掌欢呼。当所有人员都在紧张忙碌的时候，我哭了。

作为一个在电视晚会栏目组工作多年的人，这个场景再熟悉不过。这种熟悉的感动来源于对艺术表演和审美的动情，来源于对晚会创作和突破的激情，来源于对第一视频和陈亮导演晚会制作团队的合作友情。

晚会作为一个喜闻乐见的文艺形式被中国广大观众所欢迎，尤其是春节联欢晚会，是春节期间必不可少的“年夜饭”。随着中国互联网的飞跃发展，网络文化影响力也越来越强，每到春节期间网民自发在网上过春节的现象屡见不鲜，网民需要一个无国界的、互动性更强的平台寄托春节情结。“网络春晚”可以说是应运而生。作为“风景这边独好——春网开元”网络春晚的最初策划人之一，怎样将网络春晚做出新媒体特色，而又能被网友喜爱和社会各界所认可是策划的主要工作。第一视频董事局张力军主席更是明确提出了网络春晚不是电视春晚的模仿，更不是山寨春晚的基调。

网民的需要和诉求为网络文化的发展提供了强大的原动力，网络文化行为、产品、事件、现象和精神丰富的内容，为我们的策划提供了取之不竭的源泉。从沙画到快闪，从芙蓉姐姐到网络麻豆；从MSN红心中国到暴走妈妈；从演艺明星到百大版主；更有了每一个网友的参与，才有了这台网络春晚。从边缘文化中去粗取精，从主流文化中吸取营养，更赋予它承担媒体文化使命和责任，在所有工作人员的努力下，它的内涵和意义已远远超出“网络春晚”的概念。我们也希望，网友们和观众们在享受网络春晚的欢乐之后，能够感受到关心和尊重，还能够得到一点反思和启迪。比如走出家门拥抱自然，以健康身心触网。这是媒体人的职业操守，也是策划者的良苦用心。

“春网开元”，开启了虎年的新年，也开启了互联网的新纪元。它标志着网络文化从草根文化走向主流文化，开启了网络文化的新纪元；它标志着网络媒体从不成熟走向成熟，开启了网络媒体的新纪元；它标志着网络文化从单独的产品、事件、现象走向文化产业，开启了网络经济发展的新纪元。在这个新纪元里，构建一个具有新媒体特色，更加自由、平等的媒体平台，多一份新媒体的人文关怀，推动社会的点滴进步，是我们每一个新媒体人的责任和使命，与所有新媒体人共勉！

晚会结束后，大家都纷纷搬出了大会议室，而我留守到最后，恋恋不舍。不舍合作中的关爱真情，不舍创新中的集体斗志。在不舍中期待着下一次的出征……

我的春网流水账

文/ 鲁靖（总策划助理）

鲁靖：鲁西西，属猪，“春网七仙女”之一。爱吃，尤其是各种奇怪的零食，不过怎么吃都不胖；爱睡，每天睡10小时还觉得困；还有，爱TB，跟“狼人”经常半夜起来一起TB一下，否则睡不着。最讨厌最纠结最固执最死板的处女座，全身上下除了缺点就全是优点了。不稀罕与她人以美貌论资排辈，她们都OUT了。

1月11日

昨天突然发病，早上一边回邮件一边犹豫要不要请假再去医院，荣sir Q我说有任务安排，我说只要不让我表演节目就成。荣sir说是给网络春晚总策划当助理。嘿嘿，不演节目，咋样都成。

下午见到了孟老，孟子的74代传人啊，真文。

1月12日

这活儿一点都不好玩。

今天去给领导汇报前，网络春晚正式改成了“春网”，概念描述一番，我忠实地记录了一大段文字，孟老看到都快崩溃了。不过他很耐心地跟我说会议记录要怎么做，概念描述要怎么整理，给你看的要怎么整理，发表出来的要怎么整理，演讲的要怎么整理。

我汗，忽然觉得自己超嫩的。

1月13日

总导演来了。头顶几小撮老虎毛，真应景啊，这要是猪年他得怎么染呢。

今天领导来“打击”了大家一下，之前的策划案需要修改、调整、拔高，体现爱国主义的民族精神和改革开放的时代精神。

我们打心眼儿里请领导们赶紧早点提，要是晚了，我们都该成神经了。

1月14日

中午集体FB（这事儿我爱干~虽然我得抱着我的大砖头笔记本在一边记录）

席间，孟老说：“陈亮，你要能把芙蓉请来我自宫！”事后批注，啥时候兑现呢？？？

吃饭聊策划案效率就是高啊，我记了好几页，吃了什么不记得了。

1971年的插画芙蓉姐姐刨了我半天才刨出来，最后翻拍成功，YEAH~事后批注，大家应该都记得芙蓉出场时大屏幕上那张，那是将近40年前的插画！！！

1月15日

文案组来了，四大美女一落座就囧了，还没搞清楚状况就开工了。

开始写通“吉”令了，四美女一人一种风格，每人还能变出四种不同风格，真分裂啊。

传说中的互动总监小刀可真是嫩啊。

1月16日

联系明星是个力气活儿，尤其是在时间如此短的情况下。

本着少花钱多半事的原则，第一份确定的节目单出炉了！

可是在汇报之后受到了小小的打击。

老大说星不够多，事不够突出，气氛不够热烈。

我们锵锵锵锵锵锵锵打道回办公室继续连夜联系去鸟。

1月17日

陈导真可怜，被大电视辐射得一晚上没睡。今天一早就被我们“笑容可掬”地逼着去联系大明星。

导演组、文案组、公关组、互动组全都调动起来联系明星了。

其实老大们也偷偷开发资源去了。

不管成不成，我们必须尽力！

1月18日

今天星期八？

晚会的节目单重新调整结构，做成四大篇章，气势弘宏了许多。

多机位同步直播的创意从14号提出就觉得很有料，不过愁坏了技术男们。

我们一想到可以看美女在化妆间、后台的真人秀，一定high翻天哦！

技术男们一想到那么多机器、网线、带宽……头都大了哦！

1月19日

干这工作最爽的就是可以给领导们派活儿，嘿嘿……

比如，XX领导，我们要邀请哪个哪个牛人来参加晚会，你跟他熟他给你面子，您邀请吧。

1月20日

布置任务啦，联系电视台播出，22号发布会，26号发布会，联合推广，邀请媒体，合同，版权，礼品，专题……

为什么事情跟滚雪球一样越来越多呢？

1月22日

虽然我们的上班时间已经调整为了早10点晚9点，可是大家竟然不约而同9点前到，精神抖擞地看线上发布会。

也许是这个活动筹备工作太紧凑，也许是我们觉得这工作做起来太有意思，加班竟然也很有趣。

1月26日

新闻发布会。

距离春网开元只有9天，哇，我们都是超人啊！

1月29日

换了3拨之后，演员名单基本敲定，导演组下周就要转移去录制现场了。

之前把舞台效果图和节目单转给同事时，声音听起来是带着哭腔的喜悦，这么短的时间招商，也是奇迹啊。

想起了白天跑招商晚上给手术的母亲陪床的同事，我们觉得自己真是生活在蜜罐里啊！

1月30日

孟老不是说剩下的主要是导演组的活了咩，为嘛我更忙了？

公司严谨的管理和导演组粗放式的办事习惯在碰撞中磨合、前进。

不爽了、压力大了我们就狂吃东西，每周两大兜零食都被我们消灭得干干净净！

2月5日

早上6点多就醒来了，下午工作完和姗娜去了现场，晚上还要大彩排。

演播大厅可真冷啊，不过差不多完工的舞台比第一次看到的样子漂亮多了。

对着电脑、笔记逐行对台本，流程有变说法有变，一点点标记出来改完，找导演们说清楚。

这时候了改台本的确很让人头痛，已经对完词的主持人就更晕了，一不小心就前后对不上了。

我不管我不管我不管，要是不改，我挨冻挨饿这么久不是白挨了。

2月6日

哎哟喂，觉得晚会可能有问题，杞人忧天的处女座愣是愁得一宿没睡着，醒来眼睛旁边长个大包。

怕下雪不好走，早早出了门，9点58到了现场居然连人都没有，不是说10点前到吗？？？

吃完午饭人陆续都到了，揣着一身的暖宝宝开始干活了。

红地毯铺了N多米，花篮也很绚烂，下这么大雪竟然人多到塞不进演播大厅了。

信好高，许巍还是那么销魂，西单女孩声音好纯净，暴走妈妈很伟大，芙蓉很high，孙悦好ladygaga，孙楠裙子好晕……

晚会结束，吃饭K歌，各回各家各找各妈。

2月7日

晕，不加班的日子没法儿过了！

"春网七仙女"鲁靖工作期间手机短信大揭秘：

1．女性好友：几点去医院啊？

回复：去不了了，闭关了，年前没周末了。

女友：病死你算了。

2．男性好友：汇报一下我要当爸了。

回复：几月？

好友：9月。

回复：跟我一样处女座，劳碌命，打回重生！

好友：汗—_—|||

3．妈咪：靖，在干吗？

回复：忙。

妈咪：又加班啊？（请注意这个"又"字~~）

回复：是啊，爹妈养不活啊。

妈咪：你有很多爹妈要养吗？

4．老爸：春节哪天回来？

回复：二十九，我能有个要求吗？我回家睡觉的时候不要叫我吃饭也不要让老的小的喝高了的吃饱了撑的上楼来叫我起床，我太困了。

老爸：可以，给我买好烟好酒。

5．陌生号码：祝你们明天晚会顺利，哪里可以看到？

回复：登陆spring.vodone.com，或搜索第一视频，谢谢您的关注，您哪位？

陌生号码：你阿姨！换号了。你外婆要看，她不会上网。

回复：等着看旅游卫视吧。

关于网络春晚的一些松散记忆

文/ 张鑫（文案组）

张鑫："春网七仙女"之一，非典型性金牛，崇尚假发和美食，生活好逸恶劳自由散漫，工作谨慎严苛拼命三郎。对帅哥和宠物的喜爱，仅限于叶公好龙。最崇拜的武侠人物只有天山童姥。最大爱好威逼身边人尊称自己为"最美丽的女人"。人生格言：生命不息，减肥不止！

我是在网络春晚筹备组已经基本组建好，"策划组"和"导演组"已悉数到位的时候，由于第一视频集团董事局主席张力军和第一视频集团执行总裁王淳的一句话，稀里糊涂给塞进去的。在这之前，我只听到一些八卦的同事很八卦地悄声议论说，最近公司好像在整一个什么项目，各部门调人，全集中到大会议室去了，而且进到那个屋的同事都像被洗了脑一样，问什么什么都不说，搞得神神秘秘的，很像某特务组织的集中营。

我清楚地记得，在我搬着笔记本进入"策划组"密室的时候，被雷了数次。

先是一推门，正看到一帮小妮儿按住司机小强的脑壳，七手八手地猛弹，弹得小强龇牙咧嘴、面目狰狞。

"嗨，干吗呢，干吗呢?！什么情况呀？！"

没人理我。

那群小妮儿正兴高采烈地忙得不亦乐乎，还打着节拍喊着口号"88，89，90…98，99，100！"

在弹到100下的时候，众妮儿罢手，小强挣扎着从椅子上弹起来，瞬间消失在我的眼前。身后传来小妮儿们得逞后的爆笑。

"嗨，谁能告诉我咋回事啊？！"

鲁靖捂着肚子指着大门——

我带着一堆问号仔细看了看，门外贴着一张字条，字迹寥寥，言简意赅：“非本项目组不得入内，违者被弹一百下！”

环顾四周，地上一堆美女，桌上一片狼藉。在这个“女的当男的用，男的当牲口用”的时代，我深感以女性为主打力量的安排是极为英明神武的，尤其是长相甜美、性格彪悍、效率迅猛、抵抗力强大的女性简直就是所向披靡一路平趟，这个感受在接下来网络春晚筹备和完成的过程中的数个关键时刻，屡次被验证。

我还没回过神来，就看到一个披肩卷发颇像路易十六的四五十岁男人兴冲冲进来：“哦太牛了，各位MM，我跟你们说……”在接下来的一大段精彩纷呈美轮美奂的独白中，每段均以“太牛了”开始，以“太牛了”结束。概括起来就是：哦太牛了，听到消息说中央领导对我们这台网络春晚非常重视，说要亲自观看，哦，太牛了。

我正沉浸在“哦太牛了”的回音中，圈儿姐（武桓，因为圈多而著名）说“张鑫，我给你介绍，这是孟老师，是孟子的第74代传人……”

“孟子的传人？！哦，太牛了……”

——本想像个淑女一样表示寒暄，像个闺秀一样表示敬意，结果刚才中毒太深还没回过神儿来就直抒胸臆，抒得我只好一阵猛咳强装被自己的唾沫卡到。

还没等我腾出工夫来打听，两之（互动组一美女，两之是其笔名，真名比网名更耐人寻味令人费解）就迫不及待地向我交代情况：“小鑫姐姐，我跟你说，咱们这次可是一个大活动。从外面请了一个团队来帮着策划小年夜的现场直播，刚才你看到的孟老师是总策划，还有一个总导演，听说原来是同一首歌的现场导演，叫……” “叫什么？”看她突然不说了，我忙问。两之的字正腔圆刹那变成小声哼哼“来了，来了，就这人，陈亮……”

可是我眼前分明冒出来一只“山鸡”，顶着满头白花花的鸡毛。接下来，“导演组”的人不断出没在我眼前，个个装束怪异行径可疑，望着这堆妖魔化装扮的人，一边想着要演《西游记》不必麻烦再请造型师，一边暗暗思忖这到底是一场网络的盛会还是现实的庙会。

策划组里另外一张生面孔就是“小刀”，据说是天涯十大版主之一，也就是主要负责网友互动板块设计，增加策划亮点并具体落实执行的人物。这位刀哥颇有江湖豪气，第一天就干了一件惊天地泣鬼神让两之大跌眼镜让我大掉下巴的牛事。我想，我必须引用圈儿姐的语气和八卦精神才能有重点有条理有感情地客观真实地描述这件事：

“我跟你们说，那新来的小刀可猛了，第一天就勇闯女厕所，吓坏了一个小女孩。还慢条斯理地在水池前面洗杯具。”说完，还不忘补一句“真是杯具啊！！”

虽然，日后和我们混熟以后，刀哥曾无数次无力地辩解说是因为想选题太入神进厕所时忘了看标志进去以后也没发觉到布局和设施的细微差异等，但每次我们都会毫无人性地用孟大策划“路易十六”的经典台词高度默契、异口同声地回应“哦，太牛了！”

我必须说晚上的策划会让我印象深刻，开始对“西游”团队刮目相看，一个劲地在心里举大拇指，并重新审视自己多年来以外貌协会成员沾沾自喜高高在上心态的正误性。

“路易十六”孟大师和鸡毛掸子陈导语出惊人，有才情有思路有创意，我暗暗肯定：嗯，有前途。

张董也专门腾出时间参加了我们的策划会，并结合上级精神向我们提出了这次网络春晚的口号“通俗不庸俗，民俗不低俗，春网开元，风景这边独好”。

接下来的日子过得昏天黑地：忙着出新的选题，忙着组织页面上的文案，忙着宣传片的立意，忙着新闻发布会的筹备，忙着和“孟十六”“小刀”真知灼见的据理力争，忙着向媒体云山雾罩地忽悠，忙着记录这段累并快乐的日子，忙着向各位领导汇报工作和进度，还有忙着安抚遭遇网络红人耍大牌的小妮儿们脆弱的小心灵。

我的作息开始严重错乱，约会完全取消，周末和节假日变为乌有，感冒开始加重，脸上开始长出青春的花朵，化妆的时间一省再省，从浓妆艳抹到精致的淡妆到粗糙的胡抹直到粉末不施。终于有一天，两之和姗娜再也不能忍受，“小鑫姐姐，就算是安慰我们受伤的眼睛，我求求你，你就稍微涂点化妆品意思意思呗……”

我对这样急切的呼吁置若罔闻。

我对这样真诚的眼神视若无睹。

并因此啧啧自喜，并因此幸灾乐祸。

我跟文案组的小妮儿们商量："为了表示我们的诚意，我们每个选题都做两套文字，由不同的人完成，然后再交给导演组那边，怎么样？！"当然为了这个提议得到全票通过，体现它的可取性，同时表明我是一个秀外慧中的女性，我紧接着补充了这个提议的好处，那就是，有的选，不容易被毙。

在开始的几天里，这个提议得到了顺利执行。

但随着工作量的增加和连轴转的疲累，小妮儿们开始拒绝继续实施这个提议。于是，我开始强调"为了继续表示我们的诚意……"还没说完，姗娜马上说"我对我写的东西很有信心……"

最后，我决定拿出撒手锏："那好吧，不过，你们以后吃饭前都要回答我一个问题：谁是世界上最美丽的女人？！"而且答案千万不能出错。我拿出了白雪公主后母的架势，非要逼"镜子"们说谎。

"镜子"们马上作出最英明的抉择："那我们还是写两套文字吧！"这就是我成为春网筹备组盛传的世界上最美丽的女人的由来。

离网络春晚直播的小年夜还有3天的时候，鉴于领导的精益求精，还有很多细节需要重新整理，甚至翻版重来。而此时，导演组那边已经飘出七言绝句"所有流程不准改，神仙来了也白搭"。

我奉旨硬着头皮去跟陈大导软磨硬蹭。而此时，陈大导已经和第一视频的各VP吵得如火如荼不眠不休了。我再次蹭到他眼前的时候，他正瞪着血红的大眼向满屋子的人撂狠话："我跟你们说，现在谁也别招我，我见佛杀佛，见人杀人!"

我的目光扫过满组大气不敢出的可怜面孔，然后用素颜的脸掠过白亮（副导，男）从轻盈飘逸到油光锃亮的齐肩长发，始终没法聚焦他和我一样阴森沉闷的表情。

我弹着无奈的兰花指，他弹着无聊的烟灰，然后不约而同地长长吐出一个字"唉！"

第一视频首届首场网络春晚直播当天，盛况空前，现场座位一票难求，即使内部人士也没有情面好讲。高潮迭起的现场，欢呼和尖叫此起彼伏，面对座无虚席的场地和镜头无法扫过的站满人的后排和连接后台的楼梯，纷繁热闹中我有深深的震撼和感动。

我相信，在不久以后，当亿万网民再次回顾互联网的成长史，当在网上过年看春晚成为一种新兴的时尚或习俗，我们过往的种种努力和辛苦都将化为记忆深处的一股温泉。春网开元的首届首场网络春晚，是我们第一视频缔造的。在缔造这个神话的过程中，我也曾骄傲地成为了其中一卒。

"春网七仙女"张鑫工作期间手机短信大揭秘：

1. 某哥们：最近你是神龙见首不见尾啊！啥时候跟我吃饭啊？我发现了个超好吃的上海菜，在……

某姐妹：这周六我想去逛西单，你去不去？

我亲弟：亲爱的老姐，我最近新交了个女朋友，你能给我买两张100的移动充值卡吗？然后把序列号和密码发短信给我，我想给她在网上买条手链。

群回复：忙，占工夫的事一个月内都别找我。

2. 我房东：你把房租打到我光大银行的卡里吧，卡号：*****

我：没光大的卡。

我房东：那你汇款。

我直接打电话过去：不好意思，最近在忙一项目，没黑没白，实在没时间去银行，你要不急，10天后再给你打（背景声音：张小姐，你们那易拉宝都摆哪啊？！）。

3. 我亲弟：老爸让我告诉你，抽空给家打个电话。

我：（未回复。）

我亲弟：老爸和老妈让我一起告诉你，抽空给家打个电话。

我：（未回复。）

我亲弟：老爸和老妈让你赶紧给家打电话。

我：什么事？

我亲弟：老爸和老妈让我告诉你，再忙也得考虑个人问题。

我（看完很火大）：你烦不烦啊？！

4．闺蜜：再次提醒下周五我结婚，你必须过来哈~~地点：**区**路**号**酒店*楼*阁

我：大姐，我对不起你，我真过不去，最近特忙。

闺蜜：我说，你能为我病一回吗？！

我：能，但病了也去不了。除非我死了！

闺蜜：K—A—O，回头我弄死你！

我：好嘞！

5．我群发：春网开元倒计时页面已经上线，点击灯笼累计流量即将开启中国首届首场网络大拜年的红色大门，00：00快到了，朋友们加油啊，用鼠标点开网络历史性时刻！www.vodone.com

某工作认识的人：美女，能给我弄两张现场的票吗？

我：不好意思，我都没票，只有工作证。你网上看我们直播吧：www.vodone.com，还有互动抽奖。

某工作认识的人：我晕，真会打广告！

从春网开元谈芙蓉印象

文/ 徐彩虹（文案组）

徐彩虹：“春网七仙女”之一，已婚少妇，新晋妈妈。虽半老徐娘而风韵犹存，敢与“凤姐”比美貌，敢与“芙蓉”比苗条。性情散淡、宜于室家；工作认真、做事勤快；安静少言，语出则惊四座。人在北京，心系火星，说一不二、唯不喜说三道四。以上基本自卖自夸，爱信不信随您便！

记得来到春网筹备组，进屋就看见黑板上四个大红字，就是那种歪七扭八如同天书一样的篆书，我心里想：这是谁呢，老有文化了，这都写的啥啊？

后来知道这几个字是“春网开元”，老霸道了，一元复始，春网开元，这个首届首场春晚当之无愧“开元”两字，开创互联网新纪元。这四个字原来是总策划孟老师的手笔，我嘀咕着，老孟，不会是去年搞那个山寨春晚的名人吧。不过以我们公司一贯走高端路线精益求精的作

风，应该不会请那个老孟吧。

这个孟老师究竟是何方高人，得以担此重任呢？于是打听了一下，孟繁佳，孟子第74代玄孙，著名民俗文化专家，擅长写诗填词，古文也写得漂亮。在接下来的二十天里，孟老师不仅给我们提供了大量可口的物质食粮，也提供了很多精神食粮，都是一上来就把我们整晕的那种。孟老师的长篇大赋《和谐论》，其中我们能看懂的典故也就十之二三，他还为我们每个人写了一首藏头诗，把我们的名字嵌在里头，更绝的是，每首风格都不重复，有山水田园诗，有塞外诗，有北朝民歌风格的。你说这圣人家族的血统就是纯正，传这么多代了，优质基因还不走样。

徐彩虹

不多久，就见识了春网总导演陈亮，据说是举办过同一首歌等大型晚会的资深晚会导演。此君乍看是个毛头小伙，方正的脸膛和身材，头发挑染过，说话带点港腔，感觉也就三十出头。我想，他行不行啊，电视圈里招摇撞骗的人太多了，就他这岁数，成吗？当然后来的春网证明了他的实力，那不是盖的。不过没等到春网，第二天我就看出他的功力来了，说话老靠谱了，一派大将风范。有些人天生嫩相，陈亮就是，但近看，会发现他鬓角的星星点点其实也不少了。呵呵，陈导，过年您又染发了没？

我们这个组里美女挺多，包括天下最美丽的女人——张鑫，抗震美女——鲁靖，还有平模出身的两之，“狼人”珊娜、圈姐（武桓），以及包括我在内的两个辣妈。辣妈名字就不公布了，因为咱不想招蜂引蝶的，咱传统咱顾家，咱不爱抛头露面，各位网友海涵哦。

筹备期的艰辛快乐不想多提了，工作嘛，你以为自己很了不起？干好自己的本职工作，还不是当仁不让的事。我知道网友最爱看的还是明星的八卦。我这个已婚已育的正宗八婆就好这口，坐等我来开8吧。

第一个要提的是我心目中的女神芙蓉姐姐。我觉得我跟她是一个星球的，在地球待着不容易啊，啥时姐姐回火星过年要叫上我哦。先不说长相吧，首先我觉得芙蓉姐姐有一颗出污泥而不染的纯洁心灵。晚会那天姐姐刚刚在云南摘了一天的油菜花，和老牛调了调情，风餐露宿地赶回风雪漫天的晚会现场，可还是错过了彩排时间。陈导也是大将之风，当时就决定不让姐姐上了，谁让你不守纪律呢，演砸了怎么办，虽然合同也签了，钱也照给，就不让你上。谁也不稀罕谁。

让现场所有人大跌眼镜的是，姐姐当场就花容变色，阑珊泪下，让人顿生怜花惜玉之想。芙蓉婉婉道出一句非上不可的情由，把所有人都震了：我不上场，怎么对得起等在网络前我的那些粉丝呢。伟大的芙蓉，在这样疲惫的状态下，满可以拿钱走人，乐得自在，但是她心系网友，一片冰心在玉壶，此情此意天地可鉴。陈导当场被秒杀，于是调出时间让姐姐参加彩排。这年头，娱乐圈的性情中人难找了，芙蓉真的是出水芙蓉。

因为哭花了妆容，芙蓉回到休息室补妆，我作为工作人员，正好也去休息室给同事送东西，于是终于近距离和姐姐有了亲密接触。我记得晚会前我夸下海口，说哪个女人如果缺乏自信，就去和姐姐合影吧，一定能找回自信。可是当我来到姐姐面前的时候，我发现我是如此自惭形秽。姐姐穿着貂皮大衣，衬得肌肤如玉，吹弹可破。满屋子演员都化了妆，可是谁也比不上姐姐的脸庞白皙水滑。姐姐长身玉立的时候，一脸羞涩，秀发飘逸，看起来如此温婉可人的邻家女孩形象，而且颇有古风，我没有姐姐个高，没有姐姐丰满，没有姐姐白皙，深深的挫败感严重打击了我。不过我为姐姐高兴，这样的女孩子当然有条件追求自己想要的幸福。希望下一个芙蓉姐夫不是她的经纪人。不是明星和经纪人都喜欢传绯闻嘛，我强烈建议姐姐换一个的经纪人。现在这个说话太磨叽，和姐姐豪爽的风格不配，而且站在姐姐身边还没有姐姐高呢，怎么当护花使者啊。

说真的，当时我内心狐疑：芙蓉只是个传说吧，眼前这个女孩跟网上热炒的那些事有关系吗？她看起来如此亲切羞涩含蓄。

当然，如果您也看过我们的网络直播，您就会知道芙蓉还是那个芙蓉，没有让任何人失望。一旦到了舞台上，芙蓉就涅槃重生，她是天生的舞者，为了伟大的S造型而存在。往前推五百年，往后推五百年，没有人可以超越她。

说完了芙蓉，我想说说王雷的故事。这也是一个让我这个京城八婆感慨万分的故事。王雷和陈峰都是当然南都关于孙志刚案的报道人。陈峰后来北上，来到传媒的中心旋涡北京，王雷则西行到了云南，在那里扎根发芽。陈峰就像北京大多数的媒体人那样，跳槽了很多家大型门户网站，职位也是随之水涨船高。王雷在云南安安静静地待着，时不时爆出一点“躲猫猫”之类轰动全国的新闻。一个人只要心存理想，在哪里都能干得很好。北京这个城市，爱你不容易，恨你也不容易，纠结啊。

“春网七仙女”彩虹工作期间手机短信大揭秘：

1. 老公：老婆，你干吗不把儿子的名字也给孟老师，让他再写一首。（老公比我还贪心）

2. 我：帮我带包手纸上来吧，天下最美丽的女人已经变成天下最狼狈的女人了，感冒更厉害了。

3. 同事：现场不幸把墨汁打翻了，美女，过来棚里的时候记得带两盒墨汁。还有，需要大量暖宝宝哦，彩排现场冷死了……

4. 同事：同志们，只剩下最后两天了，加油啊，今天我又给你们带来了物质食粮。

春网开元，开启的是新旅程

文/ 两之（文案组兼互动板块编辑）

两之：“春网七仙女”之一，本名绳珺，但笔名“两之”的知名度远远超过真名，两之意为“一支笔、一只旅行箱”的生活向往，也是“花开花落两由之”的人生态度。80后双子女，爱码字，好旅行，幻想症。双面性格，动静参半，爱好颇多，希望人生有不同尝试，怀抱着文艺的生活态度游走在都市的朝九晚五里。

春雪翻飞舞西山，

网聚群雄堂前欢。
开门忽闻风景好，
元前更有二十三。
——姐写的不是诗，是春网。
两之于2010年2月6日

腊月二十三 小雪

腊月二十三这天，西山飘起了小雪，原本清冷的西山旁，今天却显得格外的热闹和喜庆，因为今天就是“风景这边独好”中国首届首场网络大拜年——第一视频春网开元的日子，而我就在被网友们亲切地称为“首届首场网络春晚”的直播现场，看着直播前紧张有序的工作组，看着大厅里热闹的来宾，近一个月的准备成果就要通过网络直播呈献给亿万网友，我激动得都开始作诗了！我用片段的形式把这近一个月来的工作生活记录下来，算是送给自己的礼物，能身在其中，其实就是最好的礼物。

【60、70、80三代网民一个团队】

元旦过后的一个星期，我和同部门的“狼人”同学被叫到大会议室，准备接受一项新的任务，也是在那里，第一次见到了“春网”项目的总策划孟繁佳老师。当时我们对要做的事情还没有清晰的概念，整个事件也像蒙着一层面纱，显得有些神秘。没过多久，我们就“搬家”到大会议室，和其他部门抽调的同事正式组成“春网”工作组。新的临时办公室里，每个人的桌前都有标牌，标识着自己的新职务，我的桌前是“互动编辑板块”， 黑板上写着任务进度表，一进来立刻有一种紧张的团队气氛。

我们要做的，是互联网历史上的一件大事，在一个月内，我们将举办一场跨电视、网络、手机多媒介、通过网络直播呈现的互联网首届网络大拜年活动。从专题页面内容、网友互动设计、到晚会节目策划、直播技术实现，整个项目结构之缜密，内容之丰富、时间之紧迫，都让我们感受到这个项目的不同寻常。这是一次为3.8亿中国网民呈现的网络春节联欢，第一视频作为开元头阵，凝结了太多的关注和期待，我们虽然是整个项目组的一颗螺丝钉，也被这份荣誉感鞭策得丝毫不敢怠慢。

我们的团队里，就是中国三代网民的代表，总策划孟繁佳老师是60年代人，可以说是对中国网络发展最有发言权的第一批网友；晚会总导演陈亮老师是70年代人，他对网络的理解体现在节目设置上凸显网络文化的发展传承，而我们这个办公室里的丫头们大部分都是80后，是网络潮流的风向标，我们也能为团队带来最新鲜的灵感。他们谈李寻欢、宁财神当年手持鼠标舞文弄墨，我们就聊后舍、芙蓉镜头面前华山论贱，他们哼唱着网络经典老鼠爱大米，我们就力捧模仿狮子座，三代网民组成的一个团队，经常擦出创意火花。

【工作中也有小浪漫，彩排时流露真感动】

一个月不到的时间，设计专题页面组织内容、筹备一台4小时的晚会，文案、编辑、美工、导演组……每个环节的工作量都可想而知。一天对着电脑的时间超过10小时都不足为奇，美眉们脸上都开始冒痘痘。不过繁重的工作中也总是有惊喜和浪漫，因为孟老师为我们每个人都作了一首诗，每天在我们的工作黑板上公布一首。作为学者会作诗倒不足为奇，不过孟老师给我们的诗都是把我们的名字藏在了诗中，有的是藏尾诗，有的是藏头诗，彩虹姐姐还非常贪心地把老公的名字也给了孟老师，于是就有了那首让我们惊叹的“君在长江头，我住长江尾”的“头尾诗”。就是这股作诗热潮，让我们的工作也有了诗意，于是在开篇，我也忍不住现学现卖了一下。

彩排当天，虽然只是简单的串场，也感受到了晚会的震撼，感动无数网民的暴走妈妈非常支持我们的工作，虽然辛苦当晚也坚持来参加了彩排，听着歌手江洋写给她的歌曲，看着我们同事制作的那些感人的视频，一个朴实母亲的爱让我在现场忍不住流泪了，在忙碌之中，我匆忙地拭去了那一瞬间的情感流露，但那一刻给我的印象是挥之不去的。

【吃零食、网淘宝、压力知多少】

虽然活动结束后我们就搬离了临时办公室，回到自己原来的岗位，但还是很怀念那里，怀念各个部门在一起忙碌但快乐的日子。说起对我们“春网组”办公室最大的印象，可能就是——零食太多。这一点远近“邻居”都有耳闻，时不常地来搜刮一下。除了我们自己买，领导也经常给我们“补货”，很多人都羡慕嫉妒恨地说，看你们多幸福！其实吃零食是有原因的，因为我们经常工作到很晚，有时开会头脑风暴也会忘记时间，所以一日三餐全部被打乱，只好备一些饼干、水果随时给身体“加油”，领导们也为我们准备了柠檬红茶，帮我们补充维C。除了零食，我还被传染了“网购”的习惯，姐妹们晚上回家仅有的休息时间也要挤出来逛逛易购，在网上淘宝，血拼一番才能安心睡觉，这些其实都是排解压力的方法，现在生物钟可以调整回来了，倒有些不适应，很是怀念那种马不停蹄的日子。

觉得这一个月过得很快，从一开始接到任务，觉得这是何等庞大一个系统工作，到问题一个一个被解决，难关一个一个被攻克，宣传片完成、发布会圆满成功、页面上线、海地连线测试成功……每一个螺丝钉传递力量让齿轮咬合，齿轮带动整个机器运转起来，体现团队协作的力量。作为螺丝钉的我，在这其中承受压力，得到磨炼，更收获了价值感和快乐。

这是互联网的第一次，也是我们的第一次，喜欢尝试这样的挑战，喜欢这一群人一起工作的样子，觉得自己要学习的还有很多，还能做得更完美，相信有我们的努力，风景年年好。

“春网七仙女”两之工作期间手机短信大揭秘：

1. 发的最多的一条短信（To妈妈）：今晚上不回家吃饭了。

回复：猜到了，所以没做你的饭。

2. 最激动的回复：（To朋友）：今天发布会挺成功的，曹云金还来了呢！

回复：快逮着他，别让他跑了！

3. 最吸引人的现场短信直播（To哥哥）：现在到芙蓉姐姐了，这节目创意太牛了，全场都惊艳！可惜你听不见欢呼声……

回复：现在门口保安严吗，能混进去吗？

4. 最扰民的群发短信（To朋友）：春网开元倒计时页面已经上线，点击灯笼累计流量即将开启中国首届首场网络大拜年的红色大门，00:00快到了，朋友们加油啊，用鼠标点开网络历史性时刻~！

回复：知道啦！在线哪！15分钟给我发了三条啦！小心我把你当广告拉黑！

5. 凌晨四点最得瑟的短信（To男朋友）：完美落幕！睡不着，你姿势不对，起来重睡！

我的春网故事

文/ 郎任姗娜（文案组兼互动板块编辑）

郎任姗娜，“春网七仙女”之一，1983年9月26日中国制造，高162cm，净重44kg。外观精美，采用人工智能，各部分零件齐全，运转稳定，经过近27年的运行，质量属国家信得过产品，并获得国际质量ISO9002认证。该“产品”手续齐全，无限期保质。

【鬼使神差被“春网”】

话说某一天下午，正抓狂般地在网上搜索虎年春晚的节目单，百爪挠心的纠结我到底是看春晚呢还是看春晚呢还是看春晚呢？突然被领导通知到演示厅集结开会。顺手抄起会议记录本，我和同组的一位同事在完全不知会议内容的情况下迷迷糊糊地走进了公司演示厅。

郎任姗娜

哎？为什么所有开会的人都站着呢？此时的我又是一头雾水。紧接着迎面走来的还是一位陌生面孔，留着齐肩长发，貌似还烫过某年很流行的大波浪卷，这位“陌生人”冲着我们俩先是由衷的微笑，搞得我更加迷糊，赶紧以官方的微笑回送对方。此时，第一视频集团执行总裁王淳王总走过来，为我们介绍了这次会议的“预谋”，当时听到“互联网春节晚会”时，我突然觉得自己穿越了，几分钟前还在网上搜索央视春晚的小道消息，此时我已置身于互联网春晚中，我认为，这绝对属于鬼使神差般的穿越。

【精神振奋备“春网”】

鬼使神差地加入“春网”组，接到的第一项任务是搜集且整理近十年来的网络红人信息，分类且制成表格。这是一项我非常喜欢且熟悉的工作，怎么说网络红人也是我们茶余饭后80%的谈资，这次终于有机会正式地“收拾”他们了。由于时间紧，任务急，我绷紧弦，一刻不敢耽搁。三小时后，已经是晚上九点，近十年来的两百余位网络红人，就被我们俩分类“收拾”好了。由于牢记领导的指示“对外一定要保密”，即使是闺中密友，也被我很官方地以“看八卦新闻呢”打发了。

其实，最初加入春网项目组时有点迷糊，匆忙地接过任务之前都还没有来得及问清楚“春网”的身世，所以自己更加满怀期待这次盛会的到来。可能是太兴奋的原因，所以开了个小差，幻想着晚会的盛况……记得当时给荣老师和孟老师Email“网络红人”邮件的时候，特别特意，特别期待的在邮件中加了一句：“请领导赋予我们下一项工作吧。”

在这里，必须要解释说明一下孟老师，孟老师是这次晚会的总策划，也就是我先前提到的那位“留着齐肩长发，貌似还烫过某年很流行的大波浪卷”的陌生人，可能非春网项目组人都以为我说的陌生人是位大美女，其实是位浑身散发着艺术气息的大帅哥——孟繁佳老师。

【抖擞精神战“春网”】

第二天一早，我收拾好“铺盖卷”，将办公室游移到了春网项目组专属办公室，精神抖擞备战“春网”。春网项目组的每一位都身兼数职，有呼必应，训练有素，在最快的时间里集结，也在最短的时间里进入了昏天黑地的备战春网的白热化阶段。

我和两之在春网项目之前就同组，所以工作默契不言而喻。我俩在春网项目组同属文案组，同组的还有彩虹姐。我和彩虹姐以前又同组，所以相互也很熟悉，外加由合作过多次的大美女张鑫带队文案组，工作起来相当得心应手。

话说春网项目组最大的特点就是美女云集，大美女张鑫就不用说了，公认且自诩为第一大美女，还有曾几何时红遍网络的范跑跑绯闻女友鲁靖姐姐，每天马不停蹄地穿梭于各个部门的武桓姐姐，自封第一视频最辣的辣妈王莉姐姐……

今天是大家伙正式集结“同居”的第一天，办公室又多了很多新面孔，我们边忙活着手上的网络红人的筛选、联络、“征吉令”的策划撰写、晚会艺人的甄选，边抽空认识组里的新面孔，今天来的都是重量级的人物，导过不计其数场《同一首歌》的陈导、让我们沐浴着《你的柔情我永远不懂》长大的歌曲作者洛兵老师、叱咤各大网络论坛的风云人物刀总……一位又一位风云人物的加入，让我深感荣幸的同时有点眼花，因为他们每个人身上都有着太多太多我好奇又没有时间去了解的“传说”。

【忙到翻天战“春网”】

忙对于我这种一闲着就想得瑟的人来说是件大好事，闲着会让我极度没有安全感。但是，春网天昏地暗的忙还真是让我起初有一小点措手不及，还好我是个适应能力极强的狼孩，扔哪活哪。

晚会现场流程、演播室访谈、社区论坛互动，每一部分的工作都在有条不紊地进行，我们忙到翻天的工作繁杂而无一疏漏。眼前每天穿梭着形形色色的各类人，民俗专家、网络红人、书法大师、文学大师、互联网前辈，进演播室、出演播室、进会议室、出会议室、进……出……我们工作压力虽大，但每天都惊喜不断，最值得歌颂的就是孟老师的诗歌，这是我们每天晚上7点最期待的一个惊喜。

翻天覆地一个月，我们仿佛遗忘了累陌生了苦，晚会的尾声中，我们欢呼着尖叫着兴奋着疯狂着，晚会圆满成功了！短短一个月，让我们这些80后又一次得到了人生的历练，此时此刻的我又回到了春网现场时的按捺不住的怦然心动。

“春网七仙女”珊娜工作期间手机短信大揭秘：

1. 我家“司机”：宝贝，几点下班？我去接你。

我：从今儿起不下班了，一直上班到小年，请勿打扰。

我家“司机”：啊？为什么？你犯什么错误了？

我：没犯错误，你盼点好，我太优秀了，哈哈哈，今天十点前下。

我家“司机”：哦……又加班……那十点我在7-11口等你，喝什么提前发信息告诉我，给你买好了。

我：嗯，表现不错，给你加薪。别再回了，忙着呢！

2. 我爹：几点下班？给我买两条烟回来。

我：十点下，给报销吗？

我爹：为什么这么晚？不报销。

我：又不报销？到底是不是亲爹啊……我光荣地加入了春网。

我爹：你什么时候跑央视去了？

我：晕，央什么视啊！第一视频春晚！！

我爹：牛！给你报销！买两条。

3. 男同学：你们第一视频够牛的啊，地铁里都是你们广告，听说又要做网络春晚了？

我：一直很牛，嗯，很炫的晚会，保证你27年没见过的。

男同学：能去现场吗？新闻发布会还请曹云金了。

我：自觉地网上投票跟帖去spring.vodone.com

男同学：晚会你有节目吗？曹云金都演什么呀？

我：你十万个为什么吧？！忙着呢！！

男同学：哦，那我上网查去，您忙着。

4. 老妈：今天几点能回来？做排骨了。

我：妈咪真好，除了排骨还有其他肉吗？

老妈：香菇鸡汤，几点回来？

我：估计九点半到家，千万得给我留排骨，我要吃肉！！

老妈：知道了，就知道吃，继续写你的文案去吧。

我：Yes Madam（敬礼）！

5. 闺中密友：亲爱的，忙什么呢？

我：上班ing

闺中密友：怎还上班呢？忙什么呢？

我：中国互联网首届首场网络春晚

闺中密友：啊？这么强大！有嘛需要我帮忙的吗？

我：帮我淘一下黄健翔电话，要他本人的。

闺中密友：139XXXXXXXX，他经纪人的是139xxxxxxxx

我：嗯，办事真效率，谢啦亲爱的，请你喝咖啡！

闺中密友：哦，又是咖啡。等你忙完再说吧，有事电我。

6．我：忙呢吗？小女子有一事相求。

男性好友：嘿，你没事不找我，说吧，要谁电话？

我：嘿，我有那么白眼狼吗？我们想采访一下咱爸（套近乎术语）医院去海地的医疗队，中吗？

男性好友：等我给我爸去个电话问问，可能没回来呢，还跟海地呢。

我：好嘞，帮我问问，我们等回来再采呀，大概二月初吧。

男性好友：我爸说他们周五回来，然后会调整几天再上班，是你们过来采还是？

我：真好真好！必须谢谢咱爸。哈哈，最好是他们来我们演播室，因为我们采访多，忙不过来。

男性好友：得嘞，那我让我爸安排吧，还有其他吩咐吗？我就说你找我肯定没好事！

我：哈哈，这都是好事啊！那我周五和你联系啊！

男性好友：好，你忙吧，注意身体。

风景这边独好

文/ 王莉（流程专员）

王莉：首先感谢各大TV给我的封号，其次感谢我的粉丝给我的支持。关于对七仙女的称号我是受之无愧的，大家知道的，我是一个人见人爱，花见花开的带娃的辣妈。我会继续努力的！谢谢！

在我进春网项目组之前，忽然发现公司出现很多新面孔，并且出出进进的非常神秘。当时咋也没有想到跟自己联系到一起，直到被通知到大会议室集合也没想到是荣幸地进了春网的项目组。哈哈……

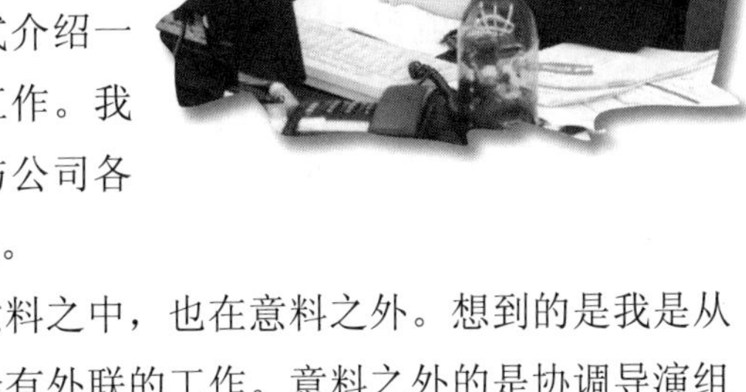

我是最晚进组的，虽然跟大家之前都在公司见过。还是要正式介绍一下，并且分配了在项目组的工作。我的主要是任务是协调导演组与公司各个部门同时完成演员合同流程。

得到这个工作感觉既在意料之中，也在意料之外。想到的是我是从业务部门抽调来的，很可能会有外联的工作。意料之外的是协调导演组与公司各个部门。

由于这个任务的特殊性未免有些担心。知道跟导演组这帮人打交道很难，毕竟他们都是走南闯北的老江湖，稍有差池，或招呼不周之处，哪怕是细小的错误都能给公司带来损失和不良后果。眼下公司上上下下都在为二月六号的首届首场网络春晚开道、服务。绝不能因为我的疏忽，拉了大家的后腿。自己暗暗下定决心，打起12分干劲去完成公司交给我的工作，使我们第一视频的“春网开元”首届首场网络春晚能圆满成功地呈现在3.6亿的网民眼前。让第一视频开创网络春晚时代的先河。

很快我就进入了角色，奔走于导演组、法务、财务和公司办公室之间。在这里我不得不提的是公司各个部门尤其是法务、财务和公司办公室给予我极大的配合。那这里我简单地介绍一下流程。

首先请法务起草一份正式演员合同范本，导演组在确定演员之后，在我们起草的合同范本上进行必要的修改和调整。之后我将此合同返回法务，请他们对修改的合同进行核对与确认，其中这个环节我会在法务与导演组之间反反复复好几次，不管是大明星还是小演员我们一样的认真，不能有丝毫的条款不清，也许就是一字之差，公司将蒙受经济和声誉的损失。

法务流程清晰之后合同会送到财务，财务人员会将涉及预算、登记、审计、制定支付方案和开具演员完税证明等工作。这里我要郑重地告诉大家，在这台晚会上我们邀请的所有演职人员，不管你是大明星还是小演员我们都会一一上税。我们不仅要向3.6亿网民呈现一场网络饕餮盛宴，还要告诉世人第一视频集团是一个正规、负责的上市公司。

财务条款捋清之后，就要请办公室人员帮我盖好合同章，有时候走完法务和财务流程已经是晚上八九点了，有的时候是在周末。不管你是晚上还是周末，只要你去集团办公室，她们什么时间都在耐心等待着你。真正做到了二十四小时，随叫随到。其实我知道公司各个部门盖章都要找办公室，而且加上为了配合春网还有一个迎春笔会，办公室要去筹备场地，设备，桌椅，笔墨、人员等大量的细致而具体的工作。但是只要是你提出需要，她们会以最快的速度来配合。

整个流程基本就是这样，对啦还有就是把合同打印成册，有时候，刚刚打印好，结果又有修改重新打印，前台的工作人员不厌其烦的一次次打印，有时候是5份，有时是8份，有时候更多，他们从来没有嫌麻烦，每次都是高兴而整齐地准备好。其实我也知道公司打印，复印都是由他们负责的。而他们没有出现一丝一毫的差错。

介绍完整个流程，回想过去的一个多月时间。在这里我感慨良多，想说的很多，想要感谢的人很多，他们都为了能完成好此次春网任务，作出了巨大的牺牲，有的自己拖着生病的身体还在工作，有的挺着大肚子还战斗在工作第一线，有的婆婆生病住院也没能照顾，他们牺牲休息时间，牺牲与家人团聚，牺牲与孩子的相聚、牺牲照顾生病的家人，等等。点点滴滴都让人感动。

此次第一视频集团呈现的网络春晚，为3.6亿网民带来视听盛宴，开创了网络春晚的先河，得到了社会各界给予的认可和好评。让我们作为第一视频人感到无比骄傲。但是请记住在鲜花和掌声背后有无数的第一视频人在默默工作。在这里让我代表我们春网项目筹备组所以人员对他们深深鞠上一躬，说一声：你们辛苦啦！

追忆网络春晚

文/ 傲然（互动区主持人）

王傲然，24岁，2006年开始进入主持行业，曾担任天津电视台栏目嘉宾主持，现任北京电视台"生活面对面"栏目出镜记者，主持过第三届世界桥牌锦标赛开闭幕式，波兰国家交响乐团2008新春音乐会等多次大型活动。在第一视频首届首场网络大拜年直播晚会中与后舍男生合作，担任互动区主持人。

关于2010年2月6日的中国互联网首场首届网络大拜年晚会，一直想写些东西。但由于年前各种琐事以及年后栏目的改版就一直耽搁着。现如今过去了一个多月，终于有时间坐下来静静地回想，依然有很多感受涌入心头。

傲然

网络春晚是我2009年中主持的最后一场晚会，却也是2009年中印象最深的一个活动。因为它是我付出时间最长且担任双重身份的一场特别的晚会！

还记得第一次来第一视频，本来是跟陈导谈别的活动却赶上导演组建组，于是就"误打误撞"成为其中的一员，因为当时我确实被大家口中的"三个一"晚会吸引了：即：中国互联网第一届春晚大联欢，又是其中的第一场晚会，还是由第一视频主办的！这么一个隆重的开元盛世我怎么能够不参加呢？我想除了要感谢导演给我这次机会，也算是我和第一视频的缘分！

既然接下了这个活动，我就一定要完成好！接下来就是每天繁重而复杂的筹备工作。尽管一直在电视台做节目，也主持过一些大大小小的活动，但是对于这样一场意义重大的，内容繁多的，形式新颖的直播春晚，我认为跟导演组一起策划前期流程对于我这样一个名不见经传的小丫头来说是很有必要的！

所以我自己格外珍惜这个机会，尽管每天导演组的策划多为舞美，灯光，演员，剧本等看似跟主持人没有多大关系的内容，实际上每一个环节中都存在着整台晚会的“魂”！这样坚持了20多天，到最后演出前，我已经能把每个环节每个流程倒背如流。真的是做到了心中有数，胸有成竹。所以直播前当有人问我紧张与否的时候，我告诉他们我真的不紧张，因为我已经准备好了，我至少能保证我所负责的互动区不出差错。而最后演出的成功以及网友们给我的肯定和支持。让我觉得我之前的努力都没有白费！

总之我非常感谢第一视频以及导演组给我这次学习的机会！2009年底和大家一起奋斗的日子会成为我很美好的回忆！我也为第一视频所承办的这首届首场网络春晚的成功而深感骄傲！

抢演员占尽人和，晚会设计很满意

文/ 白亮 副导演

白亮，射手座，2004年接触影视行业，曾参与多部影视剧、影视短片、MV的创作工作，曾担任第三届亚洲品牌小姐大赛上海赛区影像制作负责人，“中华红十字协会慈善之夜”晚会朗诵组导演，在中国互联网首届首场网络大拜年晚会中担任副导演工作。

这么短的时间请演员可以说是困难重重，如果要讲天时、地利、人和的话，天时、地利我们都不具备，唯一具备的就是人和。因为小年（阴历腊月二十三）当天，北京各界的大型晚会就有7~8台，大家都在盯着那些艺人。整台晚会从无到有总共用了23天，在这么短的时间内完成这台晚会，其实很有难度的。

白亮

不具备地利，是因为当时定场地的时候，基本上具备我们使用条件的场地都已经没有档期。我们使用的亚视摄影棚也是陈导通过私人关系抢下来的。到了临近直播的几天，出现了新的问题就是小年那天《鲁豫有约》是不是录制。如果《鲁豫有约》那天录制，我们就会很不方便，休息室和化妆间都会不够。

而晚会能够如此成功，关键就是人和。从前期导演组，到后期整个晚会制作团队，大家在陈导的带领下精诚合作，才有了最后呈献给观众的4小时。

这次艺人确定节目大多是遵循导演组的安排，大家非常配合，也很敬业，彩排当中也发生了很多幕后故事，比如芙蓉姐姐在彩排现场哭了。给我印象最深的最敬业的就是曹云金，因为这次晚会他个人的项目很多，又是主持人，又要说相声和演小品，排练很辛苦，作为80后的年轻相声演员，我觉得他很敬业。

晚会采用主持群，也是导演陈亮一直坚持的方案，晚会结束后，也印证了这一方案是正确的。主持群里既有活跃在电视荧屏的名主持，又有网络红人，还有相声界的名嘴。大部分演员和嘉宾都是与网络有着或多或少的渊源，且都是具有代表性。节目内容主要以原创为主。而且结合网络上的热点事件、热点新闻、热点人物、热门歌曲来编排节目。

我们这次的舞台设计，整个舞台分为三个区域：表演区，访谈区，互动区。表演区：顾名思义，是演员的阵地，主要表演区域。访谈区：该区域实为导演陈亮的创新，这里主要是主持人和嘉宾们的阵地，把这个区域单独拿出来就是个访谈类的栏目。该区域整体以一个笔记本电脑的形状，电脑是网络的终端，主持人在这里将晚会的信息呈现给观众，这也是体现晚会特点的一个意识形态。互动区：是陈导为网络春晚量身定做的一个区域。在这个区域里有活跃在网络世界里的十大版主，晚会现场，版主通过网络和观看晚会的网友时时沟通，并且将网友对晚会的反馈信息展现在表演区的大屏幕上。这样的舞台区域划分，也是网络特色和晚会很好的嫁接模式。

导演组小趣闻

文/ 闫京 导演助理

刚到导演组的时候，我对组里的情况不熟悉，对导演的工作习惯就更不熟悉了。记得第一天下班的时候，陈导把办公室的钥匙递给我说："钥匙你拿着，以后每天10点来上班就行。"我接过钥匙，应和着："成。"第二天到公司是9点45分，我比约定的时间还要早到15分钟，心里正美滋滋的时候，陈导的声音却从另一个办公室里传出来，我走进去一看，陈导和孟老师聊得正热火朝天。

此时，孟老师瞧见我就说："闫京，你来晚了，陈导可等了你一大早上呢。"我的脸一下红了，试探着："昨天不是说让我10点左右来上班吗？""是我早来了，我有早来的习惯呢。"陈导解释道。

后来我才知道，陈导有早到的习惯。尽管我们约定的是10点上班，但是我和陈导每天却开展着"看谁早到公司"的比赛：我9点半来的时候，陈导9点20到，我9点15来的时候，陈导9点05到。总之，90%都是我输掉。但是，陈导却从来没有批评我，只是开玩笑地说："同学，今天我又比你早到啊！"我也报以微笑还给他："姜还是老的辣呀，我甘拜下风，唉!"

陈导喜好美食，对于吃，那是相当的讲究。每天下班之后他都会带着导演组里的同事一块去吃他推荐的美食。记得有一次，他带着我们去吃狗肉火锅，我们的制片主任喜欢得不得了。吃狗肉和腐竹的时候，他一边狼吞虎咽，一边狂喊："这个真好吃，你们也尝尝。"就是到最后只剩下狗肉汤，他也用汤来泡饭猛吃了两碗呢。

直到今天，我们看到制片主任还逗他："晚上去吃狗肉火锅吧。"

不管工作有多累，他一听见这话，就立马来了精神。

就在晚会正式开始的前一天早上，由于我的疏忽导致晚会嘉宾谢双飞耽误了航班。因为谢双飞担任的是晚会里重要环节之一——海地连线的现场嘉宾 ，是属于重要级嘉宾，也是由陈导亲自出马联系并邀请到的嘉宾。如果谢双飞由于情绪而拒绝参加晚会，那我可就真成了晚会的“罪人”。因此，当听到她误机的消息后，我的脑袋一直嗡嗡作响，不知所措。坐在旁边的陈导，他不仅没有责怪我，而是立刻让制片主任去联系谢双飞改乘飞机并处理好此事。

事后，陈导一边安慰我，一边教导我说：“遇到紧急事情一定要冷静，就这么点事把你给吓成这样，那我们要遇到比这大几十倍，几百倍的事情那还不得疯掉！所以遇事一定要保持头脑冷静，想出解决事情的方法，要不还怎么跟我干大事啊？”听到这些，我的心真是平静不少，而且我也实际地从陈导身上学习到：做大事者，一定要时刻保持清醒的头脑，应对各种突发事件。

还有一件关于白导的事，也特别好玩。有一次，我们聊天说手机要是丢了咋办，里面全是电话号码。我接一句嘴说：“那就把电话号码提前导出来备份。”这时白导打岔：“要我说啊，这手机里存的人名就得改，尤其是自己特亲的人的名字就更得改，要不别人还不拿你的手机作案行凶啊。”“怎么改?”我问。白导特认真地说：“要我改，爸爸就叫啊、妈妈就叫啊啊、女朋友就叫啊啊啊……”听到这，我们全体笑喷了。

我谈“网络春晚”

文/ 赵骞(舞美)

赵骞，17年舞台工程领域经验，亲自运作多场大型演出、晚会及港台全球巡演。运作的大型电视栏目活动包括云南卫视《音乐现场》、北京台《蒙牛酸酸乳新人盛典》、《2009年第十届CCTV经济人物颁奖晚会》；港台演唱会《纵贯线全球巡演》，《王立宏CHINA MAN全球巡演》等。曾经运作《同一首歌》约100场及音乐剧《猫》。

第一届“春网开元——网络大拜年晚会”在春节前的播出收到了

观众和网民的一致好评，对我们的“春网开元”工作组给予了很高的评价。在此我作为整场节目的舞台工程负责人谈谈自己的一些想法和心得。

结合总导演陈亮老师的创意，首先在舞美方案上做出了定论：既然是网络方面的晚会，那必然是要和网络、电脑密不可分的。所以在舞美效果上，首先反映的是舞台背景的网络线，好似众多线路的感觉汇入以舞台上场门为主持人背景区的笔记本电脑中，而另一端进入了下场门的版主互动区，使整个舞台浑然一体，寓意深刻鲜明。另一个就是在整体舞台景置中融入了大量的视频设备、LED、高清彩幕遍布舞台的各个地方，显示出了整个舞台的现代性，灵活性和高技术的植入。更通过了丰富多彩的画面使整个演出增添了很多故事情节和动感效果，同时也通过视频和网络连接到了远在汶川的百姓和海地的战士，并做到了现场的视频和通话，成功地体现了网络这个新时代高科技的优越性。

整个晚会的舞美、灯光、音响、视频等各工种紧密配合，十几部电脑互动区与大屏幕，音响形成的视听觉感受，准确地体现了网络的现场画面和网络的便捷性，确保了整场活动的流畅进行。

最后，我衷心祝愿网络春晚越办越好越红火，成为演出市场里新生的但不可忽视的好晚会，也让我们作为幕后英雄为“春网开元”网络春晚保驾护航，尽我们的一份绵薄之力。

跋

随着这本书进入尾声，我才觉得“风景这边独好——春网开元”中国首场网络大联欢活动真正画上一个圆满的句号。而这次活动深远的影响还在延续，这本书对“春网开元”做了一个总结，让读者、网友跟随书中的内容再一次回顾了这次盛会的台前幕后，它不仅是第一视频的珍贵记忆，也给所有参与者难忘的经验，更是互联网史上的宝贵一页。

“春网”模式没有公式化，它具有时尚性，创新性和延展性，将春节民俗联欢喜乐祥和的气氛融入到整个互联网文化中。第一视频有幸作为唯一的视频门户网站参与其中，担纲“首场”的重任。我们提出全新的“春网”概念，符合积极、健康、绿色和谐的网络社会。

这次互联网的盛会落下了帷幕，一本忠实记录的书稿完结了篇章，但一切却始终历历在目。难忘一次次的讨论会议，为了精益求精而争论不休；难忘第一视频组委会的同仁们一双双熬红的眼睛；更难忘暴走妈妈紧紧抓着我的手，含着激动泪水表达对网民感激之情的瞬间，这是对中国互联网界能为百姓做点儿实事的肯定；难忘北京和海地维和部队连线成功时导播室里的欢呼雀跃的景象……

回想2008年第一视频服务第29届奥林匹克运动会时，就是靠着这股子团结拼搏劲儿，顺利圆满完成了任务。2010年，第一视频人再次以同样的干劲，克服了一个又一个看似不可能逾越的困难，为这次万众瞩目的网络盛事画上完美句号。

在这本书即将完成之际，我作为第一视频集团执行总裁，要感谢的人太多了。因为有所有参与者的支持和努力，才有了“风景这边独好——春网开元”的圆满成功，才有了这本书稿得以顺利出版。

感谢北京市互联网宣传管理办公室、北京网络媒体协会和中国互联网协会领导，在北京这个被誉为“中国网都”的地方，又一次引领中国网络文化达到新高点。

感谢第一视频集团董事局主席张力军及其率领的第一视频董事局成员们的支持；感谢王宇飞、荣松、赵丹阳等高管们和第一视频春网工作

组同仁们的奉献、拼搏，以及第一视频各部门的通力合作，使得本次盛会富有创新且高效执行，并受到高度评价。

感谢总策划孟繁佳、总导演陈亮、音乐大师洛兵和全体演职人员，是你们的集体智慧和辛苦工作给网友们呈现了一场视听盛宴。

最后还要感谢参与这本书制作出版的所有人员，衷心地谢谢你们！

保有珍贵记忆，期待再创奇迹！

第一视频集团执行总裁 王淳